L'ART

JAPONAIS

Réserve

g V. 58.

L'ART

JAPONAIS

———

TOME I

CET OUVRAGE A ÉTÉ IMPRIMÉ

à **1400** exemplaires numérotés

———

EXEMPLAIRE SUR PAPIER VÉLIN

N^o

L'Art

Japonais

PAR

LOUIS GONSE

Directeur de la *Gazette des Beaux-Arts.*

Dépôt Légal
Nᵒ 69846
1883

TOME I

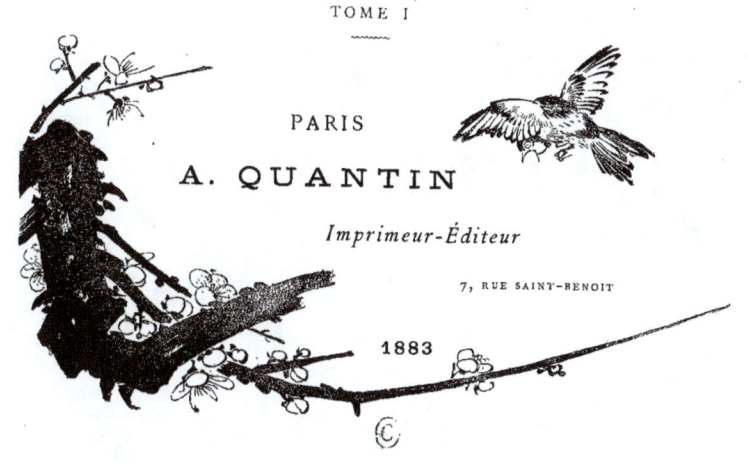

PARIS

A. QUANTIN

Imprimeur-Éditeur

7, RUE SAINT-BENOIT

1883

INTRODUCTION

Une idée nette doit être nettement exprimée. Les Japonais sont les premiers décorateurs du monde. Toute explication de leur esthétique doit être cherchée dans un instinct suprême des harmonies, dans une subordination constante, logique, inflexible de l'art aux besoins de la vie, à la récréation des yeux. On risquerait de méconnaître les mérites les plus rares et les plus délicats des industries artistiques du Nippon si l'on ne se plaçait à ce point de vue défini.

Nous avons perdu insensiblement le sentiment du décor et le sens de la couleur, tandis que les Japonais, jusqu'en ces derniers temps, les ont conservés intacts. De là, dans leurs créations les plus personnelles, quelque chose qui nous déconcerte et que notre goût abâtardi ne comprend pas sans effort. L'honneur, je dirai même la gloire du Japon, est d'avoir fixé des principes d'une valeur incomparable

a

et de s'y être subordonné toujours et partout, même dans ses plus extrêmes fantaisies, et Dieu sait si son imagination en est prodigue!

Aussi dois-je affirmer, au seuil de cet ouvrage, que mon but n'a pas été de pousser à l'imitation, à la copie de conceptions artistiques qui sont aux antipodes des nôtres, qui répondent aux habitudes, aux instincts d'une autre race et d'un autre milieu social. Je m'élève même avec la plus vive énergie contre l'abus qui a été fait récemment par nos artistes décorateurs du pastiche japonais. C'est une grave erreur que d'emprunter, en les répétant servilement, des formes et des décors qui sont le langage dessiné d'un peuple. Que signifient chez nous ces fleurs de prunier sauvage, ces grues, ces bambous que nous imprimons sur nos papiers, que nous gravons sur nos meubles, que nous ciselons sur nos bijoux, ou que nous peignons dans le fond de nos assiettes? J'admets la copie des décors japonais comme une exception, un caprice piquant; mais encore faudrait-il choisir à bonne source des motifs d'un style pur, et ne pas prendre à l'aventure, sur des objets modernes et de fabrication courante, des dessins qui n'ont plus guère de japonais que le nom.

Ce que je souhaite, au contraire, ce que j'appelle de tous mes vœux, en présence de l'appauvrissement de notre invention décorative, de la perversion de notre sens optique, c'est que nos dessinateurs industriels apprennent de ces Orientaux, que nous avons si longtemps traités de barbares, à aimer le naturel et la vérité, comme l'aimaient, d'ailleurs, nos ancêtres du moyen âge; c'est que l'étude de l'art japonais des belles époques les conduise à en dégager les principes féconds, les saines doctrines, leur inspire un peu de cette passion de la nature, de cette religion du travail qui éclatent dans toutes les œuvres du Nippon, les rende plus sensibles aux lois harmoniques de la couleur, les dégage des formules routinières de la symétrie, leur révèle la valeur topique de la synthèse et de la simplification en matière de décor. Puisons à pleines mains dans notre flore, dans notre faune, à l'exemple des Japonais ; nous y découvrirons des richesses que nous ne soupçonnons pas.

Je m'estimerais amplement payé de mes efforts si cette grande vue d'ensemble de l'art japonais que je présente aujourd'hui au public pouvait être de quelque utilité à ceux qui voudraient entrer dans la voie que j'indique et contribuait pour une faible part à détruire les préjugés de race, les accoutumances de goût qui nous font hésiter devant les manifestations d'une esthétique nouvelle.

De nombreux ouvrages didactiques ont déjà été publiés en Amérique, en Angleterre et en France à propos de l'art japonais ; mais ils ne nous fournissent que peu ou point de renseignements sur l'histoire même de cet art ; faute d'informations précises, les auteurs de ces ouvrages se sont tenus dans des généralités plus ou moins vagues. Les documents ne manquaient pas ; la difficulté était moins de les réunir, de les grouper, que de les interroger et de les traduire. Malgré de consciencieuses recherches, les résultats obtenus jusqu'à ce jour sont insignifiants ; l'histoire des arts au Japon est restée enveloppée d'une obscurité à peu près complète.

Toute la question se résumait dans des lectures de textes et des déchiffrements de signatures, par conséquent dans l'adjonction d'un collaborateur japonais assez instruit pour comprendre les anciennes écritures, assez versé dans l'étude de notre langue pour en fournir d'exactes traductions, assez consciencieux pour dire au besoin : je ne sais pas ou je ne comprends pas. Une fois les données historiques bien établies, il ne s'agissait plus que d'en contrôler l'exactitude et d'en poursuivre les déductions avec nos méthodes critiques ordinaires, par l'examen et la comparaison des nombreux et magnifiques objets d'art que la révolution de 1868 a jetés dans les mains des collectionneurs parisiens.

En même temps que je réunissais les principaux éléments de mon enquête, j'avais la bonne fortune de rencontrer en la personne

de M. Tadamasa Hayashi, Japonais résidant à Paris, les qualités
de savoir et d'érudition dont j'étais en quête. Il s'est montré le plus
obligeant et le plus habile des traducteurs. Je tenais à lui témoigner
ici toute ma reconnaissance et à rendre un public et chaleureux
hommage à la finesse et à la sagacité de son goût. M. Wakaï a
droit aussi à mes remerciements; sa grande expérience, qu'il a bien
voulu mettre à mon service pendant ses derniers voyages à Paris,
m'a été du plus précieux secours.

   J'ai dit plus loin, au chapitre de la Peinture, à quelles sources
très variées d'informations j'avais puisé les éléments de mon travail.
J'ai eu soin, toutes les fois que je l'ai pu, de confronter les dates,
et je dois dire que je n'ai pas surpris une seule contradiction
vraiment importante qui m'ait fait douter de leur exactitude. Je
crois avoir atteint à la somme de renseignements que permettait
d'obtenir l'heure présente, et je considère comme acquises les grandes
lignes de l'histoire de l'art japonais telles que je les ai présentées
dans cet ouvrage. L'avenir y rectifiera, y ajoutera certes bien des
détails; je ne crois pas qu'il en modifie les conclusions essentielles.

   Je dois aussi remercier mes collaborateurs graphiques,
MM. Lefèvre, Dujardin, Gillot, Guillaume, etc., pour tous les soins
qu'ils ont apportés à l'exécution scrupuleuse des reproductions de cet
ouvrage. Les eaux-fortes et les dessins de M. Guérard nous donnent
les objets dans toute l'intensité de leur caractère, dans toute la délicatesse ou la vigueur de leur style. Couleur et forme ont été rendues
par lui avec un sentiment d'art et une intelligence des procédés
au-dessus de tout éloge.

                                                L. G.

L'ART
JAPONAIS

LOUIS GONSE

DIRECTEUR DE LA *GAZETTE DES BEAUX-ARTS*

DEPUIS que la grande révolution de 1868 a ouvert
le Japon au libre accès des Européens, tous les regards se
sont tournés vers cette enchanteresse et mystérieuse contrée. On a été avide de connaître enfin un peuple muré
depuis tant de siècles dans son isolement. Des livres
nombreux : récits de voyages, descriptions, études
historiques, scientifiques ou économiques, ont été
publiés en anglais, en allemand, en français, et
nous ont fait pénétrer dans son intimité sociale.
Les produits de ses arts ont été accueillis avec un
empressement qui, loin de diminuer, a été chaque
jour grandissant ; aujourd'hui c'est une vogue,
presque une fureur. Le *japonisme* est entré dans
nos mœurs, dans nos goûts, dans nos industries ;
notre invention appauvrie s'est rajeunie à son
souffle, nos fabricants ont puisé à pleines mains
dans cette prestigieuse nouveauté. Mais ce n'était là qu'un Japon

de surface et, au point de vue de l'art, un Japon d'exportation. Il

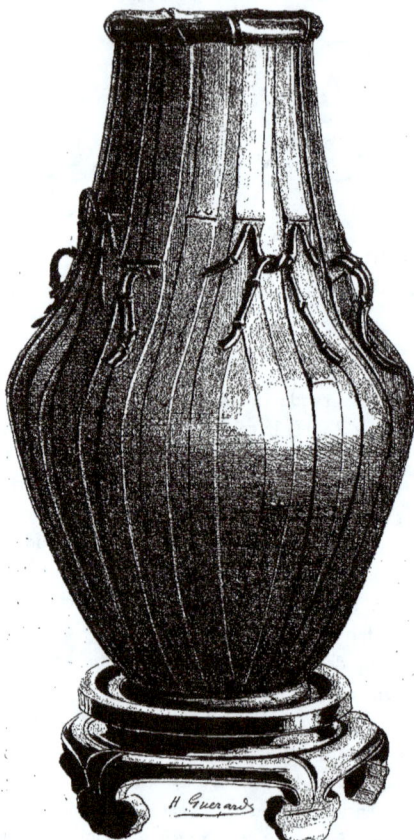

a fallu beaucoup de patience, des efforts ardus pour pénétrer dans le vieux Japon. Peu à peu cependant les matériaux d'étude, les moyens d'enquête se sont amassés; le rideau qui nous dérobait les aspects les plus originaux du génie artistique des Japonais a commencé à se lever. On pouvait dès lors songer à construire sur un fond solide des travaux d'ensemble.

Il est permis d'affirmer que l'art japonais, nous entendons l'art antique, l'art des belles époques, est complètement inconnu du public. Faute de moyens de comparaison, le moderne et l'ancien, le beau et le laid sont confondus de la façon la plus déplorable. Les origines et l'his-

toire de l'art du Nippon sont encore lettre close. Les ouvrages
qui s'en sont occupés ne contiennent guère que des indications
vagues et des assertions aventurées. Il n'y a que MM. Anderson,
Reed, Franks, Bowes, en Angleterre, Philippe Burty, en France, ou
le docteur Gierke, en Allemagne, qui aient élucidé certains points de la question par des documents positifs. C'est M. Burty qui le premier a songé à réunir une collection raisonnée

d'objets anciens. Depuis, un petit nombre d'amateurs enthousiastes a surgi à Paris et sauvé de la dispersion ce que le Japon nous a envoyé, en dix ans, de plus rare et de plus exquis. L'auteur
du grand ouvrage dont ce prospectus annonce la prochaine appa-
rition, M. Louis Gonse, directeur de la *Gazette des Beaux-Arts,*
a lui-même formé une collection considérable dans laquelle il a
trouvé de précieux éléments d'étude. Ayant de plus sous la main
des sources japonaises toutes nouvelles, mises à profit avec le
concours d'un lettré indigène rompu à la connaissance des deux
langues et à la lecture des caractères sinico-japonais, l'auteur a

voulu faire ce que personne n'avait tenté avant lui, une histoire général de l'art japonais. On pourra certes com-

pléter son œuvre, l'augmenter sur nombre
de points; mais il faudra maintenant aller au
Japon, apprendre la langue et poursuivre
sur place des recherches de longue haleine.
D'autres avaient décrit en poètes les merveilles du goût japonais, vanté l'originalité
incomparable, la fantaisie infinie de cet art
exotique; M. Gonse s'est surtout proposé de
déterminer les lignes générales de son histoire, d'en établir la chronologie sur des
bases aussi exactes que possible, de mettre
en relief les artistes qui ont laissé une
trace par leurs œuvres, et, pour les plus
grands, pour les plus célèbres, de restituer les points et les
dates essentiels de leur biographie.

L'ouvrage de M. Gonse embrasse
avec plus ou moins de développements toutes les manifestations de
l'art japonais : la PEINTURE, l'ARCHI-
TECTURE, la SCULPTURE en bronze, en
ivoire et en bois, les LAQUES, les TRA-
VAUX DE MÉTAL, les ARMES, les ÉTOFFES,
les BRODERIES, la GRAVURE en noir et
en couleurs, la CÉRAMIQUE. Ces différentes sections seront précédées d'un
coup d'œil d'ensemble sur l'histoire politique du Japon, sur le pays et la race.

Les deux chapitres de la PEINTURE et des LAQUES constituent
deux des parties les plus importantes et les plus neuves de l'ouvrage.

M. Gonse est parvenu à établir sur des données précises
l'histoire de la peinture au Japon et celle des laques, depuis
le IXe siècle jusqu'au milieu du XIXe, époque où expire l'art national
au contact dissolvant des Européens. Pour marquer l'intérêt des

matériaux mis en œuvre, il nous suffira de dire que le chapitre
consacré à l'étude historique des différentes écoles de peinture et
de leurs promoteurs aura une étendue de près de deux cents
pages. Hokousaï, l'artiste le plus original, le plus extraordinaire,
qu'ait produit le Japon, mais aussi le plus enveloppé d'obscurité, y
occupera une place prééminente. Tout ce qui touche à un si grand

maître est digne de fixer notre attention, car Hokousaï est le Rembrandt de l'extrême Orient. Les reproductions se lient d'ailleurs de

la façon la plus intime avec les déductions de l'auteur. Chacun des grands
peintres et des principaux maîtres laqueurs sera représenté à sa place res-
pective par un ou deux spécimens de
son style particulier. On peut évaluer
à plus de trois cents les gravures affé-
rentes à ces deux chapitres.

L'ARCHITECTURE, les ÉTOFFES et les
BRODERIES formeront également des
chapitres fort curieux; mais ce sont
les ARMES, la SCULPTURE, les TRA-
VAUX DE MÉTAL, la GRAVURE et la
CÉRAMIQUE qui, après la peinture,
ont fourni à M. Gonse les matériaux
d'étude les plus importants. Plusieurs
centaines d'images de toute nature
y jetteront la lumière d'une démons-
tration parlante. Le chapitre des BRO-
DERIES comprendra ces objets d'art
sans rivaux qu'on appelle les *Foukousas*; celui de la SCULPTURE passera
des infiniment grands aux infiniment
petits, du Bouddha colossal de Kamakoura à ces merveilleux et minus-
cules netzkés que les amateurs d'Europe et d'Amérique recherchent
avec tant de passion et dont la variété de forme, de matière et de
décor tient véritablement du prodige. Enfin les chapitres de la
CÉRAMIQUE et de la GRAVURE, remontant aux sources, feront enfin

connaître deux des formes les plus admirables de l'art japonais, dont on ne connaissait guère jusqu'à présent en dehors du Japon que les produits et les contrefaçons modernes.

L'illustration a été conçue dans le même esprit que le texte et exécutée sous la direction personnelle de l'auteur, à l'aide des moyens les plus variés et avec le plus grand luxe. L'ensemble des reproductions comprendra soixante-quatre gravures hors texte, dont 3o gravu- de 700 gravures res en couleurs, dans le texte, exécutées soit non compris par la chromo- les fac-similés lithographie, de cachets et soit par des signatures d'ar- procédés nou- tistes. veaux, 13 eaux- Cet ensemble fortes, 21 hé- représente au liogravures Du- bas mot un mil- jardin, et plus lier d'objets,

peintures, dessins et motifs japonais de toute nature qui forme-ront une encyclopédie complète de l'art japonais et seront une mine inépuisable pour nos industriels et pour nos artistes.

Au point de vue matériel, l'ouvrage de M. Louis Gonse sera donc un des plus riches et des plus intéressants qu'aura produits la librairie française.

Les eaux-fortes et cent cinquante dessins gravés dans le texte sont dus au talent original et puissant de M. Henri Guérard. Nous n'avons aucun embarras à dire que cet artiste, qui jusqu'à ce jour avait cherché sa voie, s'y révèle avec des qualités de premier ordre. Personne, que nous sachions, depuis la mort de Jacquemart, n'au-rait pu rendre avec cette intensité de vie et de couleur le caractère individuel, imprévu, des objets japonais, passant de la plus surpre-

nante finesse à une rudesse presque violente. Quelques-unes de ces
eaux-fortes sont tirées à deux et à trois tons.

Les reproductions en couleurs ont
été faites par MM. Lemercier et Charles
Gillot, qui se sont acquittés de leur
tâche avec une habileté au-dessus de
tout éloge. Quant aux héliogravures de
M. Dujardin, elles sont l'expression la
plus parfaite de ce genre de reproductions. MM. Gillot, Guillaume, Michelet
et Petit ont mis tous leurs soins et uti-
lisé les derniers perfectionnements de
leurs procédés dans l'exécution des gravures typographiques. Les gravures en
couleurs de M. Gillot, toutes tirées sur
papier du Japon, reproduisent des broderies, des tapisseries et de précieuses
estampes japonaises; elles attireront l'attention des amateurs, aussi bien que celle
des gens du métier, par leur nouveauté
et leur étonnante réussite de fac-similés.

Le présent prospectus est accompagné d'une de ces gravures et de
spécimens de quelques-uns des genres de reproductions employées
dans le texte.

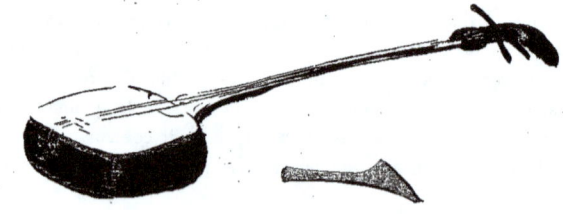

.H. GUERARD.

PORTE BOUQUET EN BRONZE, DÉCORÉ D'UN CRABE LAQUÉ AU FEU
TRAVAIL DU XVIIIᵉ SIÈCLE (COLLECTION DE M. LOUIS GONSE)

CHAPITRE PREMIER

COUP D'OEIL

SUR

L'HISTOIRE DU JAPON

1.

1

COUP D'OEIL

<small>SUR L'HISTOIRE</small>

DU JAPON

I

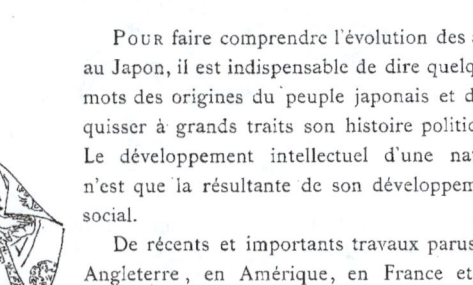

Pour faire comprendre l'évolution des arts au Japon, il est indispensable de dire quelques mots des origines du peuple japonais et d'esquisser à grands traits son histoire politique. Le développement intellectuel d'une nation n'est que la résultante de son développement social.

De récents et importants travaux parus en Angleterre, en Amérique, en France et en Suisse, où se publient deux revues exclusivement consacrées à l'extrême Orient, me viennent fort à propos en aide et me permettent, en contrôlant les recherches plus anciennes des Kaempfer, des Siebold et des Fraissinet, par celles de ces différents auteurs modernes, d'obtenir sur beau-

coup de points une quasi-certitude de vérité[1]. Le lecteur, qui veut
bien me suivre dans ce voyage à travers les arts du vieil empire du
Soleil levant, devra d'abord se familiariser avec certaines évolutions
climatériques de la société japonaise, avec certains personnages

DIVINITÉ VOLANT DANS LES AIRS.

(D'après un dessin de Keisaï Kitao.)

illustres de son histoire, conquérants ou civilisateurs, dont les
noms reviendront souvent sous ma plume.

1. Je considère comme un devoir de reconnaissance de citer au premier rang
l'ouvrage de Dickson, les deux volumes de Reed, *Japan*, publiés à Londres, par
Murray, le VIIe vol. de la *Nouvelle Géographie universelle* de Reclus, consacré à l'*Asie
orientale*, monument admirable d'esprit critique et de savoir, et surtout l'*Empire japonais*
de Léon Metchnikoff, publié à Genève, par Turretini, l'éditeur des deux revues que nous
venons de mentionner : l'*Atsoumé-Gousa* et le *Banzaï-Saou*. M. Turretini, qui est lui-
même un orientaliste distingué, a fait œuvre de grand mérite en éditant, chez Georg, ce
gros volume sur l'empire japonais, compilation un peu massive, mais remplie de faits
et de renseignements de toute sorte. M. Metchnikoff, envoyé en mission au Japon par

AMATÉRASSOU, LA DÉESSE DU SOLEIL.

(D'après un dessin de Hokousaï.)

Chez tous les peuples de l'extrême Orient, les origines historiques se confondent avec les légendes des temps fabuleux. Le besoin des nations, qui ont un passé très reculé, de le reculer encore, se rencontre aussi vif au Japon qu'en Chine, bien que le

SOUZANO, LE DIEU DES VENTS

(D'après un dessin de Koriu.)

peuple chinois puisse justifier par ses annales écrites d'une antiquité beaucoup plus grande.

le ministre de l'instruction publique de la Confédération helvétique, y a réuni les fruits de ses patientes recherches; il a, on peut le dire, débrouillé d'une façon définitive l'histoire politique du Japon. Ce n'est que justice aussi de mentionner les intéressants travaux de MM. Dickins et Satow, et les ouvrages de MM. Aimé Humbert, Georges Bousquet, Émile Guimet, Rodolphe Lindau et de miss Beard, ainsi que ceux tout récents de MM. Dresser, sur les arts et métiers du Japon, et Griffis, sur la Corée.

Le monument le plus ancien de l'histoire japonaise est le *Koʒiki,* vaste compilation écrite d'après les ordres de l'empereur Tenmou, à la fin du vii⁰ siècle de notre ère, ou au commencement du viii⁰; nous pouvons le considérer comme la Bible du culte des dieux primitifs ou *Kamis,* qui a persisté à travers les alluvions du confucéisme et du bouddhisme, sous le nom de culte *shinto.* C'est la Genèse du paganisme japonais, la chronique des âges préhistoriques, et aussi celle des premiers siècles de la dynastie impériale. Le récit du *Koʒiki* est le texte le plus pur et en même temps le moins connu des Européens. Les additions des auteurs japonais des xvii⁰ et xviii⁰ siècles, fortement imbus de l'influence des idées chinoises, ont altéré plus tard les traditions primitives.

Un fait certain ressort de l'étude de ces traditions. Comme dans le polythéisme antique, issu lui-même de l'Asie, toutes les grandes forces personnifiées sous le nom de Kamis se confondent dans une origine commune : la force créatrice du Soleil. L'adoration du Soleil est l'idée générale qui domine toutes les fables de la cosmogonie du Japon. A ne les prendre que par leur côté imaginatif et poétique, ces fables méritent de nous arrêter.

DRAGON.
(D'après Hokousaï.)

Avant la naissance des choses existait de tout temps une trinité céleste, assise dans l'espace sur un trône de silence. Semblables aux bourgeons qui naissent sur la tige du roseau (*aci*), deux nouveaux dieux surgirent sur la face de cette trinité, sans en altérer l'unité primordiale. Ceux-ci engendrèrent à 'leur tour d'autres dieux qui

forment ce que le *Koziki* désigne sous le nom des « sept générations divines ». Nous ferons grâce à nos lecteurs des noms, plus
que bizarres pour nos oreilles, de ces divinités japonaises. Il nous

OUZOUMÉ DANSANT.
(D'après un dessin de Hokousaï.)

suffit de savoir que les dieux du
ciel chargèrent leur frère de la
septième génération, Isanaghi,
et sa sœur, Isanami, du soin
fort délicat de créer le monde
et qu'ils leur remirent à cet
effet la lance à pointe de rubis
qui gouverne le ciel. Ce sont
les deux derniers dieux de l'âge
purement divin.

Après avoir créé, du bout de
leur lance, l'archipel des îles
Onogorosima, Isanami dit à son
frère : « Quel est l'endroit où
nous nous rencontrerons, après
avoir parcouru toutes ces belles
contrées que nous venons de

créer ? » — Et Isanaghi de répondre : « Nous nous réunirons près
du pilier qui soutient la voûte des cieux. » — Ils se séparèrent, le
dieu partant à gauche, la déesse à droite, et après avoir fait le tour
de leur œuvre, ils se retrouvèrent près du pivot céleste. La déesse
contempla amoureusement Isanaghi et exprima en chantant un
désir voluptueux. Le dieu dit sévèrement : « Il ne sied pas à la
femme de parler avant l'homme. » Ils engendrèrent cependant un
premier fils nommé Hirougo, qui s'élança aussitôt dans une nacelle
de bambou et s'éloigna, emporté par le courant, pour ne plus
jamais revenir. Les dieux jetèrent sur son chemin l'île d'Ava, espé-
rant l'arrêter dans sa course ; mais ce fut en vain. Hirougo ne reparut

Héliog Dujardin

Imp. A.Quantin

LA DÉESSE KOUANON, PAR MOKOUGA
(XIXᵉ Siecle)
(KAKÉMONO DE LA COLLECTION DE M.LOUIS GONSE)

jamais. Il est vénéré encore aujourd'hui sous le nom de Yébis
(barbare). Par la suite Isanaghi, plus avisé, rétablit les rôles, et
Isanami engendra successivement l'île d'Avadji, l'île à double nom
de Yo, l'île d'Oki, la grande île de Kiou-Siou et les autres îles du

PETIT TABLEAU DE TEMPLE DÉCORÉ D'UN MASQUE D'OUZOUMÉ.

(Collection de M. Louis Gonse.)

Nippon; ensuite elle donna naissance aux divinités terrestres ou divinités inférieures qui peuplent l'Olympe shintoïste. Le *Koʒiki* est fort
prodigue de détails sur cette création des Kamis, qui lutte en invention pittoresque et extravagante avec les contes de fées de la Perse[1].

1. Nous renvoyons, du reste, à l'*Empire japonais* de M. Léon Metchnikoff qui a
étudié avec soin le texte primitif du *Koʒiki*. Nous lui empruntons une partie des détails
que nous donnons ici et qui diffèrent essentiellement du récit auquel se sont arrêtés
MM. Humbert, Bousquet et Reed, d'après les *Annales* de Klaproth.

Les dernières créations d'Isanaghi et d'Isanami furent d'abord

SENNIN MONTÉ SUR UN POISSON.
(D'après un ancien dessin de l'école des Kano.)

Amatérassou, la belle déesse du Soleil, qui sortit de leur œil

VASE DES « SIGNES DU ZODIAQUE ».

(Bronze archaïque de la collection de M. Louis Gonse.)

gauche; puis la poétique et gracieuse Tsoukiyoumi, la déesse de
la Lune, qu'ils retirèrent de leur œil droit, et enfin le dieu du
vent, le terrible Sousano, qui s'échappa de leur souffle. Après

ANCIEN GUERRIER JAPONAIS.

(D'après un dessin de Hokkeï.)

avoir donné à Amatérassou le royaume du jour, à sa sœur celui de
la nuit et à leur frère Sousano celui des mers, Isanaghi et Isanami
remontèrent dans les espaces célestes.

Ici se place un événement qui joue le plus grand rôle dans

les pratiques journalières du culte shinto, et qui par la suite est devenu l'origine d'un grand nombre de coutumes populaires. Les détails en ont bien souvent inspiré les artistes du Japon. J'en emprunterai le récit au *Japan* de M. Reed.

La déesse du Soleil ayant été gravement offensée par son frère, jeune homme de mauvaise conduite, elle s'enfuit et alla se cacher dans la caverne d'Améno Ivato, dont elle mura l'ouverture avec un rocher. Dès lors l'obscurité régna dans le pays, qui fut livré au bruit et au désordre des divinités inférieures. Tous les dieux se réunirent à l'entrée de la caverne, sur le bord de la rivière Yasougava, et délibérèrent sur les moyens de faire réapparaître la déesse. Ils

SHINNÔ, LE DIEU DE LA MÉDECINE, MANGEANT DES ROSEAUX.
(D'après une ancienne peinture de l'école des Kano.)

résolurent de l'attirer par sa propre image, et l'un des dieux fit, avec l'aide d'un forgeron, des miroirs ayant la forme du soleil, avec du fer du ciel. Les deux premiers miroirs étaient trop petits, mais le troisième était de belle taille et magnifique. Ce miroir est encore aujourd'hui la divinité du sanctuaire intérieur de Icé. Les dieux plantèrent aussi du chanvre et du « Kodzou », et avec les fibres de la première et l'écorce de la seconde plante, ils tissèrent des vêtements pour la déesse. Ils taillèrent du bois de cèdre et bâtirent un palais. On confectionna des joyaux en « Magatama » (pierres taillées et polies), tels qu'on les portait comme ornements à cette époque, et on fit des guirlandes de branches de bambou et

de « Sakaki ». Un des dieux arracha ensuite un sakaki tout entier
par ses racines, et sur ses branches supérieures il suspendit le
collier de bijoux; au centre, il plaça le miroir sacré et aux branches
inférieures il attacha de belles et fines étoffes. Ceci formait, dit
M. Satow, un grand *miléguora* ou *gôheï,* qui fut tenu par Ama-
nofouto-Damano-Mikoto, pendant qu'il prononçait un discours en
l'honneur de la déesse. De là est venue la coutume de mettre des
gôheï semblables avec des joyaux, des glaces et des bouts d'étoffe
coupés en zigzag, entre les mains des jeunes prêtresses au sanctuaire de la déesse; des gôheï plus simples, branches garnies de
bouts d'étoffe ou de papier, se voient encore aujourd'hui dans tous
les temples et sanctuaires shintos du Japon. On réunit ensuite un
certain nombre de coqs, qu'on fit chanter en concert; un dieu de
grande force fut mis à la porte de la caverne, pour l'ouvrir au
moment favorable, et une déesse très renommée, Ouzoumé (en
entier : Améno-Ouzoumé-no-Mikoto), fut engagée à danser divine-
ment, faisant de la musique avec un tube de bambou, troué de
place en place, tandis que les dieux tout autour battirent la mesure
en frappant l'un contre l'autre deux morceaux de bois dur. On
construisit une sorte de harpe en juxtaposant six arcs, les cordes
verticales, qu'on faisait vibrer en les grattant avec des herbes.
Ouzoumé s'acquitta de sa tâche avec esprit. Relevant et nouant
ses manches jusqu'au creux de ses bras, elle prit dans ses mains un
paquet de roseaux et une lance entourée d'herbes et de petits gre-
lots. On alluma un feu circulaire, et au milieu on plaça un tambour
de forme ronde sur lequel elle devait danser. Puis la jeune déesse
commença à marcher en mesure sur cette boîte creuse, de façon à la
faire résonner, chanta un chant de six syllabes, et peu à peu, accélé-
rant la danse, elle se mit dans un tel état d'exaltation, ou plutôt « un
tel esprit divin descendit en elle », qu'elle desserra son vêtement,
découvrant de plus en plus ses charmes, et, à la fin, le laissa tomber

entièrement, au grand étonnement et au grand plaisir des dieux.

KOUANNON, LA DÉESSE DE LA GRACE.
(D'après une gravure de Hokousaï.)

Les cieux tremblèrent du rire des dieux. Le chant plut à la déesse.

plus que tout ce qu'elle avait encore entendu jusque-là; les sons
entraînants de la musique et de la danse, et le rire joyeux et
bruyant des dieux, touchèrent tellement Amatérasou, qu'elle entr'ouvrit doucement sa porte et murmura du fond de la caverne : « Je
croyais que, m'étant retirée ici, je laissais et le ciel et le Japon dans
l'obscurité! Pourquoi Ouzoumé a-t-elle dansé et pourquoi les dieux
ont-ils ri? » — Ouzoumé répondit : « Je danse et ils rient, parce
qu'il y a ici, montrant du doigt le miroir, une honorable déesse
qui vous dépasse en gloire et en beauté. » En même temps on
porta le miroir en avant, de façon qu'il refléta le visage de la déesse
dont l'étonnement fut porté à son comble. Aussitôt qu'elle eut sorti
un peu sa tête pour regarder autour d'elle, le dieu fort souleva
la porte de la caverne et attira à lui la déesse resplendissante.
Puis on passa autour d'elle une corde en paille de riz, et on la
transporta dans son nouveau palais, qu'on entoura également d'une
ceinture de paille pour en éloigner les mauvais esprits.

Les gôheï, comme je viens de le dire, sont encore en usage
dans tout le Japon, ainsi que les deux morceaux de bois dur avec
lesquels les dieux battirent la mesure. On les voit et on les entend
dans tous les théâtres, dans toutes les représentations publiques.
Le bruit de ces battoirs est même fort désagréable pour des oreilles
européennes. L'instrument, formé par un tube de bambou percé
aux jointures, est d'un usage très habituel, surtout dans la musique
des temples, et il n'y a rien de plus répandu que cette espèce de
tambour sur lequel dansait Ouzoumé. Les masques et les portraits d'Ouzoumé, au petit front et aux grosses joues, se vendent
partout. La corde de paille de riz est tendue dans tous les temples;
le miroir sacré y est attaché, mais plutôt comme symbole bouddhique que comme symbole shinto, le vrai et unique miroir
shinto étant caché aux regards dans le sanctuaire d'Oudji, de la province d'Icé.

SENNIN SUR UN TIGRE
BRONZE ANCIEN DE LA COLLECTION DE M. HENRI CERNUSCHI
(Réduction au tiers)

Imp A Quantin

D'Amatérasou et de Sousano sont sortis les éléments de la
nationalité japonaise, que le *Koʒiki* prend soin de distinguer très
nettement : la postérité du dieu du vent, qui se répand dans la
province d'Idzoumo et sur le littoral du Saïoundo ; la postérité
d'Amatérasou, qui règne tout d'abord sur la grande île de Kiou-Siou,
dans la partie la plus éloignée de la côte asiatique et, notons-le en
passant, la plus rapprochée des Liou-Kiou, de Formose, et des Phi-
lippines. C'est le point de l'archipel du Nippon, que le soleil à son
lever vient caresser de ses premiers rayons. Les Japonais font aussi
intervenir un troisième élément, mystérieux, qui serait sorti de la
personne d'Hirougo, le premier-né difforme du couple créateur et
la souche, dans la légende cosmogonique, de la race autochtone
des *Yébis* ou *Aïnos,* les hommes au teint blanc, à la peau velue,
aux barbes et aux cheveux incultes.

II

DE la lignée terrestre d'Amatérasou, la déesse du Soleil, est
sortie la dynastie des *Mikados,* qui
règne encore aujourd'hui sur le Japon. Le *Koẓiki* établit de la façon
suivante la généalogie du premier
empereur historique, Zinmou, ancêtre de l'empereur actuel, dont l'avènement
en 660 avant Jésus-Christ marque l'an Ier de
l'ère japonaise.

Amatérasou envoya son petit-fils Ninighi sur la terre et le
nomma souverain du Japon pour toujours, tant que le ciel et la terre
dureraient. Avant son départ elle lui remit les trois emblèmes divins
de la puissance impériale du Japon : le *Miroir sacré,* du temple
d'Icé, image terrestre de la déesse ; la *Lance sacrée,* du temple
d'Atsouta près Nagoya, sur la baie d'Owari, et la *Pierre sacrée*
ou *Magatama* qui est encore aujourd'hui en la possession de

l'empereur. Ninighi s'établit dans le Hiyouga, île de Kiou-Siou. Son
fils, Démino, qui lui succéda, eut, de la belle Tamayori, un fils du
nom de Ayétsouno. Ce dernier devint le père d'Ivaré-
biko-no-Mikoto, plus connu sous le surnom posthume
de Zinmou-Tennô (Zinmou voulant dire, en
langage sinico-japonais, *génie guerrier,* et
Tennô, *auguste du ciel*). Le qualificatif
Tennô, depuis le *Koʒiki,* est
ajouté par les Japonais à tous
les noms de leurs empereurs; il
a remplacé l'ancienne appella-
tion de Mikoto.

Entre Amatérasou et l'em-
pereur Zinmou il n'y a donc que
quatre générations, mais qui durent
chacune plusieurs milliers d'années;
car les Japonais ont toujours eu
une idée très positive de l'immense
ancienneté du monde.

Avec Zinmou finit la période mytho-
logique. Parti de la province orientale de
Hiyouga, il conquiert de proche en proche,
sur les autochtones, le pays central de
Yamato, qui devint le noyau du vieux Ja-

LE PRINCE OUMASHI-MATÉ,
CONTEMPORAIN DE ZINMOU.
(D'après Yosuf.)

pon et le berceau de la dynastie impériale de Yamato. Cette
dynastie règne sur l'empire du Soleil levant depuis plus de deux
mille ans et est actuellement la plus ancienne du monde.

Il serait irrévérencieux de douter de l'existence de Zinmou-
Tennô puisqu'on fête encore aujourd'hui au Japon, le septième jour
du quatrième mois, son avènement au trône; nous n'avons, du reste,
aucun moyen de contrôler ces chronologies vénérables qui reposent

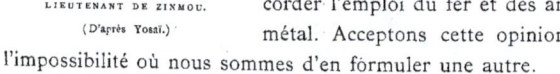

uniquement sur la tradition orale et sur les hymnes du culte shinto; mais il est permis de supposer que les souverains de ces temps primitifs n'étaient rien de plus que les chefs d'une tribu guerrière et conquérante venue des régions méridionales et orientales de l'archipel et qui, après de nombreux efforts, refoula vers le nord les premiers habitants du pays ou les absorba sous sa domination. Cette tribu paraît n'avoir pu dépasser pendant longtemps les régions montagneuses de la province de Yamato, où s'accomplit la première période de son histoire. Le Yamato est, en quelque sorte, à l'empire japonais ce qu'a été l'Ile-de-France à la monarchie française.

MITSINOBOU,
LIEUTENANT DE ZINMOU.
(D'après Yosaï.)

Quel pouvait être le degré de civilisation de ces conquérants venus du sud, qui trouvaient sur leur route des sauvages n'ayant sans doute pas dépassé l'âge de pierre? Nul ne le sait. Les Japonais sont unanimes à leur accorder l'emploi du fer et des armes en métal. Acceptons cette opinion, dans l'impossibilité où nous sommes d'en formuler une autre.

Le *Koziki* nous apprend que Zinmou régna soixante-seize ans et qu'à sa mort, survenue en l'an 584 avant notre ère, son pouvoir s'étendait sur la région qui comprend les anciennes provinces de Yamato, Yamashiro, Icé et Kii, c'est-à-dire sur toute cette presqu'île qui se trouve au centre et sur le côté oriental de la grande île de Nippon, qui est bornée au nord par le lac de Biva et qui comprend les antiques villes de Nara, la première capitale du Japon, d'Osaka et de Kioto, foyers générateurs des arts et de la civilisation japonaise.

CHEF D'UNE DES TRIBUS CONQUISES PAR L'EMPEREUR ZINMOU.

(D'après Yosaï.)

Je ne quitterai pas Zinmou sans faire une remarque qui a une grande importance pour le crédit que l'on doit accorder à ces premières chronologies japonaises. C'est que le calendrier chinois, basé sur des observations astronomiques et qui était encore très récemment en vigueur au Japon, n'a été introduit dans ce pays qu'au VIIe siècle de notre ère. Jusque-là les dates ne peuvent donc présenter aucun caractère de certitude.

Ce calendrier, qui est établi sur les révolutions de la lune et qui s'appelle calendrier lunaire, par opposition à notre calendrier solaire, est commun à la Chine, au Japon et à la plupart des pays de l'extrême Orient. Comme l'année lunaire est plus courte que l'année solaire, on a dû se servir de mois intercalaires pour rétablir la coïncidence des équinoxes, soit ajouter sept lunaisons par période de dix-neuf ans ; c'est-à-dire que les années 2, 5, 8, 11, 13, 16 et 19 de chaque période ont treize mois au lieu de douze. On y compte deux fois la septième lune. Le nombre des jours de ce mois intercalaire est nécessairement variable. Pour indiquer les dates on se sert du cycle de soixante ans qui se forme par la combinaison de deux séries de signes : les signes des éléments au nombre de 10 et les signes zodiacaux au nombre de 12. Chaque signe zodiacal revient cinq fois dans un cycle, de telle manière que la jonction d'un même signe élémentaire avec un même signe zodiacal ne peut se reproduire deux fois dans le même cycle sexagénal. Les signes du zodiaque sont, dans leur ordre :

Né, la Souris.	*Mouma*, le Cheval.
Ouci, le Bœuf.	*Hitsouji*, le Mouton.
Tora, le Tigre.	*Sarou*, le Singe.
Ou, le Lièvre.	*Tori*, le Coq.
Tatsou, le Dragon.	*Inou*, le Chien.
Mi, le Serpent.	*I*, le Sanglier.

L'usage du cycle sexagénal a été aboli en 1873 et remplacé par le calendrier grégorien. On conserva seulement les *nengos* ou noms particuliers donnés aux années du règne de chaque souverain.

Je ferme cette parenthèse un peu longue. L'esquisse rapide que je viens de tracer des origines légendaires de la nationalité japonaise nous montre déjà quel rôle joue, chez ce peuple sensitif et imaginatif, la poésie et la fable, qui resteront les deux sources les

COSTUME CORÉEN SOUS L'EMPEREUR SOUJIN (Iᵉʳ SIÈCLE AVANT NOTRE ÈRE).

(D'après Yosaï.)

plus fécondes de leurs arts. La théogonie japonaise a toutes les qualités de grâce, de richesse et de subtilité dans l'invention qu'on pouvait attendre d'une race aussi douée et aussi artiste. Parmi les formations mythiques des croyances primitives des différents peuples,

celles des Japonais sont parmi les plus remarquables au point de
vue de la durée et de la netteté des transmissions préhistoriques,
au point de vue de l'originalité et du spiritualisme des idées. La con-

SOUGAVARA KIOKINI.
(D'après Yosaï.)

naissance de ces traditions obscures est
des plus utiles à celui qui veut appro-
fondir le génie de cette race qui, au
fond, ne diffère point tant des races
occidentales, et connaître les raisons
d'être de ses habitudes morales et son
idéal social. Je regrette de ne pouvoir
m'étendre sur un sujet qui est digne
des plus hautes spéculations de la critique, mais qui ne touche qu'indirectement à la matière de ce livre. Je
noterai seulement, en passant, que
les anciens Japonais n'ont eu ni la
notion du chaos ni celle du dua-
lisme primordial des deux principes,
mâle et femelle, qu'on retrouve dans
les plus anciens livres de la Chine.

De cette date, 960 avant Jésus-Christ, fixée par le *Koẓiki,*
jusqu'à l'an 270 après Jésus-Christ, s'étend une période que nous
appellerons la *Période de la conquête,* et qui n'a pas plus de certitude historique que l'âge héroïque des Grecs. Pendant ce laps de
temps, le pouvoir mikadonal prend son assiette, se constitue; le
droit féodal se formule, les vertus guerrières se trempent. Ce sont
les premiers bégayements d'un peuple dont la civilisation est encore
si pauvre que l'alphabet et l'écriture, d'après les données les plus
probables, lui sont encore étrangers. La race conquérante que Zinmou avait conduite dans le Yamato s'étend peu à peu comme une
tache d'huile sur la plus grande partie du territoire de la grande île,

rejetant les Yébis dans l'extrémité nord-ouest qui comprend la région
du Tosando, c'est-à-dire, à peu de chose près, jusqu'au point qui
devait devenir plus tard la ville de Yédo, ou s'assimilant les peuplades mongoliennes qui peut-être oc-
cupaient une partie du pays. Cette
période s'écoule en dehors des influences et des relations continentales,
car les historiens japonais sont d'ac-
cord pour fixer le premier contact avec
la Chine à l'année 280 après Jésus-
Christ.

Pendant cette période, nous ne
voyons guère à retenir que le nom
de l'empereur Souinin (Ikoumé en
langue Yamato), de l'an 29 avant
Jésus-Christ à l'an 70 après Jésus-
Christ, qui encouragea l'agriculture, fit creuser des canaux et
bâtir des temples; on lui attribue
la fondation du grand temple de

LE PRINCE TAKÉOUTSI
ENFERMANT SA BIVA (IIᵉ SIÈCLE).
(D'après Yosaï.)

Vatarayé, dans la province d'Icé, qui est aujourd'hui encore le
sanctuaire le plus vénéré de la religion shinto.

Le nom du jeune *Prince des guerriers,* Yamato-Daké, plus
connu sous celui du Petit Ouçou, et fils de l'empereur Keïko
(71 à 131 après J.-C.), occupe une grande place dans les souvenirs
historiques du Nippon. Sa lutte avec le guerrier géant d'Idzoumo
est un épisode célèbre. Il ne faut pas toutefois le confondre avec
la légende postérieure du géant Benkeï (sous Yoritomo) qui a si
souvent tenté la verve des artistes, surtout des artistes modernes.
C'est sa femme, la belle Tatsibana Himé, qui mourut en se précipitant dans les flots, pour apaiser les génies de la mer et sauver

son mari. Cet épisode a été chanté par les poètes et reproduit par

TATSIBANA HIMÉ SE PRÉCIPITANT DANS LES FLOTS.

(D'après Yosaï.)

les peintres. Nous donnons ici le fac-similé d'un dessin du célèbre
Yosaï, tiré du *Zenken Kojitzou* (*les Héros célèbres du Japon*).

La seconde période de l'histoire japonaise, ou période impériale, qui s'étend de 278 à 1108 après J.-C., est l'âge d'or du pouvoir des Mikados. Elle est marquée par des événements de la plus haute importance : l'introduction de l'écriture chinoise, de la philosophie de Confucius, des connaissances scientifiques et industrielles du Céleste Empire, la venue du bouddhisme et avec elle la naissance du sentiment artistique.

VANI ET ATSHI.
PREMIERS SAVANTS CORÉENS VENUS AU JAPON.
(D'après Yosaï.)

Un autre caractère de cette période est l'effacement du pouvoir impérial à mesure qu'il perd ses habitudes guerroyantes et son autorité militaire. La conquête du pays s'achève, le glaive rentre au fourreau, la chronique devient monotone; l'héroïsme des temps anciens s'émousse dans la mollesse des mœurs et dans le dédain des affaires sérieuses ; une aristocratie territoriale de plus en plus forte, de plus en plus ambitieuse, étouffe le pouvoir central et s'apprête à le dominer. Les Mikados restent puissants, tant qu'ils ont à combattre les habitants primitifs, tant qu'ils ont à étendre les frontières de l'État, en un mot tant qu'ils sont chefs d'armée; ils se maintiennent encore par la suprématie religieuse et presque divine dont ils disposent. La théocratie shintoïste leur assure pour quelque temps encore la souveraineté effective; mais l'arrivée du bouddhisme au

SALAMANDRES ENLACÉES.

(Garde en bronze de la collection de M. Montefiore.)

Japon porte à l'ancienne religion des Kamis un coup mortel; le prestige des mikados s'absorbe peu à peu dans la puissance chaque jour grandissante des shiogouns ou commandants militaires. Semblables aux rois fainéants, les descendants d'Amatéras ou laissent par faiblesse, par impuissance et par lassitude, les destinées de la nation tomber dans les mains des maires du palais. L'histoire japonaise cesse de parler de triomphes et de prodiges; elle semble disparaître en quelque sorte dans les délices d'une amollissante tranquillité et ne redevient émouvante qu'au XIᵉ siècle, à la fin de la deuxième période, alors que les guerres féodales commencent à secouer et à ravager le pays en le faisant rétrograder vers la barbarie. Elle enregistre les incendies, les inondations, et tient note des ouragans fameux. « Dans tel mois, disent avec gravité les historiens, le daïri[1] se rendit à sa maison de campagne, afin de contempler les fleurs. »

D'après le *Koʒiki,* il faudrait faire remonter au début de cette période (commencement du IIIᵉ siècle) les premières relations du Japon avec la presqu'île de Corée, que les Japonais qualifient ambitieusement de conquête. Si l'on s'en rapporte à la même source,

1. Nom primitif du Mikado.

les Coréens auraient dès cette époque payé un tribut annuel aux

KANZAN ET JITTOKOU, PHILOSOPHES CHINOIS.

(Bronze de la collection de M. Henri Cernuschi.)

souverains de Yamato Mais ces données sont assez confuses pour

qu'il soit possible de n'y voir autre chose qu'un échange de relations
intermittentes, peut-être d'ambassades, ou une simple émigration. Les livres de Confucius, ces admirables monuments de morale

VAKAKONOBÉ, INTRODUCTEUR DES VERS A SOIE AU JAPON (Vᵉ SIÈCLE).

(D'après Yosaï.)

pratique, de philosophie rationaliste, que les Japonais ont encore
en si profonde estime, sont venus cependant par cette voie; c'est
par elle aussi que se sont produits les premiers contacts avec la
Chine, que le *Nihonki,* chronique japonaise, postérieure au *Koʒiki,*
reporte à la fin du IIIᵉ siècle de notre ère. Il est de tradition officielle

au Japon de prétendre que tout a été emprunté à la Chine par l'intermédiaire des Coréens : l'écriture, la philosophie, la religion, les institutions politiques, les arts et les procédés mécaniques, la médecine, l'astronomie et l'agriculture. J'admets volontiers que tout ce qui est d'origine chinoise est venu au Japon par la Corée, mais je conteste que l'influence de la Chine ait été aussi complète, aussi absolue. Les insulaires du Nippon sont trop modestes; ils doivent beaucoup plus au génie de leur propre race et à certaines autres influences étrangères, qu'ils ne semblent le croire. Ce qui est hors de doute, c'est que l'écriture, le calendrier, certains procédés techniques dans les arts, l'usage du thé, la culture du mûrier sont venus de la Corée. Pour le reste, les origines sont à la fois plus complexes et plus anciennes. Je reviendrai plus loin sur ce sujet, lorsque j'aurai à parler des caractères ethnographiques du peuple japonais.

SOTOHORI HIMÉ,
MAITRESSE DE L'EMPEREUR INGHIO.
(D'après Yosaï.)

C'est à la fin du III siècle, sous le règne illustre d'Ojin-Tennô, que les deux savants coréens, Vani et Atshi, vinrent se fixer à la cour de Yamato. La tradition leur attribue une grande influence civilisatrice. Ils apportaient, dit-on, avec eux des armes et des étoffes et étaient accompagnés de tisserands, de forgerons et autres artisans. Les Japonais leur doivent l'introduction du premier cheval et de la première jument. Vani passe pour avoir importé aussi les quatre livres de Koci (Confucius). Il est resté le chef de la classe des lettrés et son nom est vénéré à l'égal de celui d'un saint.

L'influence de la Corée sur le Japon est un point de grande
importance et dont l'éclaircissement expliquerait bien des choses.
Il paraît difficile au premier abord d'admettre qu'un pays, dont le

ÉPISODE DE HATÉSSOU ÉTOUFFANT UN TIGRE.
(D'après Yosaï.)

génie artistique n'est plus guère aujourd'hui au-dessus de celui des
peuplades de la Polynésie, ait eu une action bien sensible sur une
nation qui compte parmi les plus artistes de l'univers. Il ne faut
cependant pas oublier que les origines du peuple coréen remontent

à la plus haute antiquité et que celui-ci est depuis longtemps en complète décadence.

Sous le règne de Ritsiou-Tennô, le royaume de Yamato entra dans une période d'anarchie et de discordes intestines, qui recu-

TATSIBANA MOROYÉ, INTRODUCTEUR DES MODES CHINOISES AU JAPON
ET AUTEUR DU « MANYOSIOU ».

(D'après Yosaï.)

lèrent de près de deux siècles les progrès de la civilisation. L'histoire attribue l'origine de ces troubles à l'amour que la belle Kouro-Himé avait inspiré en même temps à Ritsiou-Tennô et à son frère Soumiyé. Les historiens officiels du Japon se sont efforcés d'atténuer l'importance de ces troubles qui compromirent le prestige du nom et des armes japonais parmi les tribus insoumises et leur fit perdre les résultats acquis en Corée, au point que le gouvernement de Yamato dut à son tour payer un tribut à ses voisins

LE POÈTE FOUZIVARA SANÉKATA, SOUS L'EMPEREUR ITIJIO (Xᵉ SIÈCLE).

(D'après Yosaï.)

du continent. Les légendes japonaises citent le nom d'Hatéssou, seigneur de Kashivadé, que les poètes et les artistes des temps modernes ont rendu célèbre et qui fut envoyé en Corée par Kin-meï-Tennô (539 à 572 après J.-C.). Hatéssou, surpris par les neiges, rencontra un tigre qui dévora l'un de ses enfants sous ses

LAKANS, GRISAILLE PAR KOUASAN (XIXe SIÈCLE)

Collection de M. Louis Gonse

yeux; dans la rage de sa douleur il étouffa la bête féroce en lui plongeant son poing jusqu'au fond de la gorge. Yosaï, dans ses *Héros célèbres*, en a fait un superbe dessin que nous reproduisons ici.

C'est à cette époque que vinrent de Corée, pour se fixer au

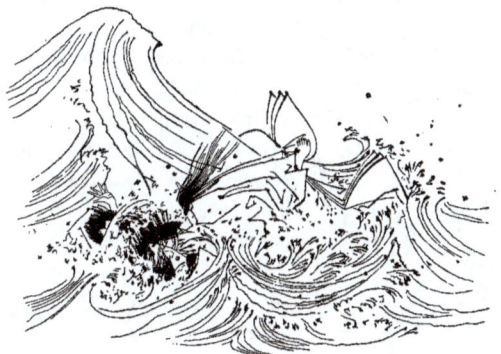

L'ÉPOUSE DE TADATSOUNÉ PÉRISSANT DANS LES FLOTS.

(D'après Yosaï.)

Japon, les premiers bonzes bouddhiques. Kinmeï encouragea vivement la religion nouvelle, malgré l'opposition de son entourage et la résistance énergique des prêtres du culte national. Au commencement du VI⁰ siècle le bouddhisme était déjà florissant. Ses progrès marchent pas à pas avec la décadence de l'autorité des empereurs. Le prince Moumayado, plus connu sous la désignation de Shiotokou, frère de Souijin-Tennô (588 à 592 après J.-C.), fut le propagateur le plus ardent du bouddhisme et l'âme de la révolution sociale qui allait transformer le Japon à l'image du Céleste

Empire. Il exerça la régence pendant le règne de l'impératrice
Souiko. Le texte du *Koziki* s'arrête
au début de ce règne qui marque une
époque bien tranchée dans l'histoire
du Nippon.

Le bouddhisme existait en
Chine dès le 1er siècle de notre
ère. Bouddha ou Hotoké est adoré au
Japon sous le nom d'Amida. Rappelons
en passant que le fondateur de cette
grande religion asiatique, Shakia-Mouni,
est mort l'an 437 avant J.-C., et que sa
mort et sa naissance sont célébrées au Japon avec une grande
pompe. La mort de
Shakia a souvent in-
spiré les peintres de
l'ancienne école.
Notre ami M. Cer-
nuschi en possède
une grande représen-
tation peinte sur soie, où l'on voit réunis, comme
dans une vision extatique, la foule des apôtres
bouddhiques et tous les animaux de la création
selon Bouddha. Ce curieux spécimen de la
peinture religieuse au Japon provient d'un des
temples de Yédo.

CostUME
DE L'ANTIQUITÉ JAPONAISE.
(D'après un Traité de Fauconnerie.)

ISHIKAVA TASHITAROU.
(D'après Yosaï.)

Quant à leur écriture officielle, les Japonais
la doivent entièrement à la Chine. On suppose
qu'avant de s'approprier l'idéographie chinoise, ils se sont servis

de l'écriture coréenne. Dans tous les cas, il est certain qu'ils ont possédé une manière rudimentaire de figurer les sons ; mais nous ne possédons aucun renseignement qui nous permette de reconstituer cette écriture primitive. L'introduction des quarante mille caractères chinois est sans contredit l'événement le plus important de l'histoire du Japon, celui du moins qui eut les plus vastes conséquences.

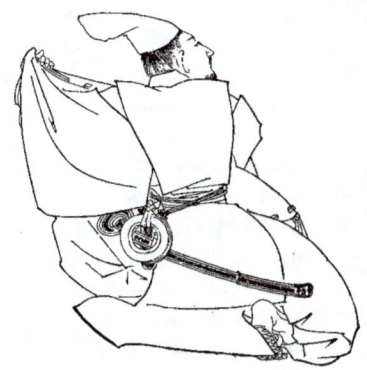

LE PRINCE YORIMASA, SOUS L'EMPEREUR SHIOTOKOU.

(D'après Yosaï.)

On peut dire que certaines qualités, comme certains défauts du génie littéraire et artistique des Japonais, ont pris naissance dans l'usage de l'écriture idéographique de la Chine, qui est d'un dessin si beau, si lapidaire, mais en même temps d'une étude si longue et si pénible. On sait, en effet, que chaque signe a une valeur figurative qui lui est propre et exprime une idée représentée par un mot : autant de mots, autant de signes.

L'usage de l'écriture chinoise présente même cette double difficulté, pour les Japonais, que chaque caractère peut se prononcer de deux façons différentes : l'une qui s'appelle *koiyé* (le son) et l'autre *yomi* (la lecture). Ceci explique que la connaissance approfondie de l'écriture et de la lecture de la langue japonaise soit chose rare, non seulement en Europe, mais au Japon. A vrai dire, il n'existe pas d'Européen qui puisse se vanter de connaître parfaitement la lecture des caractères. Parmi les Japonais résidant en Europe, il y en a bien peu qui puissent à cet égard mériter pleine confiance; surtout lorsqu'il s'agit de lire des

LE GUERRIER KOUANGHOU.
(Netské en ivoire de la collection de M. Montefiore.)

inscriptions ou des signatures en caractères anciens, ou dans ces belles écritures cursives qui sont si goûtées au Japon et qui ont élevé la calligraphie à la hauteur des arts les plus raffinés. Quiconque a vu quelques manuscrits japonais des belles époques aura été frappé de la richesse, de la souplesse de la calligraphie courante qui est une interprétation libre du caractère classique chinois. Bien écrire est un talent très apprécié et très noble. Il y a, au

LE PRINCE TOMONAO YEÏKADZOU
AGENOUILLÉ DEVANT SES DIEUX LARES
(D'après Yosaï.)

Japon, des artistes en calligraphie, qui sont célébrés à l'égal des plus grands maîtres. Un peintre de talent était généralement et avant tout un habile calligraphe. Tels sont, pour n'en citer que deux, Koëtsou et Shiokouado, à la fin du XVIᵉ siècle. Le grand poète. Teïka était aussi, au dire des Japonais, un calligraphe inimitable. Une belle écriture japonaise, enlevée du bout d'un pinceau tenu bien perpendiculairement au papier et trempé dans cette encre dont le noir n'a pas d'égal, est une jouissance pour les yeux japonais, et même pour nos yeux, quoiqu'ils n'en peuvent pénétrer le mystère. C'est comme une douce musique, une voluptueuse eurythmie.

Nous donnons ici le fac-similé d'un morceau d'écriture emprunté à un très ancien et très précieux recueil de peintures et de poésies, imprimé à Kioto en 1672, avec sa transcription en caractères classiques.

L'écriture japonaise va de droite à gauche comme l'écriture chinoise. Un livre japonais doit être lu dans le sens inverse des nôtres. Son commencement serait la fin d'un livre européen et *vice versa*. Les caractères sont rangés par colonnes verticales et vont de haut en bas.

Le règne de l'impératrice Souiko est donc à retenir comme étant le véritable point de départ de la civilisation du peuple japonais. Les règles de l'étiquette, le code des cérémonies officielles, la coupe du vêtement militaire, furent fixés au commencement du VIIᵉ siècle. Les fameux dix-sept commandements qui servirent de base à la législation japonaise et les écoles publiques datent également de cette époque.

Du VIIᵉ siècle au IXᵉ s'étend une période très importante, au point de vue de la formation de la langue et des origines de la littérature. Elle correspond à notre moyen âge et nous l'appellerons la période Yamato. La langue parlée à cette époque, et connue sous le nom de *yamato,* est l'idiome primitif du Japon, et les signes chinois ne furent, au début, employés que comme caractères phonétiques pour écrire les sons de la langue yamato. Cette littérature an-

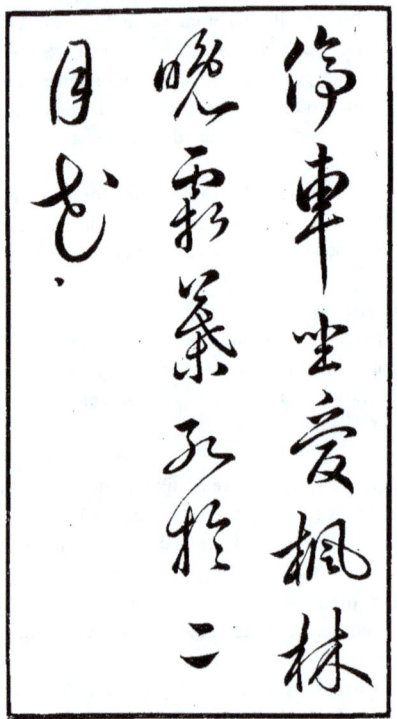

SPÉCIMEN DE CALLIGRAPHIE CURSIVE.
(D'après un recueil imprimé à Kioto en 1672.)

cienne et vraiment nationale est plus riche, plus originale, que la littérature bâtarde sinico-japonaise qui s'est épanouie après elle et l'a peu à peu étouffée sous le gouvernement des Shiogouns.

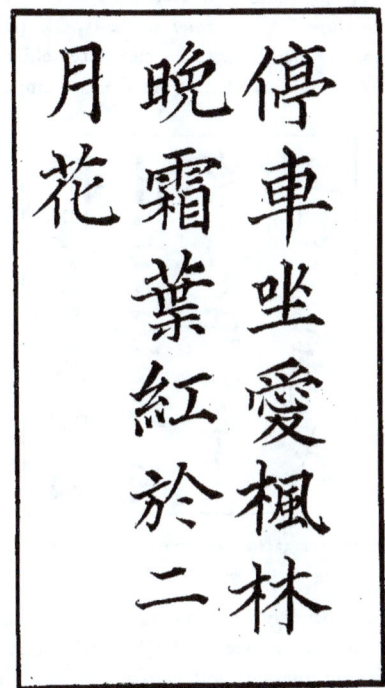

TRANSCRIPTION, EN CARACTÈRES CLASSIQUES, DU SPÉCIMEN
DE LA PAGE PRÉCÉDENTE.

Le *Koziki* est écrit en langue yamato. On peut encore citer, parmi
les monuments les plus remarquables de la littérature classique de

cette époque, le *Manyosiou* ou « Collection des dix mille feuilles »,
en vingt volumes, compilée par Tatshibana Moroyé, sous l'empereur
Shioumoun (724-748), et les romanceros historiques du style Monogatari, dont le *Ghenji Monogatari* est le type le plus parfait[1]. La
littérature yamato, même écrite en caractères chinois, est absolument incompréhensible aux lettrés du Céleste Empire.

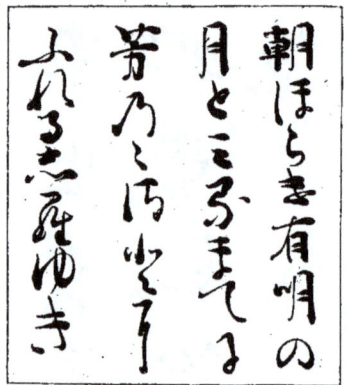

FAC-SIMILÉ D'UNE POÉSIE MANUSCRITE DU CÉLÈBRE POÈTE TEÏKA.

(Fin du xiie siècle.)

C'est encore pendant le cours du viie siècle, sous l'empereur
Tenmou, que l'aristocratie féodale fut hiérarchisée en douze degrés
pour les princes et quarante-huit pour les nobles non titrés et les
fonctionnaires. Les paysans furent divisés en trois classes d'après
leur fortune. Sous le même règne furent frappées les premières

1. Le *Ghenji Monogatari* vient d'être traduit et publié à Londres chez Trubner. Voir
à ce sujet un article de M. Arvède Barine, paru dans la *Revue politique et littéraire* du
14 avril 1883, qui fait précisément ressortir le degré de grandeur et de perfection auquel
la littérature japonaise était parvenue à cette époque et qu'elle n'a jamais dépassé.

COURTISANES DE YÉDO DANS UNE BARQUE, PAR TOYOKOUNI Iᵉʳ

Gravure en couleurs de la collection de M. Louis Gonse

monnaies d'argent. Le premier or fut trouvé, peu de temps après, dans le Moutsou.

De cette époque date enfin la puissance, à la cour des empereurs de Yamato, de la famille du ministre Kamatari, qui est célèbre dans l'histoire du Japon sous le titre de famille des Fouzivara. Ceux-ci absorbèrent peu à peu le pouvoir effectif en étendant le

FOUZIVARA TAKAFOUSSA.

(D'après Yosaï.)

territoire de l'empire et en réprimant de nombreux soulèvements des Aïnos. Ils pénétrèrent, au nord, jusqu'à l'extrémité de l'île de Nippon et leurs victoires prolongèrent la vie du gouvernement de Yamato. Ils défendirent pied à pied la centralisation si fortement constituée par les premiers conquérants, retardèrent la décomposition du pouvoir impérial, et par suite la naissance de cette anarchie féodale, qui se déchaîna sur le Japon dès le XIIe siècle[1].

L'apogée de la puissance des Fouzivara marque une des époques

1. Nous renvoyons, pour l'étude d'une période que l'érudition européenne avait jusqu'alors si incomplètement débrouillée, à l'excellent ouvrage de M. Léon Metchnikoff.

les plus florissantes de l'histoire du Japon au point de vue de l'art, de
la littérature et de la culture intellectuelle. Le IXe siècle est un des
plus grands siècles dans les annales du Nippon. Il a été illustré
par Kanaoka, le Cimabué de la peinture japonaise et par Mitsi-
sané, le grand moraliste. C'est pendant ces années de calme et de
prospérité que la nationalité japonaise s'est formée, que les différentes races se fondirent en un tout homogène.

Dès le Xe siècle le peuple japonais existait avec ses mœurs,
son génie, son originalité et sa puissante organisation sociale.

La famille des Fouzivara a produit des personnages distingués
dans tous les genres, au premier rang desquels il faut citer Nobou-
tsané qui est considéré comme le plus illustre philosophe du
Japon.

Mais au commencement du XIIe siècle, dit fort justement
M. L. Metchnikoff, le pouvoir des Fouzivara est lui-même aussi
fictif que celui des empereurs, et l'anarchie féodale ne peut plus être
dominée que par des dictatures militaires, incompatibles avec
l'hérédité. L'autorité impériale devint semblable à une caisse vide
dont les Fouzivara gardaient la clef.

Ajoutons que la cour impériale, depuis le commencement
du IXe siècle, s'était transportée à Kioto et vivait dans ce palais
de Gosho, dont elle ne devait plus sortir qu'après la révolution
de 1868.

III

Sı forte et si nombreuse que fût la famille des Fouzivara, elle fut bientôt en butte aux compétitions de deux autres familles rivales : les Taïra et les Minamoto. La prédominance de la caste militaire dans l'État devait amener des rivalités acharnées, des guerres civiles et, en fin de compte, une anarchie que rappellent les luttes des Armagnacs et des Bourguignons, des Guelfes et des Gibelins en Europe. L'esprit chevaleresque et le sentiment du point d'honneur furent portés à leur comble ; les faits d'armes merveilleux, les combats homériques, les vengeances longuement poursuivies, le mépris de la mort, sont le fond des chroniques japonaises pendant près de cinq siècles. Et aujourd'hui encore le souvenir de cet âge de fer est resté vivant dans l'esprit populaire. Les livres d'images en retracent sous mille aspects les pantagruéliques batailles, les horrifiques estocades. Cette longue épopée a été un thème inépuisable pour l'art et la littérature. De nombreux romans de chevalerie, parmi lesquels il faut citer en première ligne le *Heiké Monogatari,* célèbrent les exploits des Taïra et des Minamoto.

Le règne de l'empereur Toba ouvre, pour les Japonais, une

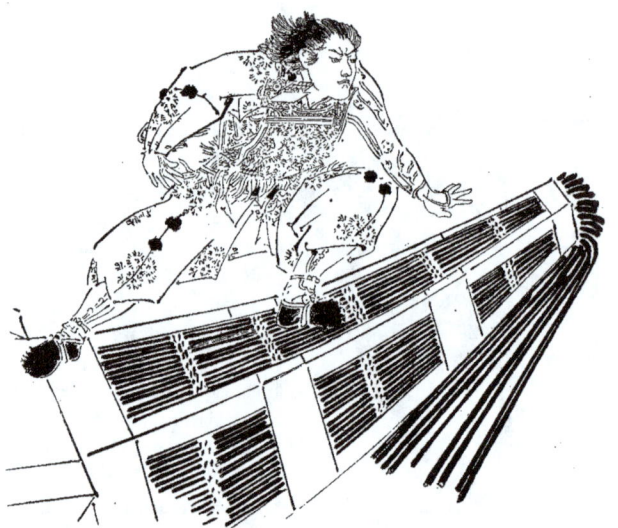

LE PRINCE NORITSOUNÉ, SOUS L'EMPEREUR ANTOKOU (XII° SIÈCLE).

(D'après Yosaï.)

nouvelle période de leur histoire. De Toba-Tennô à l'avènement du grand Shiogoun Yoritomo, pendant tout le cours du XII° siècle, l'histoire japonaise n'est qu'une vaste mêlée sanglante, une sombre nuit où disparaissent les arts et les lettres, un enchevêtrement à n'en pas sortir, de Taïra, de Minamoto et de Fouzivara. Nous ne nous y aventurerons pas. Retenons seulement le nom du plus fameux des Taïra, Kiomori, qui terrorisa le Japon et le courba sous le coupant de son glaive. S'il n'eût rencontré à la fin de sa vie, en Yoritomo, le chef des Minamoto, un ennemi à sa taille et de force à le tenir en échec, nul doute que l'empire ne fût passé des mains des successeurs de Zinmou dans celles des Taïra. « Si je laisse après moi

KIOMORI.

(D'après Yosaï.)

quelque chose que je puisse regretter, s'écria-t-il en mourant, c'est de n'avoir pas vu la tête coupée de Yoritomo. Qu'après ma mort l'on ne s'occupe pas de faire des offrandes à Bouddha ou de réciter des prières, mais qu'on apporte la tête de Yoritomo et qu'on la suspende devant ma tombe! »

Yoritomo devait en effet pour toujours détruire la puissance des Taïra, comme Kiomori avait abaissé celle des Fouzivara et presque anéanti celle des Minamoto.

Sa personnalité est la plus remarquable des annales du Japon,
et sa mémoire a pour les Japonais un éclat comparable à celui
d'un Charlemagne ou d'un Napoléon. Avec lui commence l'histoire
moderne. Quelques mots sur la carrière de Yoritomo ne seront
donc pas sans intérêt.

Après la dernière défaite des Minamoto à Sisniden, Yoritomo
encore enfant, et presque seul survivant de sa famille exterminée
par les ordres de Kiomori, fut envoyé en exil dans l'île de Hirouga
Kozima. La tradition nous dépeint sous des couleurs romantiques
le regard étrange et fascinateur du jeune captif, ses amours avec la
fille d'Itô son geôlier, sa fuite sur la mer, son odyssée dans les
montagnes de la province d'Idzou, et toutes ses aventures de jeunesse où les femmes jouent le premier rôle. Il rallie autour du
drapeau blanc des Minamoto une bande de partisans, avec laquelle
il guerroye et tient en haleine les troupes de Kiomori. Il se fortifie
dans la région montagneuse du mont Fouzi qui devient pour lui
une base d'opérations inexpugnable. A la mort de Kiomori, il
tient tout le Tokaïdo et peu à peu, aidé par les talents militaires
de son frère cadet Yoshitsouné, il étend son pouvoir jusqu'à la
capitale de l'empire, jusqu'à Kioto. Ce Yoshitsouné possédait toutes les qualités brillantes qui font les héros populaires : il était
beau, intrépide, généreux, habile
à tous les exercices de corps et
poète. Il se fixa à Kioto pour jouir

de sa gloire et de ses triomphes ; mais son frère prit ombrage de sa
fortune si subite et si grandissante. Il mit sa tête à prix ; Yoshitsouné

LE SHIOGOUN YORITOMO (FIN DU XII⁴ SIÈCLE).

(D'après Yosaï.)

s'enfuit dans le nord où il fut, dit-on, assassiné. D'après un autre
récit qui paraît plus probable et qui a grand crédit aujourd'hui au
Japon, il gagna l'île de Yéso, où son nom est encore vénéré, puis

la Tartarie septentrionale qui n'est séparée de Yéso que par un
bras de mer très étroit. Quelques historiens l'identifient avec le
fameux conquérant tartare Gengiskhan qui vécut à la même époque.

Quant à Yoritomo, il s'établit en 1184 à Kamakoura, au pied
du mont Fouzi, sur la baie de Yédo. Il y fonda une capitale qui
devint la capitale du nord et resta la résidence des Shiogouns
jusqu'au commencement du xvii° siècle.

Lorsqu'il se présenta en personne à la cour de Kioto, il reçut
le titre de Seitaï-Shiogoun (généralissime pour la pacification des
barbares) que ses successeurs devaient garder pendant près de
sept siècles. Ainsi fut créé, à côté du pouvoir de droit divin
exerçant une souveraineté nominale à Kioto, un pouvoir réel,
d'essence et d'origine militaires, qui fit croire longtemps aux Européens à l'existence de deux empereurs. Les Shiogouns de Kamakoura détinrent désormais l'exercice du pouvoir exécutif au nom
du Mikado. Yoritomo avait atteint le but de son ambition; il était,
sous le titre de lieutenant général de l'empereur, le véritable souverain du Japon.

Esprit large et pratique, il réforma de fond en comble l'admi-
nistration, créa un conseil d'État et des tribunaux pour les affaires
civiles et criminelles, uniformisa l'impôt et organisa l'aristocratie
féodale en l'intéressant au bien-être des classes laborieuses et en
la rendant tributaire du pouvoir central. De l'aristocratie militaire
de Kiomori il fit une aristocratie agraire. Fixé dans une région
encore inculte, il attira à lui les laboureurs et transforma en peu
de temps le Tokaïdo en un grenier d'abondance. Kamakoura grandit
avec une prodigieuse rapidité; il y éleva des temples dont les
ruines imposantes existent encore aujourd'hui et fit couler en bronze
une statue colossale de Bouddha. Il sacrifia tout, même ses intérêts
de famille, à la raison d'État et à la prospérité du peuple. Son
œuvre ne pouvait mûrir que sous un régime de paix et de tran-

quillité; il réprima impitoyablement les instincts guerriers de la
classe noble. En tête de son programme il inscrivit le respect dû à
l'empereur légitime de Kioto, qu'il reconnut ostensiblement comme
son souverain. Ce fut de sa part un trait de génie. Les vues de
Yoritomo s'étendaient à l'avenir; il comprit tout le parti que ses

MASSAGO, FEMME DE YORITOMO.

(D'après Yosaï.)

successeurs pourraient tirer de l'existence nominale d'une souveraineté issue des dieux et de son appui apparent.

Ce grand homme mourut d'une chute de cheval, à l'âge de cin-
quante-trois ans, en l'année 1199.

Il est à remarquer qu'à partir de cette époque les empereurs
prennent, dans les annales, le titre de *Mikado,* au lieu de Souméra
ou de Tennô qu'ils avaient précédemment.

Les descendants de Yoritomo héritèrent de son pouvoir, mais

non de son génie. Dès 1227, sa famille s'éteignait en la personne de
Massago, sa veuve, qui avait pris l'habit de religieuse. Le pouvoir

YOSHITSOUNÉ, FRÈRE DE YORITOMO.
(D'après Yosaï.)

tomba entre les mains de Yoshitoki, de la famille des Hojô et frère
de Massago.

Les Hojô prirent désormais à la cour de Kamakoura le rôle que les Fouzivara avaient joué à celle des Tennô. La succession du pouvoir est donc bien nette : Fouzivara, Taïra, Minamoto et Hojô.

La fortune des Hojô eut une durée d'un peu plus d'un siècle. En 1331 le parti des prêtres leva l'étendard de la révolte et souleva

SHIDZOUKA, MAITRESSE DE YOSHITSOUNÉ.

(D'après Yosaï.)

une lutte qui amena l'extermination de la famille des Hojô et une restauration de courte durée du pouvoir des Mikados, sous l'empereur Godaïgo. Cette famille avait rendu de grands services à la nation. Hojô Tokimouné avait eu la gloire en 1281 de repousser l'invasion des Mongols, dans l'île de Kiou-Siou, et de les contraindre à reprendre la mer. Pendant sa retraite, la flotte de Koublaï-Khan fut détruite par un des terribles typhons qui désolent les mers de la Chine.

A cette époque (1332), le pouvoir impérial, par suite du principe de l'alternat de la succession établi par un des empereurs précédents et de l'usurpation de Kômio-Tennô, se divisa en deux branches : la dynastie du nord, résidant à Kioto, et la dynastie du sud, résidant à Yocino où Godaïgo s'était réfugié; de telle sorte qu'il y eut dans le Japon trois pouvoirs plus ou moins légalement constitués qui entrèrent en lutte acharnée.

La dynastie des Shiogouns Ashikaga succéda à celle des Minamoto. Cette dynastie a laissé dans l'histoire d'assez tristes souvenirs.

Tandis que l'arrivée au pouvoir des Hojô inaugura une période de tranquillité et de prospérité, celle des Ashikaga, qu'on appelle aussi période des Rokouhara, fut le signal d'épouvantables désordres qui amenèrent le pays, suivant l'expression de M. Metchnikoff, au comble de la misère. Une nuit plus obscure encore que pendant les luttes des Taïra et des Minamoto semble couvrir le Japon. Les trois cours de Kamakoura, de Kioto et de Yocino « se jettent, dit M. Georges Bousquet, dans une inexprimable mêlée; toute la classe militaire se fait une guerre de clan à clan, de famille à famille et presque d'homme à homme ». L'abdication de l'empereur du sud, en 1392, en faveur de l'empereur du nord n'arrête point cette anarchie; le pouvoir des Mikados retombe dans un abaissement plus profond encore, et les Ashikaga, qui détiennent le shiogounat jusqu'en 1573, ont la plus grande peine à réprimer les excès de cette féodalité en délire et à dominer la dureté des mœurs.

Quelques-uns des Ashikaga furent cependant des hommes

MONJIU, DÉESSE DE LA LITTÉRATURE; GRISAILLE PAR KOUASAN (XIXᵉ SIÈCLE)

Collection de M. Louis Gonse

éminents et bien intentionnés. Yoshimitsou fit tous ses efforts pour
protéger le travail, panser les plaies de la guerre civile, restaurer
l'industrie et faire renaître le goût des arts et des lettres. Il y réussit

LE GÉANT BENKEÏ, SOUS YORITOMO.

(D'après Yosaï.)

dans une certaine mesure. Yoshimasa, le plus illustre et le plus
éclairé des Ashikaga, continua son œuvre d'apaisement et de
renaissance. Sous la bienfaisante influence de ce dernier, secondé par
un bonze du plus grand mérite, Norizané, on vit se rouvrir les
écoles publiques et les académies de Confucius. Beaucoup d'ouvrages

d'histoire et de philosophie, de compilations poétiques, qui avaient disparu dans la tourmente, furent reconstitués; d'autres recueils furent composés et notamment le *Shinjokou-Kokin* (Recueil en huit volumes des poésies classiques écrites depuis le xᵉ siècle). Les repré-

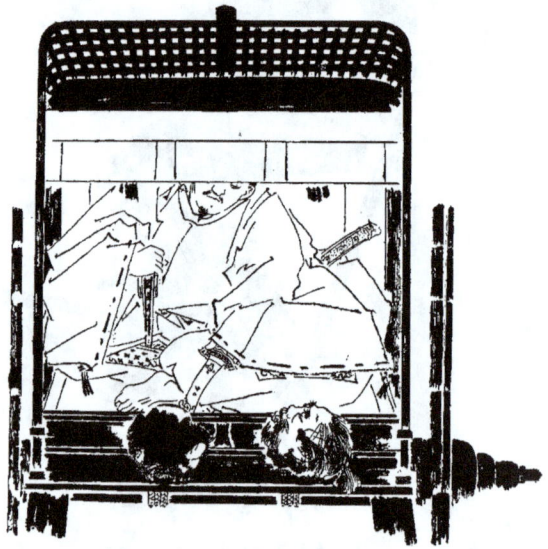

L'EMPEREUR GODAÏGO (XIVᵉ SIÈCLE).

(D'après Yosaï.)

sentations théâtrales étaient introduites, ainsi que les danses accompagnées de musique. Les relations avec la Chine furent rétablies. Yoshimasa aimait le luxe et les plaisirs délicats; c'est lui qui inaugura les réunions connues sous le nom de *tshianoyou*, ou assemblées pour prendre le thé. Il avait un goût prononcé pour la

peinture et le travail des laques. Son règne fut à ce point de vue
l'un des plus brillants, sinon le plus brillant de l'histoire artistique

KOZIMA TAKANORI, SERVITEUR DE L'EMPEREUR GODAÏGO,
ÉCRIVANT SUR UN TRONC D'ARBRE
POUR PRÉVENIR SON MAÎTRE POURSUIVI QU'IL N'AIT PAS A DÉSESPÉRER.

(D'après Yosaï.)

du Japon. Ce fut l'époque des Kano Masanobou et Motonobou, des
Josetzou, des Sesshiu, des Shioun-Getsou, des Jasokou, des Sôjo,
des Shiouboun et de tant d'autres qui furent au Japon ce qu'ont été

les grands artistes du xvᵉ siècle pour l'Italie. Yoshimitsou et Yoshi-masa manièrent eux-mêmes le pinceau avec distinction.

C'est un fait digne de remarque que cette concordance de dates, dans l'évolution artistique de deux régions du monde aussi distantes l'une de l'autre que l'Italie et le Japon. Le xvᵉ siècle est, pour les deux, l'âge climatérique de la grande peinture.

IV

Les derniers Ashikaga nous amènent à un événement d'une haute importance : je veux parler du premier contact de l'Europe avec le Japon et de l'arrivée des Portugais.

On a longtemps discuté la question de savoir si les anciens ont eu une notion des îles du Nippon. Un passage mal interprété de la *Géographie* de Ptolémée a pu faire prendre par les commentateurs les *insulæ Satyrorum* pour les trois principales îles de l'archipel japonais. Mais il est bien acquis aujourd'hui que le monde connu des anciens ne s'étendait pas au delà de la Chine et que ceux-ci ont complètement ignoré l'existence du Japon. Nous en trouvons la première révélation dans les récits de Marco Polo. L'illustre négociant et explorateur vénitien entreprit son grand

voyage en Chine dans la seconde moitié du XIIIᵉ siècle. On sait
qu'il atteignit la Chine par les routes de terre. Le passage maritime
du cap de Bonne-Espérance n'avait point encore été découvert par
Vasco de Gama. Ce trajet de Marco Polo à travers les déserts de
la Tartarie, au milieu des plus effroyables fatigues et des dangers

DANSE DE SOUMIYOSHI, A KIOTO.

(D'après un album des « Fêtes de Kioto », imprimé à la fin du XVIIᵉ siècle.)

de toute sorte, est un des actes les plus extraordinaires que relate
l'histoire des voyages.

Marco Polo parle du Japon, *Zipangu,* en termes très précis,
au troisième livre de ses *Voyages.* Il n'y a pas été, mais il relève
avec soin les renseignements que les Chinois lui fournissent sur
l'empire du Soleil levant. C'est grâce au récit de Marco Polo et
surtout à cette phrase magique : *Est insula magna in Oriente,* que
Christophe Colomb se lança dans sa sublime entreprise; en vou-

lant atteindre la grande île de *Zipangu* par l'Occident, c'est-à-dire
par la ligne la plus courte, Colomb rencontra et découvrit l'Amérique.

L'arrivée du premier vaisseau portugais sur les côtes du Japon
paraît pouvoir être reportée à l'année 1543, peut-être même à 1542.

FÊTES DE L'ÉTÉ, A KIOTO.

(D'après un album des « Fêtes de Kioto », imprimé à la fin du XVIIe siècle.)

La notice historique publiée par la commission japonaise de l'Exposition universelle de 1878 commet une erreur en fixant l'arrivée
des Portugais à l'année 1534. Ce premier vaisseau aborda dans l'île
de Tanégasima située à l'extrémité sud de l'île de Kiou-Siou. Quant
à saint François-Xavier, qui fonda l'église chrétienne du Japon, il
vint pour la première fois en 1549. La province de Hizen fut dès le
début le centre du commerce des Portugais; elle resta par la suite
celui des Hollandais, qui obtinrent la concession du petit îlot de

Décima près de Nagasaki, port principal de la province de Hizen.

La propagande chrétienne, soutenue par les Portugais, fut très heureuse et très fructueuse dans les premières années. Les Portugais, contrairement à l'habitude des Hollandais, qui se sont gardés avec soin d'ingérence religieuse dans les pays avec lesquels ils trafiquaient; les Portugais, dis-je, associaient toujours les intérêts de leur commerce à la propagande de l'Évangile. Les Japonais, qui n'étaient point encore entrés dans leurs idées d'isolement et de défiance, accueillirent tout d'abord les Européens avec empressement. Le catholicisme, sous l'impulsion énergique de saint François-Xavier et de ses acolytes, soutenus par Ota Nobounaga, le persécuteur des prêtres bouddhiques, prit une extension rapide et devint une véritable Église qui, pendant quelques années, fut un pouvoir dans l'État. Les lettres patentes de l'empereur lui donnèrent même une existence légale. Son influence s'étendait jusqu'à la cité impériale de Miako (Kioto). En 1570, sous le Père Vilela, il était à son apogée.

Le nouveau culte avait fait une impression profonde sur l'imagination mobile du peuple japonais. En 1580, on ne comptait pas moins, au Japon, de cent cinquante mille chrétiens, de deux cents églises et de soixante membres de la Société de Jésus venus d'Europe. Les missionnaires catholiques n'avaient pas encore rencontré et ne rencontrèrent plus désormais un public aussi docile, un terrain aussi propice. Ils se perdirent par leur propre ambition, par leur politique envahissante, par leurs rivalités et, il faut le dire, par leur avidité au lucre. Les principes désintéressés et chevaleresques de saint François-Xavier étaient bien vite tombés dans l'oubli.

La chute du catholicisme au Japon fut aussi prompte qu'avait été son élévation. Il avait d'abord été, entre les mains des princes et particulièrement de Nobounaga, un instrument de domination; lorsqu'il devint menaçant pour l'État ou dangereux pour la sécurité

publique, les persécutions commencèrent. La réaction fut effroyable.
En 1587, il fut enjoint aux jésuites de quitter le Japon. L'arrêt de

DANSE DU LION.

(D'après une gravure de l' « Annuaire de Kioto », imprimé à la fin du xviiie siècle.)

mort de l'Église japonaise était prononcé; à la faveur des premiers
temps succéda une haine profonde, une prévention ineffaçable. Le
courage des fidèles, surtout celui des femmes, fut héroïque et l'his-

5

·toire de ces persécutions forme une des pages les plus émouvantes des annales apostoliques. Mais toute résistance devint bientôt inutile. En 1638, l'extermination était complète. « Quarante mille infortunés, dit M. Georges Bousquet, derniers représentants de l'Église

CAVALIER JAPONAIS EN EMBUSCADE.
(D'après Yosaï.)

du Japon, réfugiés à Shimabara, périrent massacrés par les troupes du Shiogoun Yéyas, aidées des canons hollandais, emportant avec eux les dernières espérances de la religion chrétienne au Japon. » « En soixante ans, ajoute le même auteur, le christianisme avait germé, grandi, s'était épanoui sur ce sol qu'il eût pu féconder, et s'était effeuillé pour disparaître sans laisser après lui ni traces de

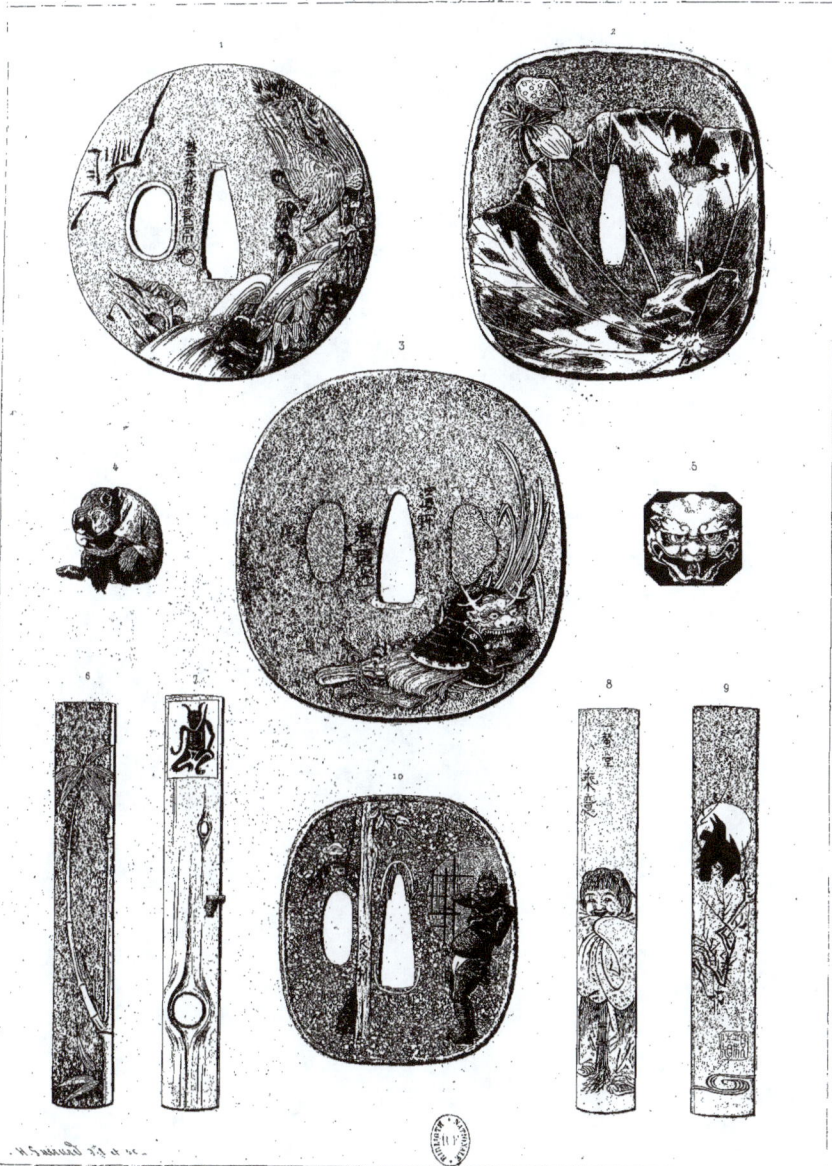

Imp. A. Quantin

MANCHES DE COUTEAU, APPLIQUES ET GARDES DE SABRE EN METAUX GRAVÉS, CISELÉS ET INCRUSTÉS
(Collection de M. Louis Gonse)

son passage ni héritiers de ses traditions[1] ». Tout ce qu'il en subsiste aujourd'hui dans l'esprit populaire est une sorte de mépris instinctif pour le nom chrétien, qui rappelle celui des mahométans pour le giaour.

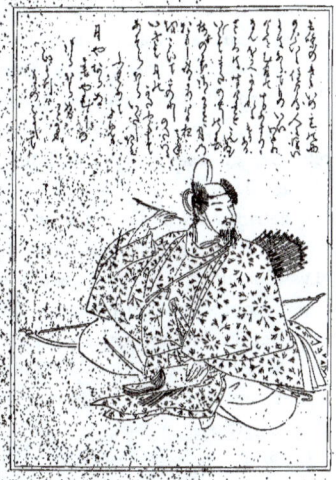

NORIHIRA, POÈTE RENOMMÉ POUR SES AVENTURES GALANTES.
(D'après Yosaï.)

Ce sentiment prit au Japon une force telle, que les Hollandais

1. M. Léon Metchnikoff, dans son *Empire japonais*, jette un aperçu fort juste sur le christianisme étroit que les jésuites apportèrent avec eux. Les Japonais sensés et instruits ne pouvaient considérer ces dogmes que comme ceux d'une secte nouvelle s'ajoutant à tant d'autres sectes plus ou moins spiritualistes établies depuis plusieurs siècles dans leur pays. Le christianisme, entre les mains des successeurs de Xavier, perdit le caractère de grandeur morale et d'élévation philosophique qui, seul, pouvait commander le respect à un peuple blasé sur les momeries hypocrites des bonzes.

I.

9

ne s'y maintinrent que grâce à leur qualité de protestants. Ils purent sans trop de répugnance se prêter aux pratiques sacrilèges et aux blasphèmes qui leur étaient imposés une fois l'an à Nagasaki.

Aujourd'hui, le Japon tout entier tourne au rationalisme et au scepticisme en matière religieuse. Ce sont de plus sûres barrières que la persécution contre un retour offensif des idées de propagande.

J'ajouterai, à l'honneur des Hollandais, qu'ils apportèrent avec eux les pratiques d'un commerce sérieux et équitable. Leurs échanges avaient un côté intelligent et réellement civilisateur, dont les Japonais ont su tirer un grand parti. Ils étaient, de plus, par nature, réservés et discrets. Ces diverses raisons expliquent qu'ils aient pu conserver pendant plus de deux siècles la situation privilégiée qu'ils avaient obtenue au détriment des autres nations. Les Japonais leur ont dû le meilleur de leurs connaissances scientifiques, médicales et industrielles. Les Portugais n'avaient été que des écumeurs de mer apportant, dans leurs galions, du tabac, de la verroterie, de la poudre, des armes à feu et d'autres articles du même genre qu'ils échangeaient contre des barils d'or; les Hollandais furent d'honnêtes trafiquants qui pensaient, comme le bon La Fontaine, que

> Patience et longueur de temps
> Font plus que force ni que rage.

V

Oᴛᴀ Nobounaga tient une des premières places dans l'histoire du Japon;
il inaugure une nouvelle période que
l'on peut appeler la période moderne.
Non seulement il se posa comme le protecteur des jésuites et favorisa le pre-
mier contact des Européens avec l'empire du Soleil levant, mais il
mit fin à l'anarchie féodale et prépara les voies à la constitution
du pouvoir des Tokougava. Sa dictature militaire est le pont jeté
entre le pouvoir expirant des Ashikaga et le gouvernement rénovateur du Shiogoun Yéyas.

Le Japon allait avoir à sa tête une série de grands hommes.
A Nobounaga succède Hidéyossi, l'un de ses lieutenants, plus
connu sous le nom posthume de Taïko-Sama. Il poursuit l'œuvre
de son prédécesseur et achève l'endiguement de la féodalité, rétablit par une expédition heureuse les droits de suzeraineté du Japon
sur la Corée, donne un vigoureux essor à l'agriculture et à la
marine, encourage l'architecture, construit les admirables et gigan-

tesques remparts d'Osaka, où il établit sa résidence. D'origine plé-
béienne, il sait, avec l'adresse d'un vrai politique, se faire octroyer
par l'empereur les titres et droits de l'ancienne famille des Fou-

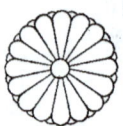
ARMOIRIE IMPÉRIALE.
(Fleur de chrysanthème.)

zivara. Sa mort ouvre pour le Japon une période
de paix profonde et de grande prospérité. Le pays
est désormais constitué dans une forme politique et
sociale, qui restera intacte jusqu'à la grande révolution de 1868. Cette partie de l'histoire japonaise est
beaucoup plus connue que les précédentes. Les noms
des premiers Tokougava sont, sans doute, déjà familiers à beaucoup de nos lecteurs; Hidéyossi est en quelque sorte le Richelieu
du Japon et l'illustre Yéyas en est le Louis XIV. Un décret impérial les a rangés au nombre des divinités nationales.

Hidéyossi meurt en 1598 sans enfants. L'autre lieutenant de
Nobounaga, Yéyas, homme remarquable à tous égards, qui avait
épousé la sœur de Hidéyossi, hérite de ses droits et de sa situation.

Yéyas était de haute naissance; il se rattachait à l'ancienne
souche des Minamoto. Sa famille portait le nom de
Tokougava. Les Ashikaga étaient éteints; la fusion
des Fouzivara et des Minamoto, préparée par Hidéyossi, assurait un grand prestige à la dynastie de
Yéyas. Celui-ci reçoit, en 1603, le titre de Shiogoun
et transporte sa cour à Yédo, qui en 1590 n'était
encore qu'une bourgade sans importance. Il y con-

ARMOIRIE DES TAÏKO.
(Fleur de kiri.)

struit le *Siro* ou citadelle, qui existe encore; continue les grands
travaux publics commencés par Hidéyossi et donne la plus féconde
impulsion aux lettres et aux arts. Sous le titre de vassal de l'empereur, il devient le maître de l'empire, fonde la troisième et la
plus puissante des trois dynasties shiogounales, et assure enfin à
sa descendance pendant deux cent cinquante ans l'exercice d'un
pouvoir incontesté.

BRULE-PARFUMS EN BRONZE DORÉ, AUX ARMOIRIES DES TOKOUGAVA,
TRAVAIL DU XVIIᵉ SIÈCLE.

(Collection de M. Henri Cernuschi.)

« Si le rossignol ne chante pas quand je veux l'entendre, je le tue », dit Ota Nobounaga.

« Je le fais chanter », réplique Hidéyossi.

« J'attends », dit à son tour Tokougava Yéyas. C'est ainsi, dit M. Metchnikoff, qu'une poésie populaire caractérise les trois personnages qui ont illustré le Japon à la fin du XVIᵉ siècle et au commencement du XVIIᵉ. Le dernier des trois, celui qui savait attendre le chant du rossignol, est l'esprit politique le plus vaste, le plus lumineux, le plus vraiment organisateur qu'ait produit le Japon. Son règne, assez court cependant, fut l'un des plus glorieux qu'enregistre l'histoire; il est synonyme de progrès, de civilisation et de tolérance. Il marque le commencement du grand essor intellectuel de la nation. Son testament politique, dont M. Dickson a le premier donné la traduction, a été précieusement conservé; il est devenu la base du droit public et de l'organisation administrative des Japonais; il a, en quelque sorte, codifié la législation préparée par ses prédécesseurs, surtout par Yoritomo.

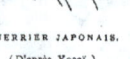

GUERRIER JAPONAIS.
(D'après Yosaï.)

Yéyas mourut en 1616, à l'âge de soixante-quatorze ans, laissant le pouvoir aux mains de son fils Hidétada. Il fut canonisé sous le nom de Gonghen-Sama. Ses restes furent transportés à Nikkô, ville située à 100 kilomètres environ au nord de Yédo, et un temple magnifique fut élevé à sa mémoire par son petit-fils Yeïmitsou. Son tombeau existe encore, abrité par d'antiques et majestueux ombrages. Tous les voyageurs, qui ont pu affronter les fatigues d'un trajet à travers un pays accidenté et pénétrer jusqu'à la ville sainte de Nikkô en ont rapporté un impérissable souvenir. La grandeur du paysage, la poésie du lieu, des monuments d'une perfection suprême, l'ombre auguste de Yéyas, qui semble errer sous les avenues silencieuses des cryptomérias, tout concourt à frapper l'âme d'une émotion profonde.

Yoritomo, Hidéyossi et Yéyas sont les trois plus hautes figures de l'histoire du Nippon. Leur génie politique a constitué l'unité nationale. Les Japonais les vénèrent à l'égal des dieux.

Les successeurs de Yéyas eurent la tâche facile. Pendant deux siècles, le peuple japonais, gouverné par les Tokougava, s'abandonne sans entraves aux délices de la paix;

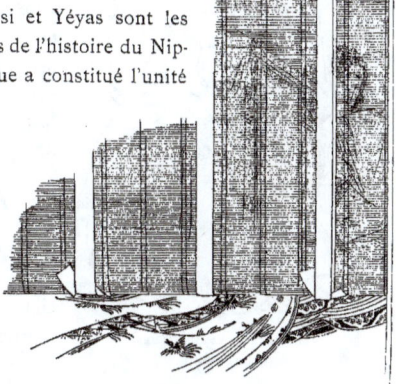

PRINCESSE IMPÉRIALE DERRIÈRE SON STORE.
(D'après Yosaï.)

il récolte les fruits semés par les fondateurs de la dynastie, et les arts et les lettres prennent un essor incomparable. Yédo devient le centre d'une activité extraordinaire. Le Shiogounat de Bounkio, qui dure soixante ans, à la fin du XVIII° siècle et au commencement du XIX°, marque le point culminant de la civilisation dans l'empire du Soleil levant. Le Japon n'a plus d'histoire. Comme Athènes au temps de Périclès, il atteint un moment unique de prospérité matérielle, de plénitude, d'harmonie dans les facultés créatrices.

M. Georges Bousquet expose avec beaucoup de sens les raisons
de cette tranquillité des esprits. Toutes les causes de perturbation
sociale semblaient écartées. Pas de querelles religieuses, pas de rivalités dynastiques; point de re-
vendications philosophiques et
populaires contre le droit divin, point d'instincts égalitaires.
Chaque classe était heureuse
dans les limites qui lui étaient
assignées; l'abondance éloignait
les jacqueries; la simplicité des
mœurs écartait les appétits révo-
lutionnaires. Le peuple suppor-
tait aisément un joug séculaire
et d'ailleurs paternel; la noblesse
jouissait en paix des plaisirs délicats de l'esprit. Les divers rapports de tous les éléments sociaux entre eux étaient réglés
méthodiquement et ponctuelle-
ment observés. Tout marchait

RELIGIEUSES BOUDDHIQUES.
(D'après Yosaï.)

dans un équilibre parfait. Le Japon présentait alors le tableau d'un
âge d'or, qui paraissait devoir être éternel.

La décadence du pouvoir des Tokougava ne commence guère
qu'à partir de 1830; elle coïncide à peu près avec les efforts de l'Angleterre, de la Russie, de l'Amérique et de la France pour ouvrir
le Japon au commerce de leurs nationaux et supplanter la Hollande
dont l'influence à Nagasaki était déjà fort amoindrie.

Le Japon se trouve bientôt divisé en deux courants d'opinions
diamétralement opposés. Les daïmios du parti national, qui aspi-
raient secrètement à l'abolition du Shiogounat et de « l'usurpation

Pl. 1

TOMBEAU DE TOKOUGAVA YEYAS A NIKKO

LES AMBASSADEURS HOLLANDAIS A KIOTO.

D'après une gravure des « Célébrités de Kioto », ouvrage imprimé en 1799.)

des Tokougava », se déclaraient pour la politique de fermeture et
d'isolement, et au besoin pour la lutte à outrance contre les étrangers, contre les barbares qui ne pouvaient faire que le malheur du
pays. Les partisans du Shiogoun, que les Européens appelaient
alors le « Taïkoun¹ », prêchaient hardiment, au contraire, l'ouverture
des ports et la liberté commerciale, jugeant que le Japon serait tôt
ou tard forcé d'abaisser ses barrières devant des ennemis aussi
tenaces, aussi puissants, et que mieux valait, dans l'intérêt même
de la nation, entrer immédiatement en composition. On y appren-
drait sans retard les connaissances qui faisaient la force militaire et
commerciale de ces peuples.

Les étrangers profitaient pendant ce temps des bonnes dispositions qu'ils rencontraient auprès du Shiogoun ; ils obtenaient
l'ouverture de plusieurs ports et la concession du territoire neutre
de Yokohama, qui devint en peu de temps un port européen d'une
grande importance.

Cette diplomatie téméraire accumula sur le Shiogoun toutes
les haines du parti national, qui trouvèrent un point d'appui à
Kioto dans la personne de l'empereur. Celui-ci, se réveillant de son
sommeil léthargique, prit la direction du mouvement de réaction qui
conduisit, à travers bien des luttes sanglantes, à la grande révolution de 1867-1868, amena la restauration du pouvoir de l'empereur, la chute du Shiogounat et, par contre-coup, l'anéantissement
des privilèges de la noblesse, créa un invincible élan de transformation dans le sens européen et ouvrit à la nation japonaise des
voies où s'abîmeront sans doute, dans le gouffre du cosmopoli-
tisme, son originalité de race et son génie propre. L'empereur, qui
avait d'abord déployé l'étendard de la guerre sainte et dont l'entourage prêchait l'expulsion des barbares, dut s'incliner devant la

---

1. *Taïkoun* veut dire littéralement en japonais *grand seigneur*.

force des faits acquis et reconnaître, à son tour, le parti qu'on pouvait tirer de cette situation nouvelle, au lieu de courir les risques terribles d'un conflit international.

Le Japon était ouvèrt définitivement à l'Europe, et, par un contre-coup assurément imprévu, le pouvoir des Mikados restauré après une éclipse de plus de mille ans.

GARDE DE SABRE IMITANT UN CUIR GAUFRÉ EUROPÉEN.

(Ancienne collection Vial.)

Le changement de gouvernement a entraîné avec lui une réforme générale des institutions du pays, un mouvement d'idées qui arrache peu à peu le Japon à son régime féodal et le démocratise suivant la formule moderne. Le mouvement s'accélère chaque jour; rien ne saurait désormais lui résister.

Est-ce un bien ou un mal? Il ne sera pas possible de le savoir avant un quart de siècle. Au point de vue de la fortune générale du pays, il est, plus que probable que ce sera un bien. Le Japon

a des richesses naturelles incomparables ; mais, appauvri par le
renchérissement de toutes choses, par l'exportation de l'or et par
des importations onéreuses, il devra traverser des années de véritable
misère avant de recueillir les bienfaits de son nouvel outillage
industriel. Au point de vue de l'art il est à craindre que ce ne
soit un mal, un très grand mal, et que nous n'assistions à une

H. Guérard.

JAPONAIS BRAQUANT UN PETIT CANON HOLLANDAIS.
(Statuette en bois de la collection de M. Louis Gonse.)

déchéance irréparable du goût japonais. L'Europe a introduit dans
le sage, patient, méthodique et consciencieux Japon ses habitudes
de production hâtive, de contrefaçon et de concurrence sans scru-
pule. C'est là un virus dont les ravages ne s'arrêtent guère. Il est
permis de croire cependant qu'un peuple aussi richement doué,
d'une organisation aussi souple, d'un esprit aussi fertile, aussi
ouvert, n'a pas accompli ses destinées et que le livre de son histoire

GRAND BRULE-PARFUMS EN BRONZE, PROVENANT D'UN DES TEMPLES DE KIOTO;
FONDU PAR YAKI-YATSHIRO ET CISELÉ PAR TAOUTSI.

(Collection de M. Henri Cernuschi. — Réduction au 1/10ᵉ.)

n'est point encore fermé. La facilité d'assimilation de nos disciples volontaires nous réserve bien des surprises.

Comme le dit très justement M. Élisée Reclus, le Japon appartient désormais au groupe des nations jouissant de la civilisation occidentale ou « aryenne ».

Le spectacle que présente ce peuple aux sentiments généreux et enthousiastes, dans sa lutte corps à corps avec un idéal nouveau, est digne de toute notre sympathie. S'il s'en tire à son honneur, il aura fourni un exemple unique de transformation dans l'histoire de l'humanité.

CHAPITRE II

LE PAYS, LA RACE

I

Quelques mots sur les caractères géographiques du
Japon et sur son ethnographie complèteront utilement le
rapide tableau de son histoire que je viens de tracer.

Tous ceux qui ont mis le pied sur la terre japonaise
s'accordent à vanter ses charmes naturels. Les récits des
voyageurs ont, à cet égard, une telle unanimité, qu'on peut
tenir le Japon pour un des pays les plus favorisés qui soient
au monde. Beauté du ciel, douceur du climat, variété des
zones, configuration du sol, tout concourt à sa richesse.
Par sa forme très allongée, comme celle d'un arc dont
la concavité serait tournée vers le continent asiatique,
par son orientation du nord-est au sud-ouest, l'archipel du Nippon a des latitudes très différentes et par
suite se prête aux cultures les plus opposées. Il n'y a
pas moins de sept cent cinquante lieues entre l'extrémité nord de l'île de Yéso qui est au 46ᵉ degré, jusqu'à
l'extrémité sud de Kiou-Siou, qui est au 30ᵉ. Tandis que les régions
du nord sont couvertes par les glaces, celles du midi sont vivifiées
par un ardent soleil. Du croisement, autour du Japon, du grand

courant polaire qui descend de la mer d'Okhotsk et du grand courant tropical qui remonte de l'équateur vers l'île de Formose et

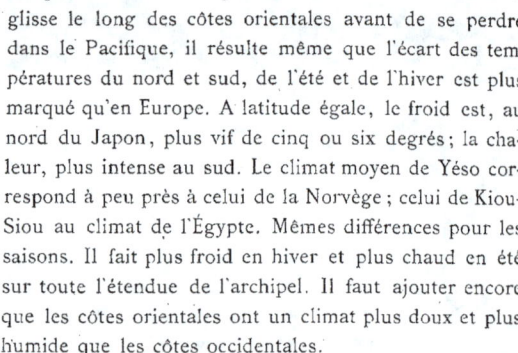

glisse le long des côtes orientales avant de se perdre
dans le Pacifique, il résulte même que l'écart des tem-
pératures du nord et sud, de l'été et de l'hiver est plus
marqué qu'en Europe. A latitude égale, le froid est, au
nord du Japon, plus vif de cinq ou six degrés; la chaleur, plus intense au sud. Le climat moyen de Yéso correspond à peu près à celui de la Norvège; celui de Kiou-
Siou au climat de l'Égypte. Mêmes différences pour les
saisons. Il fait plus froid en hiver et plus chaud en été
sur toute l'étendue de l'archipel. Il faut ajouter encore
que les côtes orientales ont un climat plus doux et plus
humide que les côtes occidentales.

Comme l'Angleterre, le Japon n'est séparé du continent que par une mer assez étroite et peu profonde.
Il est entouré de toutes parts par les eaux; mais il semble
qu'il ait dû être relié autrefois au continent asiatique.

Non seulement la mer qui les
séparé est peu profonde, mais toute la
côte orientale forme comme une berge
taillée à pic qui s'enfonce brusquement
dans le Pacifique. La sonde trouve immédiatement les profondeurs excessives de
2,000, 3,000 et même 6,000 mètres. La
côte ouest du Japon est la limite réelle
de la terre d'Asie.

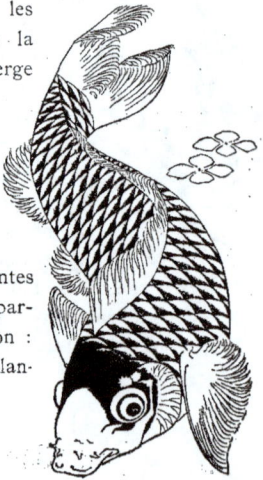

Quatre îles, beaucoup plus importantes
que les autres, forment à proprement parler le territoire de l'empire du Japon :
Yéso, Hondo, la plus grande, que les Hollan-

dais ont appelée Nippon ; *Sikok,* dont les côtes forment la mer

LE FOUZIYAMA, VU A TRAVERS UN FILET.
(D'après une gravure des « Cent vues du Fouziyama », de Hokousaï.)

intérieure, et *Kiou-Siou*. La superficie de l'empire du Japon serait,

d'après la statistique officielle, d'un peu plus de 400,000 kilomètres
carrés, soit les trois quarts de la France, et la population d'environ
trente-qua-
tre millions
d'habitants.
En tenant
compte du
petit nombre
d'habitants que renfer-
ment la région du nord et les
districts montagneux, on doit

HAMEAU JAPONAIS.
(D'après Keïsaï-Yeïsen.)

ranger ce pays parmi les plus peuplés du globe. Aucun des
centres occidentaux n'atteint une telle densité. La population
des trois villes impériales est : pour
Yédo, d'un million 100,000 habitants ; pour Kioto, de 240,000; pour
Osaka, de 290,000. Deux villes dépassent encore le chiffre de 100,000 habitants : Nagoya, dans la province
d'Owari, et Ishikava.

Le Japon dans sa plus grande
largeur, soit à la latitude de Yédo,
ne dépasse pas 130 lieues. Le développement des côtes est énorme et
peut être évalué à dix fois le nôtre.
Les côtes elles-mêmes sont très décou-
pées, avec des replis profonds; le
nombre des petites îles qui les en-

JAPONAIS CHEMINANT DANS LA NEIGE.
(D'après une gravure du « Santaï Gouafou »
de Hohousaï.)

tourent est presque infini, et on n'en compte pas moins de trois mille
huit cents. Cette disposition géographique, jointe à la présence des
courants marins, entretient pendant une grande partie de l'année

un régime atmosphérique très humide, qui donne à la végétation
une fraîcheur incomparable. L'humidité presque tropicale du printemps et de l'été, la sécheresse relative de l'automne et de l'hiver,
constituent le caractère le plus saillant du climat du Japon. La

ÉTUDE DE MONTAGNES.
(Esquisse de Keïsaï-Yeïsen.)

pluie et la neige reviennent à chaque instant dans les compositions
des artistes japonais.

La saison pluvieuse correspond à nos mois de juin et de juillet.
La température monte rapidement avec l'arrivée des pluies et transforme le Japon en une véritable étuve. L'été, qui vient après, est
court, chaud et orageux. On peut se figurer l'action très différente
qu'exerce un tel état de l'atmosphère sur les plantes, sur les
animaux et sur l'homme. Pendant ces mois une anémie générale
envahit la population. Tout s'amollit dans cette humidité tiède. Il
tombe deux fois plus d'eau au Japon que dans l'Europe occidentale;

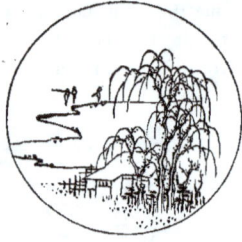

à Tokio (Yédo)[1], les observations météorologiques accusent une tranche de pluie de 1m,5o d'épaisseur par an. La baie de Tokio fait l'office d'un entonnoir où viennent s'engouffrer les nuages apportés par le vent du sud. Les rizières prospèrent admirablement dans la province de Mousashi et y forment des étendues de verdure claire dont l'œil ne perçoit pas les limites. Le ciel déverse sur ce point de telles masses d'eau que l'eau de la mer y est beaucoup moins saline que partout ailleurs. Ce retour énervant des pluies chaudes est pour la santé publique un véritable fléau; c'est le seul dont les étrangers aient à se plaindre. Mais il est vraiment redoutable, et il faut attribuer à son influence la constitution chétive des Japonais, surtout dans les classes aisées, leur vieillesse prématurée et la moyenne relativement courte de la vie parmi les habitants des plaines.

VOL D'OIES SAUVAGES SOUS UNE AVERSE.
(Garde en fer de la collection de M. Ph. Burty.)

1. On se sert du nom de *Yédo* pour désigner la capitale dans l'histoire; celui de *Tokio* est la désignation politique actuelle.

PORTE-BOUQUET EN BOIS SCULPTÉ, LAQUÉ ET INCRUSTÉ PAR GAMBOUN (XVIIIᵉ SIÈCLE.)
(Collection de M. Louis Gonse.)

L'automne et l'hiver sont les saisons sèches. L'automne surtout

GÉLINOTTES.
(D'après un dessin de Bokouteï, tiré du « Meïka Gouaïou ».)

est le plus beau moment de l'année. Pendant les mois d'octobre, de
novembre et de décembre le ciel est d'une pureté exquise, les cou-

leurs du paysage brillent d'un merveilleux éclat, l'air est tonique
et léger. Ceux qui visitent le Japon en ces jours privilégiés en
emportent une image d'ineffable ravissement. Remises de la

ÉTUDE DE CHIEN.

(Gravure tirée du « Koshiou Gouafou », 1812.)

poussée excessive du printemps, les plantes, comme les hommes,
se redressent et semblent se reposer dans le bien-être de la nature.
Les fleurs du printemps sont remplacées par une parure plus
riche encore; c'est à ce moment que la feuille dentelée du *momidji*
illumine le paysage de ses teintes empourprées.

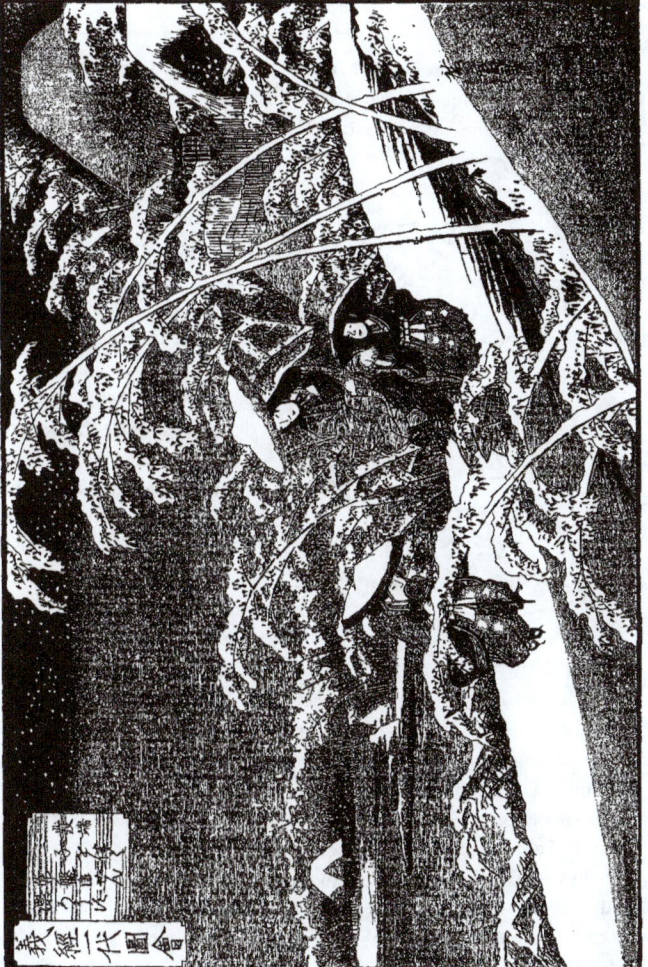

EFFET DE NEIGE. — (D'après une gravure en couleurs de Hiroshighé.)

Le sol du Japon est très montagneux et de formation essentiellement volcanique. Les accidents du terrain et des côtes donnent
aux paysages une variété extraordinaire et comme un aspect tour-
menté, qu'une végétation
luxuriante vient fort heureusement adoucir. Un certain nombre des volcans qui
se trouvent répandus sur la
surface de l'archipel japonais sont encore en activité.
Le plus remarquable de tous
par sa taille, par la beauté
de sa forme et sa situation
isolée est le célèbre Fouziyama, dont la masse neigeuse trône si majestueuse-
ment à l'horizon de Yédo;
le poétique Fouzi, chanté
par tous les poètes, reproduit par tous les artistes de
la capitale. On connaît le

CIGOGNE.
(D'après un dessin à l'encre, de l'école de Kano.)

culte de tout bon Japonais pour cette admirable montagne, la plus
haute du Japon. Comme l'Etna, avec lequel il présente de singu-
lières analogies, le Fouzi n'a point de rival. Il règne sur le Japon
comme l'Etna sur la Sicile. Son cône régulier, émergeant d'une
base très allongée, s'élève à 4,700 mètres au-dessus du niveau de
la mer. Sa dernière éruption a eu lieu en 1707.

Les eaux thermales sont abondantes, et l'énergie végétative
indique que la période des soulèvements volcaniques n'est point
encore très éloignée. Le sol est presque partout d'une fertilité
admirable.

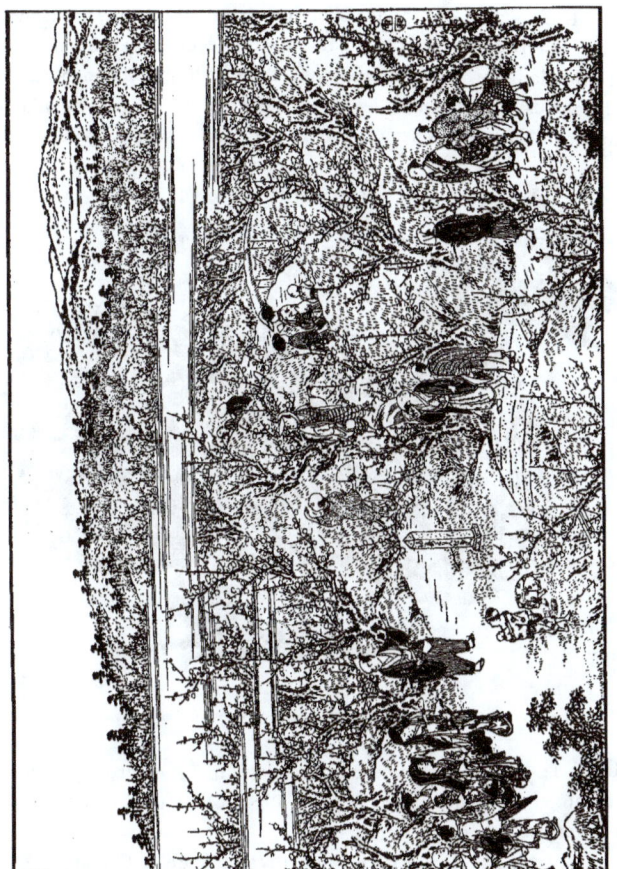

LES PRUNIERS EN FLEUR. — (Gravure tirée du « Yédo Meïshô ».)

Il n'y a pas, à proprement parler, de grands fleuves au Japon ;
mais les rivières et les petits cours d'eau, décuplés par des moyens
d'irrigation très perfectionnés, sont d'une extrême abondance. Les
cascatelles, les ruisselets, les ponts, les moulins, les lacs en miniature sont l'accompagnement obligé de tout paysage japonais. Le

CANARD.

(Brûle-parfums en bronze de la collection de M. Henri Cernuschi.)

fleuve le plus important est le Kiçogava qui a environ 90 lieues
de parcours ; il se jette dans le golfe d'Icé, à la limite de la province
d'Owari.

Le seul grand lac est celui de Biva ou « de la Guitare », qui
occupe le centre de la grande île près de Kioto. Ses bords sont
très riants, très accidentés ; sa taille égale à peu près celle des

RÉUNION DE PLAISIR SOUS LES CERISIERS EN FLEUR — (Gravure tirée de la « Description du temple d'Idzou Koushima ».)

lacs de la Lombardie. Les districts que baignent ses eaux transpa-
rentes sont le berceau de l'histoire et de la nationalité japonaises.

Ces chaînes de montagnes, qui sillonnent le Japon, sont accompagnées de vallées innombrables et même de plaines immenses,

PAYSAGE JAPONAIS.
(D'après Hokousaï, 1790.)

comme celle de Yédo, où le paysan japonais trouve une terre géné-
reuse à laquelle il peut tout demander.

La culture japonaise, quoique très soignée, est du reste assez
restreinte : un petit nombre de légumes, parmi lesquels les auber-
gines, les raves, les patates, les melons d'eau figurent au premier
rang; quelques espèces d'arbres fruitiers, des mûriers, des bois de
bambous, des cotonniers, du maïs, du chanvre, du tabac, de l'in-
digo, du thé et du riz, surtout du riz, qui est, avec le poisson,

la nourriture dominante, pour ne pas dire exclusive, du Japon.
Le jardinage, j'entends par là la culture des fleurs et des plantes
d'agrément, est, au contraire, extrêmement développé. Le Japonais
a l'amour des fleurs. Elles sont peu odorantes, mais elles acquièrent

PAYSAGE JAPONAIS.
(D'après Hokousaï, 1790.)

un développement magnifique et brillent d'un coloris que nous ne
connaissons pas en Europe. On peut citer parmi les plus extraordinaires les chrysanthèmes géants et les nénuphars roses, dont le
calice mesure quelquefois jusqu'à cinquante centimètres de dia-
mètre.

La flore et la faune japonaises se rapprochent des nôtres;
beaucoup de plantes et d'animaux sont communs à l'Europe et au
Japon. Pour la flore, la quantité des familles et des genres est plus

grande que chez nous; mais les variétés sont infiniment moins nombreuses. La faune est plus pauvre.

Le centre du Japon, principalement dans les régions basses du Tokaïdo, offre, grâce au développement de la culture, un mélange remarquable des plantes de la zone tempérée et de celles de la zone tropicale. On y voit le bananier croître à côté du mûrier, l'oranger à côté du pommier, le cotonnier à côté du noyer et du châtaignier. Les fruits comestibles paraissent presque tous provenir d'importation étrangère à une époque historique. La pêche, la cerise, la prune, l'amande ne sont pas originaires du Japon; elles y sont moins savoureuses qu'en Europe. Les poires y deviennent énormes, la pomme n'est qu'un fruit sauvage; la vigne, qui réussit dans beaucoup de régions, n'est point encore utilisée pour la fabrication du vin. La seule boisson fermentée en usage est le *saké* ou eau-de-vie de riz qui ne contient qu'une faible proportion d'alcool.

La végétation forestière est extrêmement remarquable. Les arbres de futaie atteignent des dimensions colossales. Partout le sol est ombragé; les arbrisseaux, les plantes ligneuses, les lianes, les hautes herbes se confondent dans un pêle-mêle pittoresque; les routes, les sentiers, les cascades, les maisons de paysans, les auberges, les temples sont comme enfouis dans la verdure. Je n'ai pas eu le bonheur de visiter le Japon, mais j'ai vu dans certaines photographies de paysages des architectures d'arbres qui dépassent tout ce que l'on peut se figurer. Les plus remarquables des plantes spéciales au Japon sont : le *Kiri* (Paulownia imperialis), l'arbre impérial, dont la fleur, réunie à celle du chrysanthème, symbolise le pouvoir des mikados'; l'*Oumé* ou prunier sauvage, arbre angu-

---

1. Le Paulownia est l'arbre national du Japon. Il en est aussi un des plus beaux ornements. Sa resplendissante fleur violette est, avec les fleurs du prunier sauvage, du cerisier et de la glycine, le triomphe du printemps japonais. Il pousse en France. Les plus anciens paulownias, offerts par les Hollandais au roi Louis XVI, existent encore dans les jardins du Palais-Royal.

leux, couvert d'épines, mais du plus beau style, qui pousse partout
et dont les fleurs éclatantes sont les messagères du printemps; le
Soughi (Cryptomeria japonica), dont les formes bizarres et puis-

PAYSAN BLUTANT DU RIZ.
(D'après une gravure de la « Mangoua », de Hokousaï.)

santes ont été maintes fois célébrées par les écrivains européens;
le *Hinoki* (Retinispora obtusa), qui donne le bois le plus recherché
pour l'ébénisterie; le *Foudzi* (Wysteria sinensis ou glycine vio-

lette), qui s'enlace aux colonnes des temples, couvre la toiture
de paille des chaumières, et resplendit dans l'imagination poétique
des Japonais, comme l'emblème de la jeunesse et de la saison des
fleurs ; la *Biva,* le *Kaki,* qui est l'arbre fruitier par excellence
du Japon[1]; la Pivoine *(Botan),* qui en est la plus
belle fleur. On peut encore citer le *Rhus
vernicifera,* l'arbre à laque, et le *Brussonetia
papyrifera,* l'arbre à papier. L'olivier est
inconnu.

Les fleurs d'agrément que les Japonais
cultivent de préférence dans leurs jardins
sont les orchidées, les chrysanthèmes, les
camélias, les pivoines, les azalées, les magno-
lias, les hibiscus, les nénuphars, les iris, les
pavots, les volubilis, les lis, les bégonias,
les fougères et les mousses, dont ils esti-

IRIS.
(D'après Hokkeï.)

ment surtout les variétés aux formes étranges. Le cerisier est cultivé, non pour son fruit, mais
pour sa fleur, qui est beaucoup plus volumineuse et

beaucoup plus belle que celle
de nos cerisiers. Les cerisiers à
fleurs doubles sont d'une magni-
ficence incomparable.

Une des plus grandes sur-
prises de l'étranger qui arrive
au Japon est le rôle que jouent

ÉTUI A PIPE.
(Ébène gravée.)

les fleurs dans la vie des habitants. Les plus pauvres
demeures sont ornées de porte-bouquets d'où s'élancent des

---

1. Le *Kaki* a été introduit en Amérique où il est connu sous le nom de *persimmon,*
et en Algérie où il a reçu le nom bizarre de *plaqueminié.* Il réussit fort bien sans culture
dans ce dernier pays ; mais ses fruits âpres et sauvages n'y sont pas utilisés. La *Biva* est
connue dans toute l'Europe méridionale sous le nom de *nèfle du Japon.*

CRABE, PAR KOUNISADA (TOYOKOUNI II)

Gravure en couleurs de la collection de M. Ph. Burty

branches fleuries dont l'éclat est entretenu pendant plusieurs jours
et même pendant plusieurs semaines, avec un peu de sable humide. Les Japonais mettent, dans l'arrangement des bouquets,
un art, un goût, une fantaisie qui devraient bien nous servir

PÊCHEURS JAPONAIS.

(D'après une gravure tirée des « Produits de la terre et de la mer ».)

d'exemple. Nos bouquets en cœur de chou et en pomme d'arrosoir
sont, lorsqu'on y pense, d'une révoltante barbarie.

La flore du Japon est d'ailleurs assez bien connue, grâce aux
recherches des Thunberg, des Savatier et des Siebold, grâce aussi
aux renseignements des Japonais qui ont des connaissances bota-
niques assez étendues.

En négligeant les plantes que l'on sait avoir été introduites de Chine ou d'Europe, Savatier a relevé dans la flore

du Japon jusqu'à 2,743 espèces, groupées en 1,035 genres et
154 familles. On peut évaluer le nombre des plantes à plus de
3,000 ; 44 genres n'ont pas encore été retrouvés en dehors de l'ar-

MARCHANDS D'ANGUILLES DE MER.

(D'après une gravure de la « Mangoua », de Hokousaï.)

chipel japonais. Quant à la flore septentrionale de Yéso, elle est
toute différente et presque inconnue. Dans les forêts, le nombre
et le mélange des espèces sont beaucoup plus grands que dans

les pays de même latitude. Les forêts séculaires du Japon, malgré
les brèches que l'industrie y a déjà pratiquées, sont encore parmi
les plus belles qui soient au monde. Yéso n'est qu'une vaste forêt

RAMASSEUSES DE LICHENS.

(D'après une gravure de la « Mangoua », de Hokousaï.)

vierge dont les richesses en bois de construction ont été à peine
effleurées.

En résumé, si le riz domine dans la culture alimentaire, ce sont les conifères et les arbres à feuillage persistant qui dominent dans la végétation forestière. Les espèces rési-

CHARRON.
(D'après Hokousaï.)

neuses du Japon jouissent d'une célébrité univer-selle. Les pins et le prunier sau-vage (*oumé*) sont le plus bel orne-ment de cette contrée. Tout l'art décoratif est en quelque sorte em-prunté à l'étude ingénieuse, délicate et savante, des formes de ces arbres pittoresques entre tous. Les artistes ont aussi tiré un parti merveilleux du *momidji* ou chêne d'Amérique, dont

SCULPTEURS DE RENARDS
POUR LES RIZIÈRES.
(D'après Hokousaï.)

les feuilles deviennent d'un rouge de pourpre à l'automne et res-plendissent par masses dans le paysage japonais, et du bambou, dont le dessin élégant se prête si bien à leurs combinaisons favo-rites. Après le riz, c'est le bambou

qui joue le premier rôle dans la vie japonaise; sans le bambou il semble que le pays ne pourrait subsister. Il se prête aux usages et répond aux besoins les plus multiples. « Rien n'est plus pittoresque dans le paysage, dit M. Humbert, que ses hautes tiges vertes, polies, aux reflets dorés, à la cime touffue, et, tout autour des colonnes principales, ses sveltes et flexibles rejetons aux

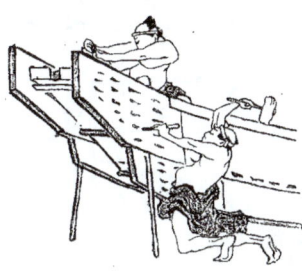

CONSTRUCTEURS DE BATEAUX.
(D'après Hokousaï.)

têtes empanachées et cette multitude de longues feuilles flottant au gré du vent comme des milliers de banderoles ondoyantes. »

La culture de l'arbre à thé, sans être aussi importante et aussi perfectionnée qu'en Chine, occupe le premier rang après celle des céréales. Le thé est la boisson nationale du pays. Les arbustes sont disséminés dans les champs, ou forment des haies vives; ils poussent bien partout et sont très vivaces. Le meilleur thé se récolte aux environs de Kioto; il est encore très inférieur, comme finesse et comme douceur de goût, aux bonnes qualités de la Chine.

PÊCHEUR RACOMMODANT SON FILET.
(D'après Hokousaï.)

DESSIN TIRÉ D'UN TRAITÉ
DE BOTANIQUE.

Le thé japonais n'est pas répandu en Europe, mais les États-Unis en font une importation considérable.

La sériciculture occupe le troisième rang dans l'économie nationale. Les soies japonaises étaient déjà célèbres en Europe au XVIᵉ siècle. Au point de vue de la souplesse du tissu et de la beauté

PASSEREAU·

(D'après une peinture de Ballet, artiste moderne de Tokio.)

des tons, elles n'ont pas de rivales. Cette industrie est malheureusement en complète décadence, la qualité des matières premières ne sollicite plus au même degré les acheteurs étrangers; les éleveurs japonais, qui fournissaient jadis pour plus de 15 millions de graines à la France et à l'Italie, ne songent plus qu'à produire beaucoup, sans se préoccuper de maintenir leur ancienne supériorité. Quant à la consommation indigène, elle diminue de jour en jour, sous

OIES.

(D'après une peinture de Baïlci, artiste moderne de Tokio.)

l'envahissement du marché japonais par nos tissus de laines et nos cotonnades.

La faune du Japon offre peu de particularités remarquables. Elle est d'ailleurs beaucoup moins riche que la flore. Grâce à la densité de

GARDE EN SHAKOUDO INCRUSTÉ D'OR.
(Collection de M. Louis Gonse.)

la population et au développement de la culture, le Japon n'a con-

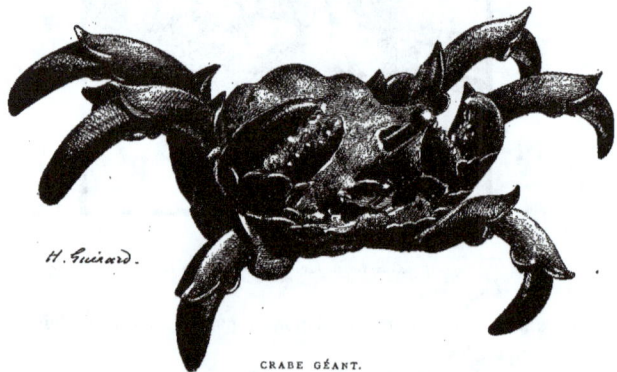

CRABE GÉANT.
(Bronze de la collection de M. Henri Cernuschi. — Réduction au 1/6e.)

servé que fort peu d'animaux sauvages. Les carnassiers n'y sont guère

représentés que par deux espèces d'ours, dont l'un vit presque exclusivement dans l'île de Yéso. L'autre, de taille très petite,
se rapprocherait, d'après les descriptions,
de l'ours de la Malaisie dont nous avons vu
naguère un rare et intéressant spécimen au
Jardin des Plantes de Paris. Les deux petits
ours, qui se trouvent dessinés avec tant d'esprit dans le kakémono de Zaïtiu, que nous reproduisons en héliogravure, paraissent appartenir à cette race. Le tigre n'existe que dans
quelques provinces du sud et le loup a presque
entièrement disparu. On signale aussi une espèce de chien sauvage; mais les deux fauves les
plus répandus sur toute la surface du pays sont
le renard (*Kidzouné*) et le blaireau (*Tanouki*), qui
reviennent à chaque instant dans les légendes populaires et auxquels l'imagination des femmes prête
un pouvoir malfaisant. Le renard peut revêtir la
forme humaine. Il choisit de préférence celle d'une femme jeune et
jolie pour égarer les voyageurs at-
tardés. La crédulité du bas peuple
lui attribue les plus fâcheuses ma-
lices. Il est certain qu'il dévaste
les poulaillers et les rizières où
il peut visiter à son aise pendant la nuit les petits taber-
nacles d'Inari, le dieu du riz.

ÉTUI A PIPE.
(Feuille de bananier
enroulée.)

ARTISAN JAPONAIS.

(D'après Hokousaï.)

L'habitude que les Japonais ont d'offrir des aliments à leurs divinités attire maître renard et lui fournit d'excellents repas. L'astu-
cieux animal s'est tellement identifié avec le paisible dieu des

champs que chaque petit temple (*yaciro*) est flanqué de deux renards grossièrement taillés en bois ou en pierre, ce qui a fait croire à quelques auteurs européens que les Japonais adorent le renard sous le nom d'Inari.

De son côté, le blaireau peut se métamorphoser en objets ina-

PONT SOUS LA NEIGE.

(D'après Hiroshighé.)

nimés, meubles et ustensiles de cuisine. Il affectionne la marmite. Une légende très populaire, et qui a bien souvent inspiré les artistes, raconte qu'un marchand acheta un jour une grande marmite. Celle-ci ayant été placée sur le feu, il lui poussa une queue, quatre pattes et une tête et elle s'enfuit à toute vitesse.

Le sanglier et le singe sont assez communs. Les rongeurs pul-

BUSE SUR UNE BRANCHE.

(D'après le « Tshiashin Gouatou » d: Hokousaï.)

lulent. Le rat est un emblème de fortune. On le représente toujours avec Daïkokou, le dieu des riches-ses. Les animaux à fourrures recherchées abondent dans l'île de Yéso; mais les Japo-nais commencent à peine à tirer parti des ressources naturelles de cette île. Le lapin et le lièvre sont très rares. Il y a quelques années, les lapins importés d'Europe étaient payés des prix fabuleux. L'agiotage s'en mêla à ce point que l'on vit des amateurs de Yédo payer jusqu'à trois et quatre mille francs une paire de lapins de choix.

PORTE-PINCEAUX
EN ARGENT.
(Collection de M. Ph. Burty.)

Tous les animaux domestiques, sauf le chien, sont venus de Chine. L'âne est inconnu. Le bœuf est em-ployé dans les travaux des champs; mais, jusqu'à l'arrivée des Européens, les Japonais n'avaient pas songé à utili-

MARMITE
CHANGÉE EN BLAIREAU
(D'après Keisaï.)

ser sa chair comme nourriture. Le che-val a seul une im-portance réelle dans la vie normale du peuple. On ne s'en sert que pour la selle et pour le bât, la traction des véhi-cules de toute na-

ESQUISSE DE CHEVAUX POUR UN YÉMA, OU TABLEAU FUNÉRAIRE.
(D'après une peinture de Kano Shôrin, conservée au temple d'Idzou Koushima.)

ture étant réservée aux hommes. L'unique race chevaline indigène est, dit M. Léon Metchnikoff, celle des poneys de Satzouma. Ils

.H.GUERARD.

Imp.A.Quantin.

FAUCON EN PORCELAINE DE MIKAVADJI
COLLECTION DE M. HENRI CERNUSCHI
(Réduction à la moitié)

sont de petite taille, fougueux et difficiles à conduire. Leur cri-
nière est courte et hérissée, leur tête ramassée, l'encolure est forte,
la queue longue et traînante.

Les Japonais ne montent que les chevaux entiers. Ils ont une
grande vénération pour les chevaux des grands personnages. A la

CORBEAU

(Brûle-parfums en bronze de la collection de M. H. Cernuschi.)

mort d'un prince ou d'un guerrier, un artiste de talent est chargé
de peindre en quelques traits rapides le portrait du cheval favori.
Ces petits tableaux, appelés *yémas,* sont conservés pieusement par
les amis ou les descendants du mort. A Nikkô, on visite encore la
chapelle qui a été élevée au cheval de combat de Tokougava Yéyas.

La richesse ornithologique et entomologique du Japon est très
considérable. Les différentes espèces d'oiseaux ont beaucoup d'ana-

logie avec celles de nos régions tempérées. Les plus richement représentées sont les canards, les oies sauvages, les grues, les

BŒUF.

(Esquisse, par Keïsaï-Yeïsen.)

hérons, et en général tous les échassiers. Les faisans, les paons sont, comme chez nous, élevés dans les jardins. Les gallinacés offrent des types superbes et les coqs japonais jouissent d'une réputation méritée. Quant aux insectes et aux papillon, ils abondent sur toute l'étendue du Japon.

La faune marine n'est pas moins nombreuse. Les mers du Japon offrent à la pêche des ressources incommensurables qui, ont, il est vrai, déjà diminué dans certains parages, mais, qui dans beaucoup d'autres, sont à peine exploitées. On peut dire que les Japonais sont un peuple d'ichtyophages. Le poisson cuit, salé, fumé ou séché est la base de l'alimentation populaire et le poisson est de qualité excellente. Il y a peu de différences entre les espèces japonaises et les nôtres. Les premières sont, en général, de taille beaucoup plus grande; les crustacés sont plus variés et plus abondants. Il y a des crabes d'une taille gigantesque. Siebold, qui

LAPIN.

(D'après Kôrin.)

a étudié avec passion la flore et la faune du Japon, en cite une espèce à longs tentacules dont l'envergure ne mesurait pas moins de $1^m,5o$. Un dessin de grandeur naturelle de cette espèce

remarquable est conservé au musée ethnographique de Leyde.
Parmi les reptiles, il faut citer un animal fort étrange et fort

JEUNE FILLE PORTANT UNE BOULE DE NEIGE.
(D'après une gravure de l'école de Hishikava, XVIII° siècle.)

célèbre en Europe, depuis qu'un échantillon vivant y a été apporté

à destination d'un des établissements zoologiques de l'Italie : la sala-
mandre géante, *Sieboldia maxima* (en japonais, *Sanƶio-Ouvo*), que
l'on rencontre dans quelques provinces centrales et aux environs du
lac de Biva.

Sans sortir du cadre limité dans lequel je désire me restreindre,
je puis dire quelques mots des richesses naturelles que renferme le
sol du Japon.

Elles sont à peine ou fort mal utilisées. L'or existe encore
en quantités notables. Les mines d'argent, de cuivre et de fer
offrent des réserves dont l'industrie japonaise, perfectionnée par
nos méthodes, tirera un jour un grand parti. Les études faites
par les ingénieurs européens ont révélé l'existence de couches de
houille d'une richesse extrême. C'est là un fait dont l'importance
n'échappera à personne. L'exploitation du charbon de terre n'était,
en 1879, que de 350,000 tonnes. C'est bien peu si l'on songe
que l'île de Yéso à elle seule renferme une quantité de charbon
évaluée à 400 milliards de tonnes[1], soit une quantité suffisante
pour subvenir à la consommation du globe pendant vingt siècles!
L'avenir historique du Japon est là. Lorsque le stock houiller de
l'Europe sera près d'être épuisé, cette fortune souterraine pourra
peser d'un singulier poids dans la balance du monde.

Quoique la plus grande part de la richesse publique au Japon
ait été jusqu'à présent tout agricole, il n'en est pas moins vrai que
le travail manufacturier y prend chaque jour une place plus importante. L'exportation japonaise en Chine, en Amérique et en Europe
est devenue un facteur de premier ordre dans le mouvement commercial de l'extrême Orient. Les produits industriels et artistiques
du Japon sont expédiés dans toutes les parties du monde et,
grâce à leur solidité, à leur élégance et à leur bon marché, jouissent

1. Élisée Reclus, *Nouvelle géographie universelle.*

d'une faveur croissante. Le danger — je l'ai indiqué en deux mots dans le précédent chapitre — ne peut venir que de la tendance à produire vite, à trop bon marché et d'après les indications fournies par les modes européennes, tendance qui malheureusement augmente avec l'appât du gain et le développement des échanges. Il faut prendre garde de tuer la poule aux œufs d'or.

ÉTUDE DE PIN.
(D'après le « Jiki Hiho », recueil imprimé en 1745.)

L'article japonais est encore bien supérieur au nôtre par la main-d'œuvre et par son caractère de logique décorative, qui est l'essence même du génie japonais ; mais la décadence est visible.

De 1877 à 1880, le commerce extérieur du Japon a plus que doublé. L'importation monte aujourd'hui à 200 millions de francs, l'exportation à 150 ; ce qui donne un mouvement annuel de 350 millions. Ces chiffres, déjà fort respectables, tendent à s'accroître rapidement.

En même temps le Japon fait les plus vigoureux efforts pour
s'affranchir de l'intermédiaire des négociants
européens et pour fabriquer lui-même les produits qu'on lui vend à des prix excessifs. Avec
leur esprit d'assimilation les Japonais arrive-
ront assez promptement à s'approprier les
conquêtes de nos sciences et nos procédés industriels. Ils sont dans une époque de transformation et de crise pendant laquelle la prospérité financière du
pays, déjà fort éprouvée, aura à su-
bir de rudes atteintes. On peut
cependant prévoir le temps où l'équilibre s'établira entre les importations et les exportations.

Cet essor des transactions et de
l'industrie a eu pour corrélation un
développement remarquable de la
marine du Japon. La navigation
étrangère a notablement diminué

CERF.
(D'après Kôrin.)

pendant la dernière décade. C'est la marine indigène qui a bénéficié
de la différence. Elle compte actuellement de 700 à 800 navires à
voile de construction européenne, environ 180 bateaux à vapeur et
une flottille de 18 à 19,000 jonques pour le cabotage, jaugeant
ensemble près de 900,000 tonnes. Les ports ouverts au commerce
étranger sont Nagasaki, Kobé, Osaka, Yokohama, Nihigata, Hako-
daté. Le plus important est Yokohama qui tend à centraliser tout
le mouvement commercial étranger du Japon.

Grâce à cette facilité des communications maritimes par les
côtes, le Japon est encore fort dépourvu de routes propres à une
circulation active. La principale artère terrestre est la fameuse route

du Tokaïdo qui relie Yédo à Nagoya, à Kioto et à Osaka, en passant par Yokohama et le littoral. Des lignes de chemins de fer sont

COUP DE VENT.

(D'après une gravure de la « Mangoua », de Hokousaï.)

ouvertes de Yédo à Yokohama et de Kioto à Osaka et à Kobé. Une grande ligne centrale, en partie construite, doit relier le nord et le sud du Japon et se rattacher par des embranchements aux ports principaux du littoral occidental. Au point de vue des postes et des télégraphes, le Japon, qui s'est empressé d'entrer dans l'Union postale universelle, n'a rien à nous envier. Ces deux services sont parfaitement installés dans tout l'empire.

Cette intelligente et laborieuse nation s'est également placée au premier rang pour l'instruction publique. Elle a mis depuis long-

PAYSAGES.

(D'après Issaï.)

temps en pratique les principes d'éducation obligatoire et démocratique, qui sont aujourd'hui en honneur chez nous. D'après la loi, il doit exister une école élémentaire par 600 habitants, sans compter les collèges secondaires, les universités, les académies artistiques, les conservatoires industriels et plusieurs hautes écoles scientifiques.

En 1879, le Japon ne comptait pas moins de 25,459 écoles primaires, dirigées par 59,825 instituteurs, et 537 collèges d'enseigne-

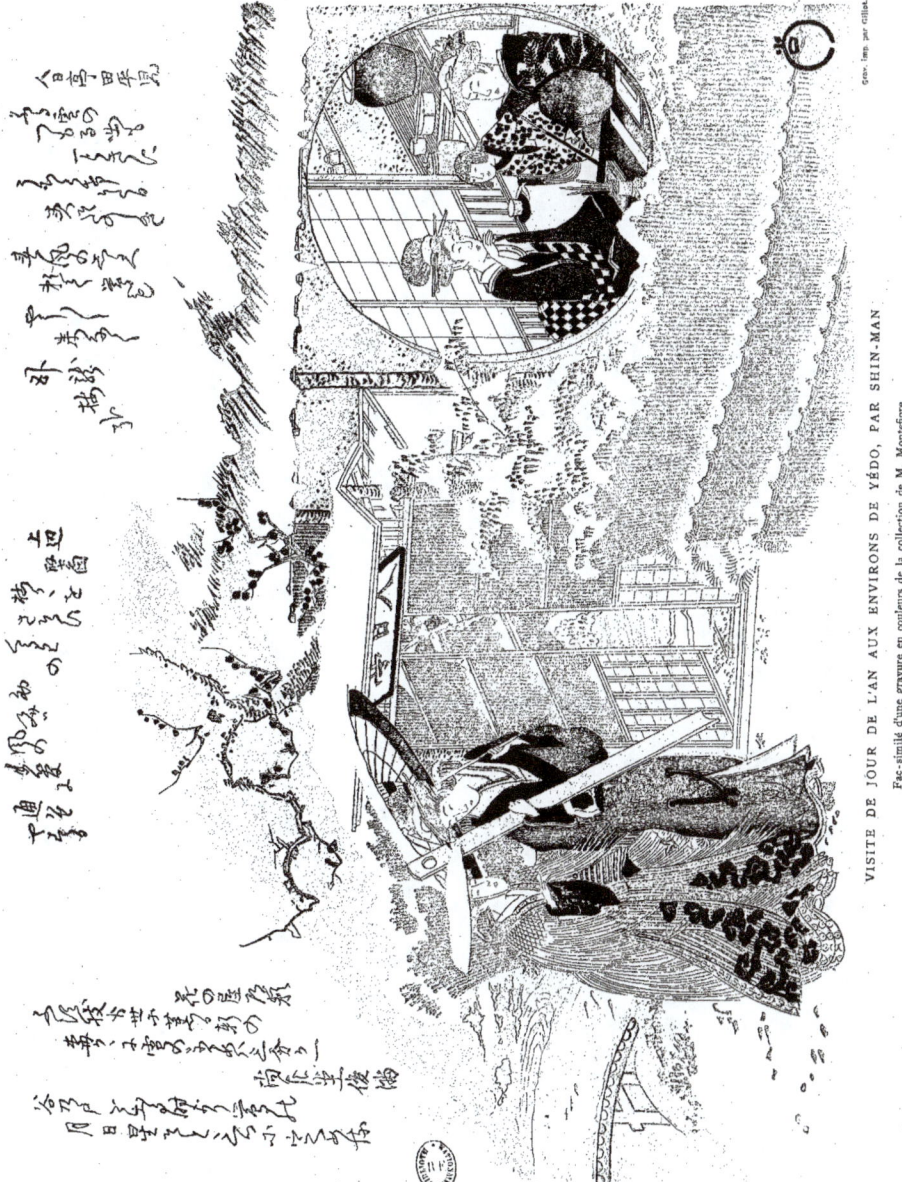

VISITE DE JOUR DE L'AN AUX ENVIRONS DE YÉDO, PAR SHIN-MAN

Fac-similé d'une gravure en couleurs de la collection de M. Montefiore

Grav. Imp. par Gillot

ment secondaire et écoles spéciales. Le nombre des instituteurs étrangers était, en 1875, de plus de 700. Il a beaucoup diminué depuis et ceux-ci sont remplacés peu à peu par des Japonais.

Comme conséquence de ce développement de l'instruction générale, le Japon occupe, au point de vue de la production littéraire, le troisième rang parmi les nations du monde. Pendant le cours de l'année 1878 on a publié jusqu'à 5,317 ouvrages nouveaux en 9,967 volumes. En 1881, la production s'est abaissée à 4,910 ouvrages. Les éditeurs japonais traduisent ou contrefont presque tous les ouvrages scientifiques importants paraissant en Europe, les romans et les pièces de théâtre. Le nombre des périodiques était, en la même année, de 275, ayant ensemble un tirage de

MOTIF JAPONAIS.
(D'après un dessin de laqueur.)

29 millions d'exemplaires. Le journal est en ce moment la grande vogue du Japon, et l'on ne peut savoir jusqu'où elle ira depuis qu'on est parvenu à composer les journaux avec des caractères mobiles.

Le gouvernement est en partie constitué sur le modèle de nos régimes parlementaires, avec un conseil législatif et des ministres responsables; mais il s'appuie sur une hiérarchie administrative très fortement constituée et très centralisée. Le code civil et le code de justice criminelle ont été remaniés sur le modèle des différentes législations européennes.

L'empereur actuel, Moutsouhito, fils de l'empereur Komeï, règne depuis le mois d'août 1868; il est à peine âgé de trente ans.

Les finances du Japon ne sont pas dans un état prospère. Elles ont été obérées par les grandes transformations économiques de ces dernières années. L'ensemble de la dette monte à 1 milliard 800 millions de francs. Le budget des recettes est environ de 310 millions; le papier-monnaie en circulation, de 570 millions.

L'armée, équipée, dressée et disciplinée à l'européenne, comprend 35,000 hommes sur le pied de paix et plus de 50,000, sans compter la réserve, sur le pied de guerre. La marine japonaise, entièrement composée de bateaux à vapeur, dont quelques cuirassés, comprend une trentaine de vaisseaux montés par 4,500 hommes d'équipage.

Le Japon est divisé administrativement en 9 régions : Kinaï, Tokaïdo, Tosando, Hokrokoudo, Sanindo, Sanyôdo, Nankaïdo, Saïkaïdo et Hokkaïdo; en 84 provinces et en 717 districts.

II

LES opinions sont très partagées sur les origines ethnographiques de la race japonaise, et, par cela même qu'elles sont très partagées, les thèses les plus différentes peuvent être soutenues avec quelque apparence de raison.

La question des origines d'un peuple aussi individuel et aussi intéressant à tous égards ne pouvait manquer de solliciter l'attention des anthropologistes. Ce problème obsédant n'a point encore été résolu par la science.

La supposition la plus générale, c'est que l'archipel du Japon a été peuplé par une émigration tartare qui s'est fondue avec la race autochtone des Aïnos, après l'avoir conquise et absorbée peu à peu. Les Japonais seraient des Mongols abâtardis. La syntaxe et la grammaire japonaises, qui appartiennent au groupe des langues d'agglutination ou langues touraniennes, viennent à l'appui de cette hypothèse ; mais les racines mêmes de la langue japonaise, son étymologie, qui sont en matière ethnographique les plus sûrs indices

des filiations, ne présentent aucun rapport avec les langues tartares.
Elles ont un caractère individuel et sont rebelles à se laisser rapprocher d'aucun idiome connu. Du moins, les études de philologie
comparée ne sont pas encore assez avancées pour permettre d'éta-

ÉTUDE DE BAMBOUS.

(D'après un dessin de l'école de Kano, tiré du « Jiki Hiho », recueil imprimé en 1745.)

blir des analogies. Cependant M. Reed, dans son *Japan,* cite l'ouvrage que prépare sur ce sujet l'honorable M. Hyde Clarke, vice-
président de l'*Anthropological Institute,* et relève dans une sorte de
tableau synoptique une centaine de mots d'usage usuel, dont la
racine présente la plus curieuse similitude avec des mots exprimant
les mêmes idées dans les dialectes de l'Inde, de la Perse, de l'Ara-

bie, de l'Égypte et des côtes de l'Afrique. Des faits de même

TISSEUSES JAPONAISES.

(D'après une gravure de Soukénobou, tirée des « Dames du Japon », recueil imprimé à la fin du xviie siècle.)

nature ne sont pas révélés par l'étude de la langue chinoise.

Si, d'autre part, on étudie la conformation anthropologique des

habitants actuels du Japon, on y découvre trois familles humaines
encore bien distinctes : les sauvages Aïnos de l'île de Yéso; les
paysans à la peau rougeâtre ou jaune, au

visage court et
écrasé; les nobles
au visage long,
ovale, et au teint
pâle. Les pein-
tres ont admis
ce dernier type
comme idéal de
la beauté; c'est le
type pur de la *race
des Dieux,* « gra-
cieux comme l'An-
namite, élégant
comme l'Indien,

PAYSANS JAPONAIS SOUS LA PLUIE.
(D'après Hokousaï.)

LA POÉTESSE KOMATI
DANS SA VIEILLESSE.

(Netzké en bois peint de la collection
de M. A. Dreyfus.)

noble comme le Sémite »[1]. La tradition
le fait venir des régions où le soleil se
lève. Ces deux types japonais, qui cor-
respondent à des classes bien tranchées
de la société, paraissent être en rapport
avec les deux grandes divisions géographiques du pays. Le type aristocratique,
à la bouche mince, au nez aquilin, au
front élevé, à l'angle facial bien ouvert,
aux yeux obliques et bridés, se rencontre
principalement dans l'antique province
de Yamato, berceau de l'empire, aux environs de Kioto, dans les

1. Émile Guimet, *Promenades japonaises,* t. II, p. 159.

parties du Japon tournées vers l'océan Pacifique et jusque dans les îles Liou-Kiou. M. Metchnikoff fait observer que le teint pâle et uniforme de cette caste dénote un pigment colorant qui se rapproche de

CHAUMIÈRE JAPONAISE.
(Garde en bronze jaune, par Seïdzoui, de la collection de M. Louis Gonse.)

la nuance olivâtre des Malais Le type populaire, aux pommettes saillantes, au nez épaté, à la bouche entr'ouverte, aux yeux horizontaux et largement ouve'rts, occupe principalement les régions de l'ouest qui regardent le continent asiatique. Le paysan des côtes, de Nagasaki à Nihigata, offre une ressemblance indéniable avec les habitants du Céleste Empire. Il en a le ton terreux de la peau.

Quant aux Aïnos, comprimés par ces deux courants humains de l'est et de l'ouest, ils ont rétrogradé dans le nord, pour se réfugier dans la grande île de Yéso, où le gouvernement les laisse s'éteindre.

Le type des Aïnos présente un des plus curieux problèmes de l'ethnographie. Il s'éloigne nettement de tous les types asiatiques et se rapproche au contraire de la race blanche. Les Aïnos ont la peau claire, le front large, le nez saillant, les yeux mobiles et doux. Le caractère le plus particulier de leur nature est le développement extraor-

PÈLERIN.
(Ancien netzké en bois, de la collection de M. L. Gonse.)

dinaire du système pileux. Ils ont de longs cheveux bouclés, de
longues barbes et sont velus comme
l'ours dont ils ont fait leur dieu. Leurs
mœurs sont paisibles, hospitalières et presque craintives. Ils vivent de chasse et de
pêche et nous offrent en plein XIXe siècle
l'image d'un peuple qui serait encore dans
l'âge de pierre. Ils ont la notion que leurs
ancêtres ont été les maîtres du Japon. Leur
langue, qui nous est à peu près inconnue,
rappelle cependant par les consonances
l'ancien dialecte du Yamato. Les Japonais,
malgré l'état de servitude et d'infériorité
où ils les maintiennent, les entourent d'un
certain respect. Ils se souviennent aussi
que les Aïnos ont dominé l'archipel avant
eux et qu'ils descendent comme eux de la
race des dieux. Comme le dit fort justement
M. Rodolphe Lindau dans son *Voyage
autour du Japon,* ce peuple étrange et si
profondément intéressant, réduit, d'après
les derniers recensements, au chiffre d'une

COSTUME DE BOURGEOIS.
(D'après Gakoutei.)

vingtaine de mille, s'éteint à présent
et descend d'un pas rapide dans la
grande tombe des races vaincues et
disparues. Pour étudier ses débris
clairsemés, il faut pénétrer jusqu'au
cœur de Yéso. Miss Bird, dans son
hardi voyage d'exploration à travers

ARTISANS JAPONAIS. — (D'après Hokousaï.)

le Japon[1], de Kiou-Siou à Yéso, vante la douceur et l'amabilité de

1. *Unbeaten tracks in Japan.* Londres, Murray, 1881, 2 vol. in-8°.

EAU FORTE JAPONAISE

Imp. A. Quantin

leur caractère. Elle affirme avoir rencontré dans les tribus de la
région montagneuse, et principalement parmi les femmes, des
types d'une pureté et d'une régularité qui auraient
pu soutenir sans désavantage la comparaison avec
les beaux spécimens de la race caucasique.

Quelques auteurs, entre ceux dont les recherches sont les plus récentes, se basant sur ces caractères bien distincts des trois races, sur les notions
fournies par certaines étymologies du langage, sur
les traditions les plus anciennes de l'histoire et sur
les probabilités résultant de l'étude des mœurs, des
usages et du génie même du peuple japonais, se
sont arrêtés à des conclusions tout autres que
celles qu'on avait généralement admises. MM. Whit-
ney, Müller et Morton pensent que l'hypothèse
d'un mélange de trois races, à l'origine bien distinctes, est nécessaire pour expliquer les caractères actuels du peuple japonais : 1° une race autochtone, d'abord seule occupante de l'archipel
japonais, ayant d'étranges rapports ethnologiques
avec les races du nord de l'Europe; 2° une race de
l'ouest, d'origine tartare et mongolienne; 3° une
race conquérante venue du sud-est et peut-être
de très loin, apportée par le courant équatorial du
Pacifique, dont l'énergie pour une navigation de
forme primitive est presque irrésistible.

De la fusion lente de ces trois races à travers
les siècles est sorti le peuple japonais. Le nœud
du problème est donc de savoir quelle peut être l'origine de cette
race conquérante.

Vint-elle de l'Inde, par la Malaisie et la Corée, des îles de

ÉTUI EN CORNE
DE CERF.
(Collection de M. L. Gonse.)

la Polynésie ou de Java? Ma conviction personnelle est qu'il faut
admettre une de ces trois origines et plutôt celle de l'Inde ou de
Java. Comme le dit fort judicieusement M. Aimé Humbert dans
son bel ouvrage sur le Japon, les courants maritimes jouent un

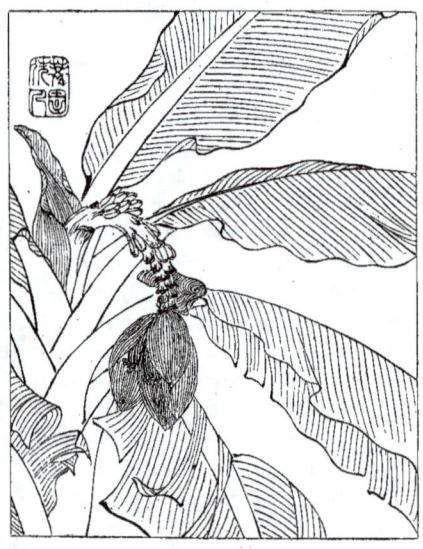

BANANIER.

(D'après une gravure d'un « Traité de botanique ».)

très grand rôle dans l'histoire, encore si mystérieuse, des émi-
grations. Il s'est accompli par cette voie, le plus souvent invo-
lontaire, des voyages dont l'étendue étonne l'imagination. Il est
bon de remarquer en même temps que la navigation entre la
Chine et le Japon est difficile, périlleuse et entravée par le

PONT DE BOIS, A TOKIO. — (D'après une gravure de Hokousaï.)

contre-courant issu des mers du nord, et qu'elle n'est en réalité praticable que par les côtes de Corée, tandis que les immenses

COSTUME DE SAMOURAÏ.
(D'après Hokkeï.)

courants d'eau chaude qui proviennent de l'océan Indien s'échappent par les détroits de Malacca et de la Sonde, coulent dans la direction du nord-est et se jettent en même temps sur la Corée, sur les îles Liou-Kiou et sur les côtes méridionales du Japon. Ceci concorde d'ailleurs absolument avec les traditions historiques du *Koziki* qui fait partir les ancêtres de Zinmou des îles méridionales de l'archipel et les fait remonter le long des côtes du sud-est, jusqu'à la province de Yamato, où Zinmou établit sa domination. Or il n'est pas inutile de rappeler qu'en ces temps reculés, la grande île de Java, l'Inde et la Malaisie étaient déjà dotées d'une brillante civilisation. J'ai été impressionné par cette remarque faite par tous les voyageurs qui ont à la fois visité Java et la Chine. En Chine, ils ne trouvent que des dissemblances de fond et des ressemblances de surface avec la nation japonaise; à Java, au contraire, ils sont frappés par les rapports de mœurs,

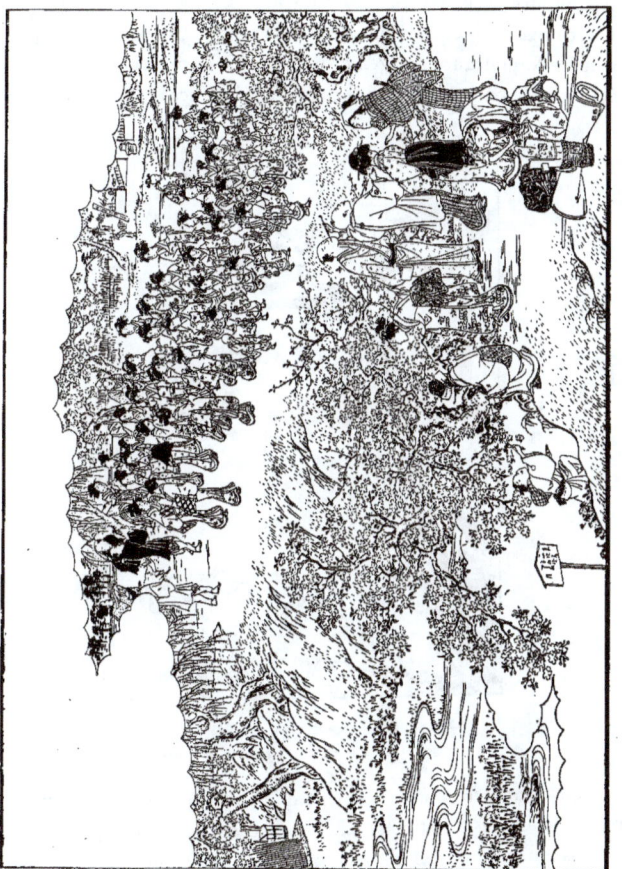

LE PRINTEMPS AUX ENVIRONS DE YÉDO. — (D'après une gravure du « Yédo Meisho ».)

d'habitudes sociales, les similitudes dans les caractères physiques[1].
C'est donc vers ces régions qu'il faut reporter sa pensée si l'on veut
trouver le pourquoi du génie d'un peuple si différent des Chinois
et si proche par certains traits profonds des races indo-européennes.

MOINEAUX, BAMBOUS ET VOLUBILIS.
(Esquisse tirée de la petite « Mangoua », de Hokkeï.)

On rencontre communément dans le caractère des Japonais
une délicatesse d'instincts, une finesse de goût, un spiritualisme
d'idées qui, semble-t-il, ne peut provenir d'une autre source. Cette

1. Voir Georges Bousquet, *le Japon de nos jours et les échelles de l'extrême Orient*,
t. II, p. 398.

religion des Kamis, pleine de naïveté·et de poésie, ce culte des ancêtres, ce sentiment inné et charmant de la nature, ce haut respect de la dignité morale, tout cela est bien d'essence indo-euro-péenne. L'élément indo-européen, nous le retrouvons, du reste, dans la race coréenne; sous l'apparence mongolienne du type, qui,

COQ EN BRONZE.
(Brûle-parfums de la collection de M. H. Cernuschi.)

comme au Japon, frappe d'abord l'observateur superficiel, les anthropologistes retrouvent les vestiges des anciennes migrations aryennes. La grande expansion indo-européenne des temps préhis-toriques a suivi une sorte de courbe dont l'extrémité orientale aboutit à la Corée et jusqu'au Japon, en laissant presque intacts les grands territoires de l'Empire du milieu.

Les curieuses fouilles récemment entreprises à Omori par M. le professeur Edward S. Morse, de l'université de Boston, et qui ont mis au jour des objets et de nombreux fragments de poterie des âges préhistoriques, viennent confirmer plutôt qu'infirmer cette manière de voir[1].

Puisque nous sommes dans le champ de l'hypothèse, ne pourrait-on considérer la légende d'Irougo et de la nacelle fuyant à travers les mers, comme le vague souvenir d'une autre immigration venue du nord et apportée par le courant polaire, à ces époques lointaines où les glaces n'avaient pas encore rendu impraticable par mer la communication entre le nord de l'Europe et l'Asie orientale? On expliquerait ainsi ces caractères communs qui existent entre les Yébis ou Aïnos et les paysans de la Russie septentrionale.

1. M. Morse a consigné le résultat de ses découvertes archéologiques dans un important mémoire qu'il a publié à Tokio même, en l'accompagnant de nombreux dessins (*Shell mounds of Omori,* by professor Ed. S. Morse, Tokio, 1879).

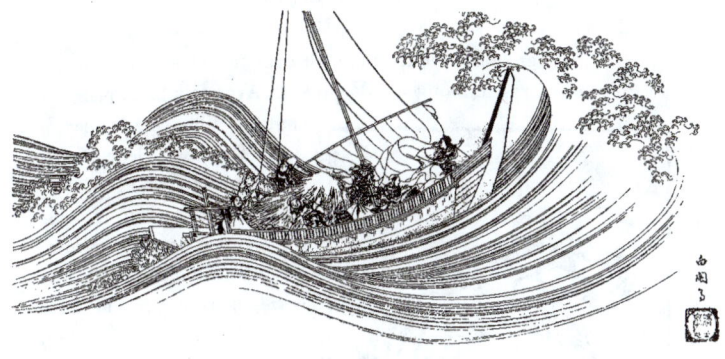

III

Quoi qu'il en soit de la diversité des origines, presque tous les Japonais sont de petite taille (1ᵐ,50 à 1ᵐ,55) et les femmes sont proportionnellement plus petites encore. Les attaches de leurs membres sont d'une grande finesse. Les muscles sont souples, vigoureux et essentielle·ment propres aux exercices d'adresse ou de force. Un des signes caractéristiques des indigènes du Nippon est la résistance qu'ils offrent aux plus dures fatigues. On connaît la réputation des coureurs japonais et des traîneurs de *djinrikas*. Les lutteurs et les jongleurs ne sont pas moins étonnants.

Les descendants d'Amatérassou ont une admirable dose de courage physique et moral, beaucoup d'empire sur eux-mêmes et un don exceptionnel pour dissimuler leurs impressions. Il n'est point d'hommes qui sachent mieux se contenir et se taire, et qui soient plus sobres de mouvements violents. Avec cela leurs passions

GENS DU PEUPLE ALLUMANT LEUR PIPE.
(D'après une gravure.)

sont mobiles, leurs sensa-tions fugitives; leur esprit est humoristique et porté à la plaisanterie; leur humeur est naturellement joyeuse. Ils n'ont presque pas de nerfs, dans le sens morbide que nous attribuons à ce mot, et leur patience est à toute épreuve. Dans les travaux manuels ils développent un calme, une intelligence, une méthode qu'on ne trouverait à un même degré chez aucun peuple.

Les Japonais pratiquent les vertus domestiques les plus rares : la sobriété, l'a-

mour de la propreté, l'ordre, la prévoyance, la dignité personnelle et les habitudes d'hospitalité. La masse du peuple dépasse certainement le niveau moral de la majorité des Occidentaux. On cite la Hollande lors-qu'il s'agit de propreté; mais, à ce point de vue, le Japon lui est singulièrement supérieur. La mendicité y est inconnue; le vol et les atten-tats contre les personnes, sauf ceux qui ont pour motif la vengeance, y sont fort rares. Les crimes

MENUISIER.
(D'après Hokousaï.)

contre le droit commun ont toujours été, d'ailleurs, répri-més avec la plus redoutable sévérité. Miss Bird a pu visiter tout l'intérieur du Nippon et de Yéso, accompagnée seulement

JEUNES FEMMES JAPONAISES SOUS LA PLUIE.

(D'après une gravure des « Occupations des femmes », ouvrage imprimé au commencement du XVIIIe siècle.)

d'un serviteur japonais, sans avoir à craindre le moindre danger,

I. 18

sans même éprouver la moindre offense. Elle avoue avoir été plus tranquille et plus respectée qu'elle n'aurait pu l'être dans aucun pays d'Europe.

Les Japonais ont encore une qualité natio-nale qu'ils exaltent souvent à l'excès : le senti-ment du point d'honneur. On connaît, de ré-putation au moins, l'histoire légendaire des quarante-sept Rônins, qui est l'apothéose du point d'honneur et de l'héroïsme dans la mort volontaire[1].

Ceci est le beau côté. Au revers de la mé-daille on trouve de la défiance, de la suscepti-bilité, un penchant inné à la dissimulation et à la ruse, et le manque de persévérance, et encore le manque de persévérance ne peut-il être repro-ché qu'à la jeune génération, trop hâtivement civilisée à l'européenne.

Ce peuple possède également à un degré unique la compréhension de la beauté dans la nature.

HOTOKÉ,
COURTISANE CÉLÈBRE,
SOUS L'EMPEREUR ANTOKOU.

(D'après Yosaï.)

Le moindre paysan du Nippon, le plus pauvre artisan des faubourgs de Yédo, a les yeux ouverts sur le charme et la grandeur des paysages; son imagination vibre à toutes les poésies du ciel, de la terre et des eaux. Il apporte, si je puis dire, dans son commerce avec la nature, une chasteté et une délicatesse de sentiments, une sensibilité d'impressions, un tempérament artis-tique, dont notre civilisation à la vapeur serait incapable de com-prendre les raffinements infinis. Tout le Japon semble habité, orné, cultivé par un peuple de gens qui ne vivent que pour les jouissances

1. M. Quantin a publié récemment une traduction française du roman des *Quarante-sept Rônins*, faite d'après une traduction américaine.

de la vue, qui aiment et respectent le plus humble brin d'herbe, le plus petit insecte. L'amour des fleurs leur fait tout oublier; la contemplation d'un bel arbre, d'un ton harmonieux ou éclatant, d'un horizon bien éclairé, d'une cascade murmurante, d'une enivrante matinée de printemps avec les cerisiers en fleur, ou d'une calme nuit d'automne argentée par la lune, les console des misères de la vie. Quand le laboureur bâtit sa hutte en bambous, abritée d'un toit de chaume, il choisit son emplacement en véritable artiste, il la pose au bord de l'eau courante ou dans un site agréable, dans le voisinage des arbres, et, s'il le peut,

ENFANT TERRASSANT UN SANGLIER.
(D'après une esquisse au pinceau de Hokusaï.)

dans un endroit où la vue puisse s'étendre; il l'orne presque toujours de fleurs qu'il cultive avec le plus grand soin. « Il est interdit, dit M. Reclus, de déshonorer la nature par des auberges mal placées. Pendant la belle saison on rencontre partout des groupes d'hommes du peuple, plus touristes que pèlerins, qui visitent les contrées les plus fameuses par leur beauté. » Les jours de fête, la population des villes se répand dans la campagne et va se reposer dans ces guinguettes élégantes qu'on appelle des maisons de thé.

Les mœurs, les usages, les costumes s'harmonisent à merveille dans le cadre de cette nature enchanteresse.

Les hommes de la classe moyenne sont assez laids de figure et d'apparence assez chétive; mais l'aristocratie, malgré la décadence de ses privilèges et de sa fortune, présente encore des spécimens

BAIN DE FEMMES.

(D'après une gravure de la « Mangoua », de Hokousaï.)

d'une grande beauté. Le paysan est robuste, trapu, laborieux; son caractère est d'une extrême douceur. Des cheveux noirs, des yeux noirs et de belles dents sont les signes ordinaires de la race. Les

femmes sont généralement bien prises dans leurs formes, d'une
élégance et d'une élasticité parfois surprenantes; jeunes, elles sont
fraîches de teint, souvent fort jolies, particulièrement dans les pro-

FEMME JAPONAISE SUR LA PORTE DE SON JARDIN.

(D'après une gravure de Hokousaï.)

vinces du centre, et se distinguent, au dire unanime des voyageurs,
par leur grâce, leur gaieté inépuisable, leur amabilité. La bienveil-
lance et la politesse sont, du reste, le fond du caractère japonais.
« La coutume qu'ont les Japonais de s'incliner poliment en face
les uns des autres finit par leur donner l'attitude naturelle de la

déférence, dit M. Élisée Reclus, et les traits du visage gardent le reflet de la bonté ordinaire ; jusque dans l'extrême souffrance, les malades ont le regard doux et la parole caressante. » Il faut des raisons bien puissantes pour les arracher à ce calme des manières ; mais alors ils peuvent passer brusquement à la violence la plus terrible. Au fond de tout bon Japonais il y a un homme à deux sabres capable de laver un simple affront dans le sang, quitte à s'ouvrir le ventre après.

Le port des costumes nationaux n'est plus obligatoire, et l'introduction des modes européennes, dont l'empereur lui-même a donné le signal,

SHIRAJO, COURTISANE POÉTESSE
DE LA FIN DU IXe SIÈCLE.
(D'après Yosaï.)

menace d'anéantir ces beaux vêtements aux riches couleurs, aux dessins imprévus, fantaisistes et variés avec la plus extraordinaire prodigalité d'invention. Heureusement pour les amateurs de pittoresque, cette anglomanie contagieuse n'est encore que superficielle et n'existe à vrai dire que dans quelques grandes villes du littoral ouvertes aux étrangers. C'est surtout à Tokio que le mal exerce ses ravages.

Si l'on pénètre dans l'intérieur, à Kioto, à Nikkô, à Osaka, on peut

voir le Japon à peu près tel qu'il était avant l'arrivée des Européens;
mais il faut se hâter. Les tissus communs d'Amérique ou d'Allemagne commencent à remplacer les belles soieries aux couleurs

ESQUISSES TIRÉES DE LA PETITE « MANGOUA », DE HOKKEÏ.

chatoyantes; le grand luxe de vêtements, qui faisait de la garde-
robe des gens riches un véritable trésor, s'en va avec l'amoindris-
sement des nobles, avec la ruine de leurs prérogatives. Les femmes,
jusqu'à présent, s'étaient montrées insensibles aux charmes de

nos robes, de nos chapeaux, de nos bottines et de nos corsets. Nos corsets surtout inspiraient une répugnance invincible à leurs tailles habituées à la plus entière liberté. Mais on nous signale les premières commandes faites à des couturières de Paris par quelques-unes des élégantes de Tokio. Symptôme grave ! Aux yeux des Japonais, le costume européen a ce double avantage d'être à la fois plus économique et plus égalitaire, car il supprime ces différences d'étoffes, de dessins, de couleurs et de coupe, qui étaient si tranchées entre les différentes classes de la société.

CAMÉLIA SOUTENU PAR UN TUTEUR.
(D'après Hôhitzou.)

Le costume japonais a été souvent décrit. Nous nous contenterons d'en rappeler brièvement les dispositions essentielles.

Le vêtement national par excellence, porté par les Japonais de toutes les conditions et des deux sexes, est le *kimono*. Le kimono est une robe longue, de la forme la plus simple et faite de laizes droites cousues ensemble ; il ne varie que par la beauté et la richesse de l'étoffe employée ; sa forme ne change jamais ; il est souvent doublé d'une soie unie très légère. Pour les trois quarts de la population, il est en cotonnade plus ou moins grossière. Pour les hommes, les nuances sont sobres et presque neutres, allant du bleu mat au gris de fer et au brun couleur thé. Le kimono des femmes

PORTEUR DE FAGOTS.
(D'après une gravure du « Gouashi Kouaiyo ».)

ne diffère de celui des hommes que parce qu'il est beau·

JAPONAISES EN PROMENADE, PAR GAKOUTEÏ (1822)

Gravure en couleurs de la collection de M. Henri Cernuschi

coup plus long et fait d'étoffes plus voyantes. Les artisans, les
coureurs, les bettos, les porteurs de norimons[1] et tous les gens

PÊCHEURS A LA LIGNE.
(D'après Hokousaï.)

qui se livrent aux travaux pénibles portent une robe courte. Les
paysans et les pêcheurs se servent surtout de manteaux de paille.
Les nobles ajoutent au dos et aux manches des kimonos leurs
armoiries brodées. Les larges manches de ce vêtement forment,

ARTISAN JAPONAIS.
(D'après Hokousaï.)

au-dessous des coudes, des sacs qui rem-
placent les poches. Le peuple et la petite
bourgeoisie ne portent des kimonos de soie
que dans les grandes occasions. Le vêtement
est le même, hiver et été; on se contente de
superposer un certain nombre de kimonos
pendant la saison des froids.

Le kimono est retenu à la taille par une
ceinture (obi) qui fait plusieurs tours et forme par derrière un

1. Chaises à porteurs dont l'usage tend à disparaître.

gros nœud bouffant. Les femmes mettent leur luxe dans cette ceinture dont les bouts, noués en un large papillon, retombent jusqu'à terre. On ne porte point de linge sous le kimono. Les femmes enroulent autour de leurs reins un carré d'étoffe rouge ou bleue, en guise de jupon, qui descend jusqu'aux genoux; les pauvres se contentent d'un simple caleçon. A l'exception des portefaix et des coureurs, chaussés de sandales en paille, les Japonais des deux sexes

LE RÊVE DE L'IVROGNE.
(D'après Hokousaï.)

portent des chaussettes bleues ou blanches et de hauts sabots de bois, sortes de petites échasses (*héta*), qui les obligent à marcher avec précaution. Cette forme assez incommode de la chaussure s'accorde à merveille avec leurs habitudes de propreté hollandaise; elle isole parfaitement le pied de la boue et de la poussière et, comme la pantoufle arabe, se dépose aisément au seuil des maisons, même les plus pauvres, où les fines nattes des planchers doivent rester immaculées.

POÈTE.
(D'après les « Poètes satiriques », de Hokkeï.)

Toute la population a la chevelure lisse, épaisse et d'un noir

d'ébène. La coiffure des Japonais, même celle des hommes, est une œuvre de longue patience. Ceux-ci se rasent le sommet de la tête et relèvent leur chignon par derrière. Les femmes se laissent pousser une légère touffe de cheveux au-dessus du front et le reste de la chevelure se divise en deux ailes et en une natte formant un édifice compliqué, retenu par un peigne en écaille, en ivoire ou en bois laqué, des nœuds d'étoffe et des épingles ornées. Le tout est soigneusement enduit d'huile de camélia. Une telle coiffure est, avec le maquillage de la figure, l'affaire importante de la vie des Japonaises.

On rase les enfants, en ne réservant qu'une touffe au sommet et deux mèches, en forme de virgules, sur les tempes. Les personnes qui renoncent au monde, comme les bonzes, se rasent entièrement la tête. L'usage de la barbe et de la moustache est une exception dans tout le Japon, sauf à Yéso, où les Aïnos laissent pousser leur barbe, et aux îles Liou-Kiou.

Le couvre-chef est habituellement remplacé par l'usage d'une ombrelle en papier. Les paysans et les gens du peuple portent sur la tête un vaste champignon en paille tressée, à la manière des Cochinchinois et des Annamites.

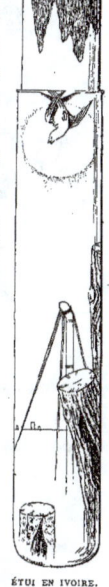

ÉTUI EN IVOIRE.
(Collection
de M. L. Gonse.)

JOUEUSE
DE CHAMICEN.
(D'après Hokousaï.)

Aujourd'hui les feutres importés d'Europe tendent à supplanter, à Tokio, la coiffure nationale.

ÉTUDE DE PIN.
(D'après un traité de botanique.)

Ce penchant à porter des vêtements beaucoup trop légers pour le climat, ce goût pour les pièces d'étoffes enroulées autour du corps, les pratiques du tatouage, naguère à la mode, une sorte d'impudeur naïve et instinctive dans la nudité, ne sont-ce pas là autant de réminiscences d'une époque lointaine passée sous des latitudes tropicales, et ne pourrait-on trouver dans ces habitudes indélébiles, si différentes de ce qu'on observe chez les peuples mongols, une présomption de plus en faveur des origines méridionales du peuple japonais ?

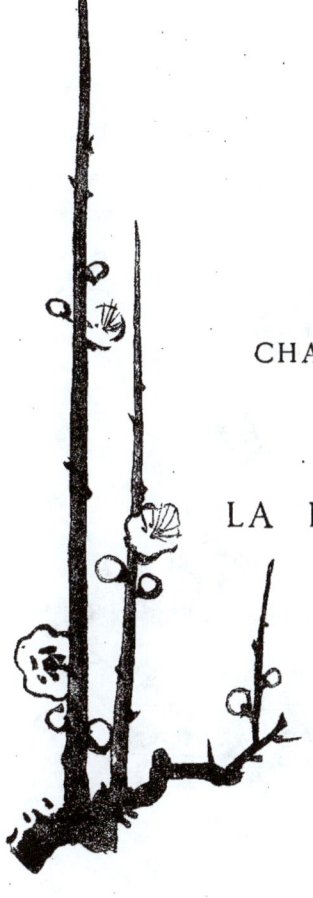

CHAPITRE III

LA PEINTURE

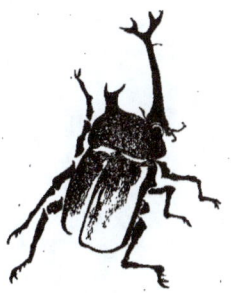

I

SIGNATURE DE SESSHIU.

L'HISTOIRE de la peinture est, au Japon plus qu'ailleurs, l'histoire de l'art lui-même.

L'étude de ses progrès, de ses développements, de ses transformations peut seule jeter quelque jour sur l'histoire de ces arts secondaires, que nous appelons, d'un mot baroque, *arts décoratifs,* et nous faire pénétrer dans l'intimité du goût japonais. La peinture est la clef; sans elle tout reste fermé à nos yeux. L'art entier en est issu et s'y subordonne. Si donc nous pouvons établir sur quelques données précises les grandes lignes de l'histoire de la peinture, nous aurons quelque chance de nous débrouiller au milieu des autres manifestations; nous aurons fait un pas décisif dans la connaissance du génie de ce peuple, qui nous enthousiasme, mais que nous jugeons si mal, c'est-à-dire au petit bonheur de nos sentiments.

L'importance de la matière est déjà reconnue en Angleterre et en Amérique. C'est dans ce sens presque exclusif que se sont

portées les plus récentes recherches. Avec leur esprit précis et posi-
tif, les Anglais ont compris qu'aucune
classification et aucune chronologie sérieuses ne pouvaient vivifier l'histoire de
l'art japonais en dehors de l'étude des
monuments mêmes de la pein-
ture.

SENNINS CONDUISANT UNE CHARETTE.

(Gravure tirée du « Livre des Sennins »;
recueil publié au XVIIᵉ siècle.)

Le docteur Anderson, de
Londres, qui a résidé pendant plusieurs années au Japon, comme
professeur à l'Université médi-
cale de Tokio, s'est voué à ces
délicates recherches. Il a formé
sur place une nombreuse bibliothèque de livres japonais et réuni
une admirable collection de près
de deux mille *kakémonos, makimonos* [1] et albums peints. Son but
était de grouper des spécimens
de toutes les écoles de peinture
au Japon et des principaux maîtres. Cet ensemble, d'un intérêt
inappréciable pour les travailleurs et pour les artistes, a été

1. On appelle *kakémonos* ces peintures sur soie ou sur papier élégamment enca-
drées de bandes d'étoffes unies ou brochées, montées sur une feuille de papier épais et
enroulées sur un léger cylindre de bois de pin, garni à ses extrémités de bouts en ivoire,
en corne, en bois naturel ou laqué. Le kakémono est le tableau des Japonais. Il est peu de
maisons, si modestes qu'elles soient, qui n'en possèdent un ou plusieurs. On les déroule
et on les accroche aux cloisons intérieures, les jours où l'on reçoit un ami, ou si quelque
étranger vous honore de sa visite. Une place, dite *Tokonoma*, est d'ordinaire réservée
dans les maisons bourgeoises à un kakémono que l'on change de temps à autre. La
monture de soie en est souvent du plus grand luxe; l'encadrement, d'une variété de
dessins infinie et presque toujours de la plus exquise couleur, s'harmonisant à merveille

récemment acquis en bloc par le British Museum au prix de 75,000 francs. Le docteur Anderson en fait en ce moment le clas-

DHARMA, D'APRÈS SESSHIU.

(Gravure du « Tanyu Ringoua ».)

sement par écoles et par dates. Lorsque cette collection sera exposée dans les salles qui lui seront spécialement affectées, on peut dire

avec la peinture elle-même. Une monture soignée est toujours l'indice d'une œuvre estimée. C'est dans la monture des kakémonos que l'on retrouve les échantillons des plus beaux et des plus anciens tissus. Les kakémonos de grand prix sont même enveloppés d'un étui de soie et enfermés dans une double boîte.

Dans les reproductions dont cet ouvrage est accompagné, j'ai eu soin de conserver ces encadrements qui ont un rôle décoratif si particulier.

Le *makimono* est un rouleau plus petit, mais plus long, qui se déroule à la main, dans le sens de la largeur. C'est, en quelque sorte, la forme primitive du livre au Japon.

que le résumé de l'histoire de la peinture au Japon sera fait. M. Anderson se propose en outre de rédiger et de publier ses notes manuscrites, dont il a déjà communiqué d'importants extraits à MM. Dickins et Reed, et à notre ami Théodore Duret[1].

M. Franks, l'honorable administrateur du British Museum, qui s'occupe aussi avec passion des arts de l'extrême Orient et qui a été le promoteur de l'acquisition Anderson, possède lui-même une série remarquable de makimonos. Les Américains, de leur côté, achètent beaucoup de kakémonos et l'on cite parmi eux un collectionneur enragé, M. Fenollosa, qui en a recueilli plus de cinq mille, au Japon, et qui passe aujourd'hui, avec M. Wakaï, pour le connaisseur le plus exercé. Un éditeur américain prépare un ouvrage sur les peintures japonaises, qui contiendra un très grand nombre de reproductions. Enfin le docteur Gierke, de Berlin, a réuni pendant son séjour au Japon une nombreuse collection de peintures que nous n'avons malheureusement pas pu voir lors de notre passage dans cette ville. Mais, d'après les renseignements qui nous sont fournis, cette collection serait des plus précieuses et contiendrait des originaux indiscutables de quelques-uns des principaux artistes du Japon. Elle a été acquise récemment en bloc au prix de 45,000 francs par le Musée de Berlin.

En même temps, les Japonais se piquaient au jeu. Parallèlement à ce mouvement européen, il se créait au Japon un courant d'études qui a produit d'excellents résultats. Les amateurs de kakémonos, les connaisseurs en peintures y ont toujours été nombreux ; les ouvrages spéciaux abondent : manuels d'histoire de

---

1. Voir la préface du *Fougakou Yakoukeï* (les Cent vues du Fouziyama, par Hokousaï), de M. Dickins ; le *Japan*, de M. Reed qui, pendant son séjour au Japon, a étudié avec soin les collections d'anciennes peintures de Kioto et de Nara ; et le travail de M. Duret sur Hokousaï et les livres illustrés, publié dans la *Gazette des Beaux-Arts* (numéros d'août et d'octobre 1882).

l'art, traités didactiques, recueils d'exemples, et j'y ai puisé avec

ARCHÉOLOGUES JAPONAIS.

(D'après une gravure du « Yédo Meisho ».)

l'aide des Japonais quelques précieux renseignements; mais personne n'avait encore songé à coordonner ces renseignements épars,

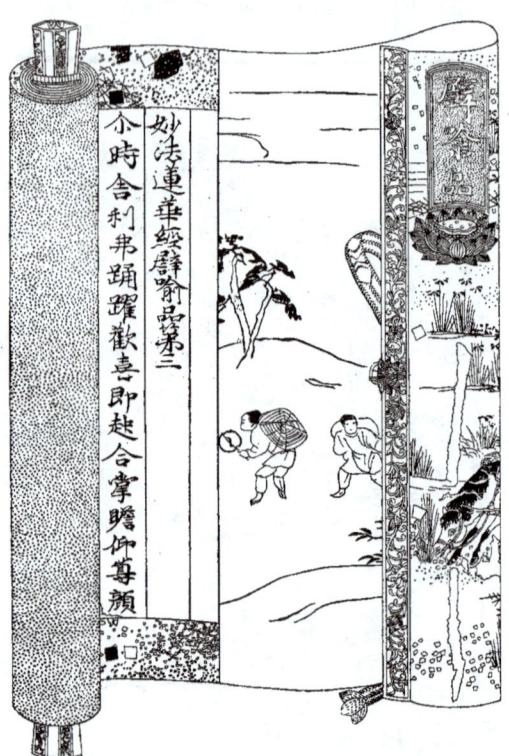

TRÈS ANCIEN MAKIMONO DE L'ÉCOLE DE TOSA, CONSERVÉ DANS LE TRÉSOR
DU TEMPLE D'IDZOU KOUSHIMA.

à les contrôler sur les originaux conservés dans les collections privées ou dans les temples, avec les témoignages fournis par les

inscriptions funéraires, avec les documents contenus dans les anciens ouvrages des XVIe et XVIIe siècles, pour en former un tout conçu selon nos méthodes critiques. C'est la tâche qu'un érudit de

LE DIEU DE LA LONGÉVITÉ MONTÉ SUR SA BICHE.

(Bronze de la collection de M. H. Cernuschi.)

Tokio, M. Wakaï, organisateur de la section japonaise à l'Exposition de 1878, et, jusqu'en ces derniers temps, reprèsentant de la compagnie japonaise Kosho-Kaïsha, a entreprise et menée à bonne fin. Son ouvrage, intitulé *Fouso Gouafou* (Notes sur la peinture japonaise), se compose de cinq forts volumes de format in-8°, non

encore édités, mais dont le manuscrit, laissé par M. Wakaï entre les
mains de son ami M. Hayashi, nous a été, grâce aux obligeantes
communications de ce dernier, du plus extrême secours. Je suis
heureux de leur témoigner à tous deux ma profonde gratitude[1].

Je dois aussi remercier M. Antonin Proust, qui a bien voulu
me communiquer les notes que le consulat de France au Japon lui
avait fait parvenir, notes qui, dans bien des cas, m'ont permis de
vérifier l'exactitude des dates fournies par M. Wakaï. J'ai puisé à
d'autres sources encore. Kaempfer, Siebold, le *Japon à l'Exposition
universelle de 1878,* notice malheureusement trop sommaire publiée
sous les auspices du gouvernement japonais, et surtout le beau
livre de M. Metchnikoff, l'*Empire japonais,* m'ont fourni quelques
renseignements. Ce dernier ouvrage, bien qu'il ne touche à la matière que très indirectement, contient çà et là, au milieu de documents d'ordre purement historique, des notes d'art fort précieuses.

Plusieurs milliers de kakémonos et d'albums peints me sont pas-

---

1. Parmi les abrégés historiques les mieux faits, je citerai le *Bampo Zentshio,* en
12 volumes, et le *Sogoua Zentshio,* en 3 volumes.

Les plus importants de tous, en raison de leur date de publication et de leur variété,
sont le *Gouashi Kouaïyo* (publié en 1745, en 6 vol.), et le *Tanyu Ringoua* (en 3 vol.),
sur lequel je reviendrai tout à l'heure.

Ces deux ouvrages renferment plusieurs centaines de reproductions gravées d'après
les anciens maîtres et fournissent quelques dates précises. La préface du *Gouashi
Kouaïyo* permet de juger de l'intérêt de cet ouvrage. L'auteur, Shountokou, donne la liste
des recueils de même nature et antérieurs qu'il a utilisés pour son travail. La voici telle
quelle : *Yehon-te-Kagami,* en 6 vol. (la première édition est de 1720; une édition postérieure, que j'ai entre les mains, est augmentée d'une préface du célèbre peintre Goshin);
— *Vakan Meïgoua-Yen,* en 6 vol.; — *Yehon Kojidan,* en 9 vol.; — *Gouaten Tsoûho,*
en 10 vol.; — *Morokoshi Kimmodʒoui,* en 15 vol.; — *Arima Shokeïdʒou,* en 1 vol.; —
Lankan Dʒoushiki, en 3 vol.; — *Yehon Dʒouhen,* en 3 vol.; — *Gouasen,* en 6 vol.; —
Yehon Mousanooumi, en 3 vol.; — *Baïdojin Bokoutshikoufou,* en 1 vol.; — *Etʒou
Gouashi,* en 2 vol.

J'ai pu rencontrer au moins un exemplaire de chacun de ces ouvrages dans les biblio-
thèques publiques et privées de l'Europe. Ce que je n'ai pas trouvé au British Museum
ou à l'Université de Leyde, les collections de Berlin, la bibliothèque de M. Duret ou la
mienne me l'ont fourni.

POISSONS

Foukousas appartenant à M. de Nittis

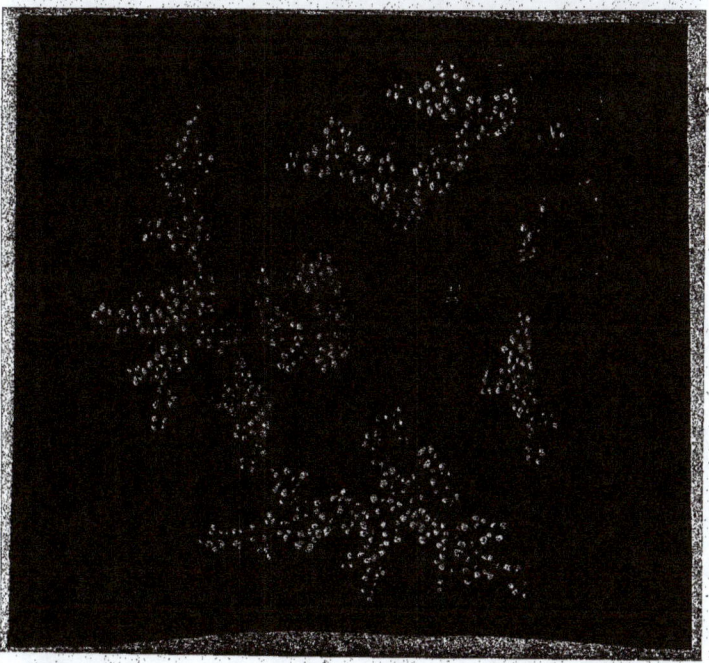

PRUNIER FLEURI

sés sous les yeux, tant à Londres qu'à Leyde[1], la Haye et Paris;
j'ai relevé et fait traduire les signatures de beaucoup d'entre eux.

Quelques-uns des plus beaux qu'il m'ait été donné de voir

LA DÉESSE DE LA LITTÉRATURE, MONJIU, MONTÉE SUR UN CHIEN DE CORÉE.
(D'après Tanyu. — Recueil d'anciennes copies appartenant à M. Montefiore.)

m'ont été communiqués par M. Wakaï. Celui-ci, avec une obli-
geance dont je ne saurais assez le remercier, a obtenu des pre-

1. Le Musée ethnographique de Leyde renferme une collection de sept à huit cents
kakémonos rapportés par Siebold, dont quelques-uns sont de premier ordre.

miers amateurs de Tokio, MM. Sano, Kouki, Kourakava, Tsouboï, Yamataka, Kavacé et le prince Nabéshima, l'autorisation d'envoyer en Europe, pour quelques mois, certaines œuvres d'une authenticité et d'une rareté indiscutables.

Le *Zenken Kojitsou* (les Héros et Savants célèbres du Japon, en 20 volumes), de Yosaï, m'a servi en quelques points importants; de même, les recueils gravés d'anciennes peintures, que j'ai entre les mains ou que j'ai pu consulter, ont été pour moi pleins de révélations. Dans le même ordre d'idées, une série de cinq cents copies d'anciennes peintures des XIVe, XVe, XVIe et XVIIe siècles, exécutées par un habile artiste japonais de la fin du siècle dernier et dont mon ami, M. Montefiore, est l'heureux possesseur, et une vingtaine de copies du même genre qui se trouvaient naguère entre les mains de M. Le Blanc Duvernet, m'ont été d'un inappréciable secours. Je dois enfin quelque profit au musée d'art religieux, créé et dirigé par M. Émile Guimet, à Lyon. Ce musée est spécialement riche en monuments japonais et en copies d'anciennes peintures bouddhiques.

J'ajouterai que le catalogue de la collection de peintures formée par le docteur Gierke, catalogue rédigé par lui et accompagné d'une préface historique, est venu au dernier moment corroborer les grandes lignes de mon enquête.

Après le *Japan* de M. Reed, seul livre qui contienne quelques renseignements précis sur l'histoire de la peinture, je citerai, pour mémoire, le *Glimpse of the art of Japan* (Coup d'œil sur l'art japonais), de M. Jackson Jarves[1], le volume de sir Rutherford Alcock, *Art and Art industries in Japan*[2], et la *Grammaire de l'ornement japonais*, de Cutler[3]; ces trois derniers ouvrages ne

1. New-York, Hurd et Houghton, 1876, 1 vol. in-12.
2. Londres, Virtue et Cie, 1871, 8 vol. in-8°.
3. Londres, Batsford, 188. 1 vol. in-4°.

contiennent guère que des considérations vagues, générales ou

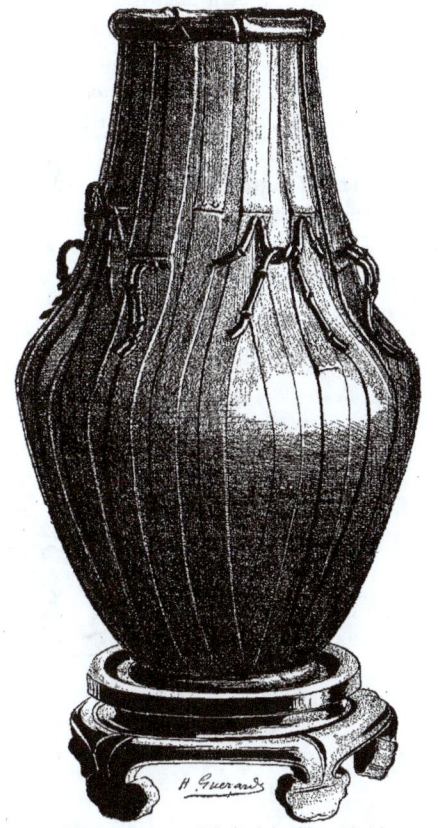

VASE EN BRONZE. — (Collection de M. Alphonse Hirsch.)

théoriques sur l'art du Nippon. Il serait difficile d'y trouver quelques indications précises ayant trait à l'histoire. A l'époque où ces livres ont été écrits, il était impossible, du reste, de se procurer les notions que la critique actuelle est en droit d'exiger.

Quant au volume de l'honorable M. James Bowes, édité à Londres avec un si grand luxe, *Japanese marks and seals* (Marques et cachets japonais)[1], il ne m'a rien apporté sur la question qui m'occupe dans ce chapitre. Je m'attendais, d'après l'annonce du titre, à ce qu'il en fût autrement. Mais les marques relevées sont en majeure partie des marques céramiques; les autres sont des signes courants reproduits en fac-similé et traduits en anglais, ou des marques de l'époque moderne sans aucune importance historique.

[1]. Londres, Sotheran, 1882, 1 vol. gr. in-8°.

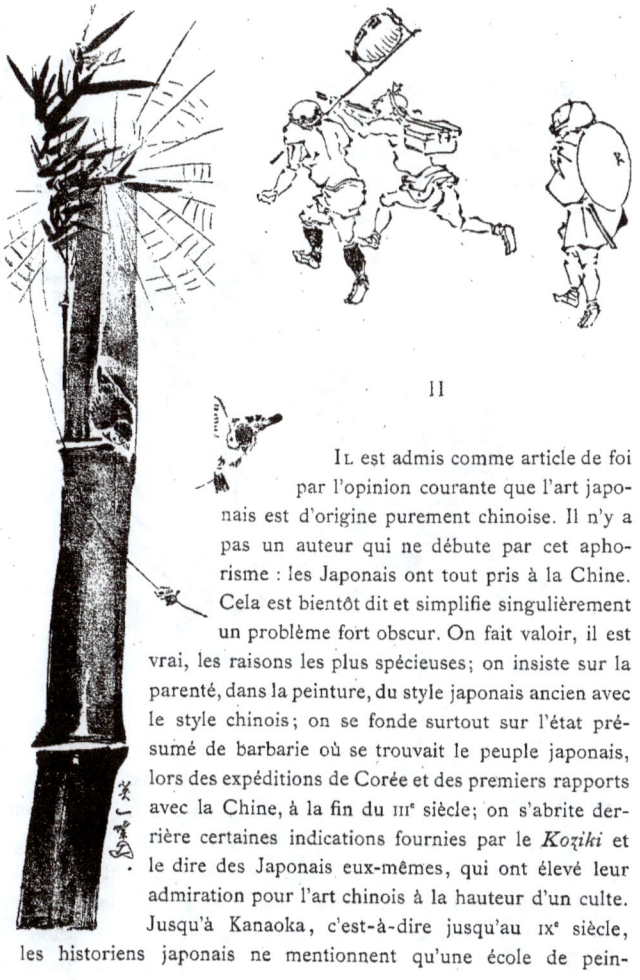

II

IL est admis comme article de foi
par l'opinion courante que l'art japonais est d'origine purement chinoise. Il n'y a
pas un auteur qui ne débute par cet apho-
risme : les Japonais ont tout pris à la Chine.
Cela est bientôt dit et simplifie singulièrement
un problème fort obscur. On fait valoir, il est
vrai, les raisons les plus spécieuses; on insiste sur la
parenté, dans la peinture, du style japonais ancien avec
le style chinois; on se fonde surtout sur l'état pré-
sumé de barbarie où se trouvait le peuple japonais,
lors des expéditions de Corée et des premiers rapports
avec la Chine, à la fin du IIIᵉ siècle; on s'abrite derrière certaines indications fournies par le *Koziki* et
le dire des Japonais eux-mêmes, qui ont élevé leur
admiration pour l'art chinois à la hauteur d'un culte.
Jusqu'à Kanaoka, c'est-à-dire jusqu'au IXᵉ siècle,
les historiens japonais ne mentionnent qu'une école de pein-

ture, une ancienne école chinoise du nom de Kara Riu.

Cette solution me laisse une certaine inquiétude et ne me satis-
fait pas complètement. Elle ne m'explique pas la présence, dans
l'art japonais le plus ancien, de certains caractères étrangers à l'art
purement chinois. J'admets bien volontiers que les procédés maté-

ESQUISSE TIRÉE DU « KAYERIBANA ».

(Recueil en 3 vol. imprimé à Kioto.)

riels, les moyens techniques sont venus au Japon, pour la majeure
partie, de la Chine par la Corée, qui, elle aussi, a fourni son
contingent d'influence propre. Mais la technique n'est pas tout. Il
y a au-dessus du métier un élément d'ordre plus élevé, d'origine
souvent aussi mystérieuse que la race elle-même, et qui apparaît
précisément dans les rares spécimens de l'art japonais primitif
que j'ai pu étudier. L'effort de l'influence chinoise est, selon moi,
postérieur à la fin du XIV° siècle et correspond plus particulièrement au commencement du XV°, époque des relations intimes et

fréquentes des Shiogouns Ashikaga avec la Chine. C'est le moment
où la dynastie des Mings touchait à sa plus grande splendeur.

Cet élément de terroir, facile à discerner
dans l'art primitif du Japon, semble remonter
aux mêmes origines que l'ancien culte shinto. Il
est d'essence purement japonaise. C'est
à lui qu'il faut rattacher le goût des
Japonais pour les peintures héroïques,
qui sont comme les rapsodies graphiques de leur histoire. Les portraits
de Kanaoka appartenaient sans doute à
ce style, qui, confiné plus tard dans la
peinture des scènes historiques du vieux
Japon, a pris le nom de style *Yamato,*
du nom même de la province où il est
né, et fut principalement cultivé
par l'école aristocratique de
Tosa. Il ne s'est jamais confondu
ni avec l'art de style vulgaire ni
avec l'art purement religieux ou
bouddhique.

Le bouddhisme a eu, du
reste, une action capitale sur le
développement de l'art japonais. C'est par lui surtout que

DHARMA.

(D'après une ancienne peinture de l'école de Kano.)

la Chine a été mise en contact intellectuel avec le Japon. Ce grand
fleuve d'art et de civilisation a coulé, dans les premiers siècles de
notre ère, sur l'Inde, sur Java, sur la Malaisie et sur les autres
contrées de l'extrême Orient. Au Japon, il semble avoir conservé,
au point de vue des formules d'art, un caractère plus pur et plus
rapproché de ses origines. Je veux bien admettre, avec la tradi-

tion japonaise, qu'il ait d'abord passé par la Chine avant de venir
au Japon ; mais je le trouve ici beaucoup plus éloigné du formalisme

étroit et lourd de l'es-
thétique chinoise que
de cet art spiritualiste,
élégant, animé d'une
originale et puissante
fantaisie, qui a été
en pleine fleur dans
l'Inde, à Java, et sur-
tout dans la presqu'île
malaise. L'art étonnant
que nous révèlent les
ruines de Boroboud-
hour, à Java, et encore
plus celles d'Angkor,
au Cambodge, se rap-
proche d'une façon
singulière du peu que
nous connaissons des
premières produc-
tions de l'art boud-
dhique au Japon. Ce-

AIGLE ENCHAINÉ.
(D'après une ancienne peinture de l'école de Kano.)

lui-ci, en un mot, est plus indien que chinois.

Ce que nous appelons l'influence chinoise n'est donc au début
que l'influence bouddhique, qui conquiert le Japon comme elle a
conquis la Chine. Et, à vrai dire, cette influence de la Corée, dont
on parle si souvent sans en préciser le caractère, nous paraît être,
en tant qu'intermédiaire, le vrai nœud de la question. Il paraît
prouvé aujourd'hui que la presqu'île coréenne, conquise par le
bouddhisme, a été bien longtemps réfractaire à l'influence chinoise,

et que cette race singulière, tout à fait différente à l'origine de la race mongolienne, ayant ses mœurs, sa civilisation, même ses arts, a conservé, jusqu'à une époque relativement récente, son autonomie. La Corée a donc pu et a dû avoir une grande influence sur le Japon bien avant celle de la Chine. D'autre part, j'ai déjà fait remarquer que les recherches les plus récentes de l'anthropologie indiquaient que les Coréens avaient leurs racines dans la grande famille indo-européenne, ce qui concorde avec certains éléments frappants de la civilisation et du génie japonais[1].

[1]. Voir à ce sujet l'ouvrage de M. Elliot Griffis, *Corea the hermit nation*, publié récemment à New-York (Charles Scribner, 1 vol. in-8°).

III

ORIGINES DE LA PEINTURE JAPONAISE JUSQU'AU XIVᵉ SIÈCLE.

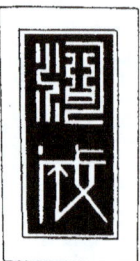

LES débuts de la peinture au Japon resteront sans doute enveloppés, même pour les Japonais, de la plus complète obscurité.

On cite le nom d'Inshiraga, artiste qui vivait à la fin du vᵉ siècle, sous l'empereur Yiouriakou; mais aucune œuvre de cette époque ne subsiste au Japon. Le plus ancien tableau que l'on possède a été exécuté sous l'empereur Souiko, au commencement du viiᵉ siècle; il représente le propagateur du bouddhisme au Japon, le régent Shiotokou Daïshi (prince Moumayado) accompagné de deux serviteurs; il est encore conservé dans le temple d'Horiouji, près de Nara. Yosaï a donné un dessin de la figure principale; nous le reproduisons ici.

On cite dans le même siècle les noms de Koudara Kabanari[1],

1. Il existe encore, au Japon, quelques vestiges du style antique de Kabanari, artiste coréen de la province de Koudara, en Corée. J'ai retrouvé son cachet, ainsi que ceux de quelques autres très anciens maîtres dont les œuvres ne nous sont pas connues, dans une encyclopédie artistique publiée à Yédo, au commencement de ce siècle.

H. Guérard. del.

LE DIEU DZIJO, PAR KANAOKA (IXe SIÈCLE).

(D'après un kakémono appartenant à M. Wakaï.)

I.

22

mort en 853; de Minamoto-no-Nobou, fils de l'empereur Saga, qui se distingua comme poète, musicien et peintre, et de Kanavaka, auquel l'empereur Ninmio fit peindre, en 837, les panneaux de son palais. La tradition célèbre aussi les peintures religieuses sorties de la main de l'illustre apôtre du bouddhisme, Kobo Daïshi.

Mais on ne peut véritablement faire commencer l'histoire de la peinture au Japon qu'à Kosé Kanaoka, peintre et poète de la cour impériale au ixᵉ siècle.

Les Japonais le considèrent comme l'artiste le plus éminent de l'antiquité. M. Wakaï le croit petit-fils de Kanavaka. Les renseignements adressés à M. Antonin Proust le font naître en 810 et mourir en 888. Il me semble difficile d'être aussi affirmatif. Tout ce que l'on peut avancer, c'est qu'il a travaillé pendant la seconde moitié du ixᵉ siècle et qu'il est mort vers le commencement du xᵉ. Ce que nous savons d'à peu près précis nous est fourni par l'ouvrage de M. Wakaï et par la notice que Yosaï a consacrée à Kanaoka dans ses « Héros célèbres ».

L'empereur Yoseï lui fit exécuter, dans la quatrième année de son règne, en 880, pour la cour impériale, le portrait de Confucius et des neuf grands philosophes de la Chine; l'empereur Ouda (893-898) lui commanda une série de portraits des anciens poètes et savants du Japon et lui fit décorer de peintures historiques les murs de la salle d'audience — le *sisinden* — du palais. Il peignait également bien le paysage, les animaux et les figures bouddhiques; il excellait à dessiner les chevaux. Son style était vigoureux et fin en même temps. Quelques-unes de ses œuvres existent encore et sont conservées précieusement au Japon. Elles justifient la haute opinion des Japonais pour Kanaoka. On lui attribue un portrait du dieu Foudo[1]

---

1. Cette divinité bouddhique, qui règne par la terreur et les supplices, est toujours représentée au milieu des flammes et tenant un sabre à pointe triangulaire dans sa main droite.

qui se voit dans le temple de Daïyoji, à Tokio. Il se distingue, dit
M. Reed, par une grande vigueur de contours et peut se comparer
sans désavantage avec les premiers efforts de l'art en Italie. J'ai

KANAOKA PEIGNANT UN PORTRAIT.
(D'après Yosaï.)

vu entre les mains de M. Wakaï, à Paris, deux petites *mandaras,*
montées en kakémonos, que celui-ci attribuait encore à Kanaoka,
mais qui étaient plutôt de son école. C'était une réunion de petites
scènes bouddhiques groupées géométriquement et peintes sur soie,

comme à la détrempe. Elles avaient les tons amortis et puissants
des vieilles miniatures carlovingiennes.

Je ne m'y arrêterai pas, car le même amateur possède un admirable kakémono qu'il a bien voulu apporter à Paris
pour me le communiquer et le faire figurer à l'exposition rétrospective de la rue de Sèze. C'est une
des quatre peintures considérées au Japon comme
absolument authentiques de Ka-
naoka. Les deux autres se voient
encore aujourd'hui dans l'un des
temples de Nara, la quatrième
appartient à la famille princière
de Nagato. Le kakémono de M. Wakaï représente le dieu de la Bienfaisance, Dzijo, assis sur la fleur symbolique du lotus. La couleur a un ton
de vieille tapisserie passée d'une douceur inexprimable; le dessin a la finesse et la suavité
de certaines œuvres de Fra Angelico. Cette
précieuse relique nous en apprend plus sur
les origines de l'art japonais que tous les discours. Elle n'a rien de chinois; son idéal sévère et plein d'élégance résume les plus hautes
aspirations de la peinture religieuse; toute

KOSÉ
KANAOKA.

SHIOTOKOU DAÏSHI.
(D'après Yosaï.)

l'école de Tosa est sortie de là.

Voici d'ailleurs ce qu'en disait M. Paul Mantz, dans un article
de la *Gazette des Beaux-Arts,* consacré à l'exposition de la rue de
Sèze; on ne saurait mieux dire : « A cette exposition qui réunit
tant de merveilles, on trouve quelques créations dont l'archaïsme
est flagrant. Ce ne sont pas les moins belles. L'une des plus caractérisées est la vénérable peinture de Kanaoka qui représente Dzijo,

dieu de la Bienfaisance. L'œuvre date du ixᵉ siècle. Elle a dans sa mâle beauté et aussi dans sa tendresse quelque chose de bouddhique.

HIROTAKA, PETIT-FILS DE KANAOKA, PEIGNANT L'ENFER.
(D'après Yosaï.)

C'est de l'art monumental encore tout pénétré de l'austérité des âges anciens. Un millier d'années a passé sur le précieux kakémono de

Kanaoka. Sous l'influence du temps, les colorations ont pu perdre un peu de leur éclat ; mais la grande intention de l'artiste n'en reste pas moins visible. L'ensemble s'enferme dans une gamme brune que viennent aviver des rouges sombres et des ors éteints. Les carnations sont relativement claires ; le modelé est très simple : il existe à peine, et cependant la forme générale est suffisamment indiquée ; elle est juste dans ses abréviations systématiques. Le dieu est assis et immobile dans l'attitude familière à Shakia-Mouné. Pour exprimer le mouvement de la jambe droite relevée, alors que la jambe gauche est pendante, Kanaoka a dû se donner quelque peine et il n'est pas arrivé aisément à faire comprendre le raccourci. Il y a là une touchante inexpérience. Mais le sentiment moral est parfait. Dzijo est austère, tranquille et doux. »

Yosaï a représenté Kanaoka peignant un portrait. Il est intéressant de reproduire cette image dont les détails, suivant les habitudes scrupuleuses de l'auteur, ont dû être puisés à de bonnes sources.

L'école de Kanaoka a longtemps maintenu sa réputation à la cour de Kioto. Les trois fils du maître furent ses premiers et ses meilleurs élèves. Le petit-fils de Kanaoka, Kosé Hirotaka, sous le règne de l'empereur Itsijio (987-1012), est mentionné comme un grand peintre et comme un poète distingué. Il passe pour avoir peint le premier l'enfer. On conserve de lui au temple de Tshiorakouji, dans la province d'Oumi, une composition d'un caractère original et puissant, représentant le séjour des damnés. La collection Gierke, à Berlin, possède une copie de cette œuvre. Yosaï nous montre Hirotaka peignant ce tableau et reculant effrayé devant sa propre invention. Cette œuvre jouit d'une grande célébrité au Japon.

On cite encore le nom de Taméouji qui reçut de l'empereur Itsijio le titre de *Hóghen*[1].

1. Le titre de *Hóghen* était la distinction du second rang conférée par l'empereur à des gens exerçant des professions libérales qu'il voulait honorer. Le titre de *Hóhin* était

TISSEUSE DE SOIE

Gravure en couleurs de la collection de M. Ph. Burty

Parmi les monuments qu'il est possible d'attribuer à cette époque archaïque et qui nous montrent précisément un art japonais empreint du caractère indo-européen, je citerai douze panneaux autrefois en la possession de M. Duvernet et représentant douze divinités correspondant aux douze signes du zodiaque. La figure de Kouaten est particulièrement digne d'attention ; elle tient dans ses mains le croissant de la lune, qu'elle élève vers le ciel avec toute l'ardeur mystique d'une vierge du moyen âge. Elle est d'un galbe exquis et égale en suavité les plus belles miniatures de l'Inde ; son charme élégant et raffiné vous fait involontairement songer à certaines conceptions de M. Gustave Moreau. Je ne serais pas étonné que celui-ci, qui a vu cette vieille peinture japonaise, en ait été bien souvent hanté. J'en donne ici une reproduction au trait. On remarquera cette particularité d'un œil de face dans un visage de profil, indice certain de la plus haute antiquité.

KOUATEN, TENANT LE DISQUE DE LA LUNE.
(D'après une peinture conservée autrefois dans le temple de Kounoji.)

de premier rang et ne s'accordait que rarement. Parmi les artistes, les peintres seuls pouvaient prétendre à ces deux titres honorifiques. Un titre plus inférieur, portant le nom de *Hôkio*, était réservé aux forgerons, laqueurs, sculpteurs, ciseleurs, etc.

Ces douze kakémonos, d'après l'inscription qui les accompa-
gnait avant qu'ils fussent
démontés et encadrés à
l'européenne, sont la re-
production très scrupu-
leuse de douze peintures,
du style le plus ancien,
qui existaient autrefois au
temple de Kounoji, dans
la province de Sourouga.
En 1556, un prêtre du nom
de Bouni, gardien d'un
temple à Nagasima, ouvrit
une souscription pour faire
exécuter une copie de ces
précieuses peintures mena-
cées de périr de vétusté. Le
peintre Monka, de Koumé,
province de Mousashi,
s'acquitta de cette tâche
dans la même année 1556.

YORIYOSHI PEIGNANT UN FOUDO.

(D'après Yosaï.)

L'œuvre de Monka, menacée à son tour, fut fixée sur de nouveaux rouleaux en 1818. Il a fallu toute l'incurie des Japonais, à
la suite de la grande révolution de 1868, pour laisser tomber
entre les mains des Européens des témoignages aussi précieux
de l'ancienneté de leur art national. Il est bien à regretter que
le copiste ne nous ait pas conservé la date des originaux. On
peut cependant, sans trop de hardiesse, les faire remonter au
delà du X° siècle.

Le XI° siècle ne nous fournit que les noms de Yoriyoshi, de la
famille des Minamoto, et de Motomitsou, fondateur de l'école de

Yamato et par corrélation de l'école de Tosa qui en est devenue plus tard la dénomination officielle; Yosaï a représenté ce Yoriyoshi peignant un Foudo.

Du reste, c'est à peine si l'on compte au Japon une quinzaine de peintures authentiques antérieures à la fin du xiᵉ siècle. Mais,

MINAMOTO-NO-NOBOU, MUSICIEN, LETTRÉ ET PEINTRE, FILS DE L'EMPEREUR
SAGA (IXᵉ SIÈCLE), ET SON FRÈRE HIRO.

(D'après Yosaï.)

au xiiᵉ, nous voyons apparaître un maître dont l'influence a été considérable sur le caractère futur de l'art japonais, c'est Toba Sôjo, créateur du genre que Itshio devait porter, à la fin du xviiᵉ siècle, à sa perfection : le genre comique ou humoristique. Il est intéressant de remarquer que ce caractère inimitable de l'esprit, dont certains auteurs peu attentifs ont fixé l'apparition dans l'art japonais à une époque toute récente, remonte, au contraire, à des temps fort anciens.

I.   23

Les connaisseurs donnent une place très importante à Toba Sôjo
et le considèrent comme un des artistes les plus habiles et les plus
originaux de l'ancienne école. Ses esquisses, traitées largement et
avec un profond sentiment caricatural, ont eu de nombreux imitateurs. Ce genre a pris le nom de *Tobayé*. Toba Sôjo excellait aussi
dans la peinture des chevaux, et l'on cite, parmi les œuvres d'art
les plus précieuses du Japon, son fameux paravent des douze chevaux, conservé longtemps dans la famille des Tokougava et donné
par elle à l'empereur actuel. La collection Gierke, à Berlin, possède un album de caricatures et quatre rouleaux authentiques
par Toba.

A cette époque, on peignait surtout des makimonos. Je reproduis, en tête de ce chapitre, une étrange et mordante composition
de Toba, empruntée au Yehon-tè-Kagami (Osaka, 1720).

C'est aussi au XIIᵉ siècle que le grand art de la peinture prend,
en Chine, quelque développement. Bien que les historiens chinois
citent des œuvres fort antérieures, et même remontant au IIIᵉ siècle
avant J.-C., il n'en est pas moins certain que, jusqu'à cette époque,
l'art chinois était demeuré presque exclusivement bouddhique[1] et
n'était point sorti d'une enfance relative. L'ancienneté qu'on lui
attribue est très excessive. Il n'est même pas prouvé qu'avant l
XIIᵉ siècle la Chine ait eu des maîtres plus habiles que le Japon.
L'éclosion d'un style artistique et original correspond à l'avènement de la dynastie des Mings. C'est l'empereur Kijô qui, après
avoir voyagé dans toute la Chine en qualité d'artiste, fonda,
en 1110, l'école dont les principes ont été en honneur jusqu'au
XVIIᵉ siècle. Il existe de lui un motif maintes fois copié, — un pigeon
ramier posé sur une branche de cerisier fleuri, — qui peut donner

---

1. La copie des seize Lakans, ou disciples de Bouddha, de Ririoumin, artiste chinois du XIIIᵉ siècle, rapportée d'un des temples de Shiba, à Yédo, par M. Émile Guimet,
est un des spécimens les plus importants de cet art qui soient venus en Europe.

une idée de son style. La collection de M. Bing en possède une belle et ancienne copie, exécutée par un maître japonais du xviie siècle.

Au siècle suivant, la puissante famille des Foujivara produit un certain nombre de peintres de talent. Parmi eux, il en est un qu'il importe de retenir, c'est Tsounétaka, peintre de la cour impériale. Il était en même temps sous-gouverneur de la province de Tosa. Ses descendants adoptèrent ce dernier nom, qui devint celui d'une des deux plus importantes écoles de peinture du Japon. L'école impériale de Tosa, fondée par Tsounétaka, existe encore aujourd'hui. Elle n'est, pour ainsi dire, que la continuation de l'ancienne académie impériale, établie par l'empereur Heizeï, en 808, sous le nom de *Yedokoro*, dont Kanaoka fut le plus illustre représentant, et de l'école de Yamato, fondée par Motomitsou.

土佐基光
TOSA MOTOMITSOU.

Le style de l'école de Tosa occupe une place à part dans l'art japonais ; il représente le goût de l'aristocratie, mis à la mode par la cour de Kioto, et personnifie en quelque sorte le style officiel. Il ne doit rien à l'influence chinoise et se caractérise par des procédés patients, par un soin extrême dans l'exécution. Une grande distinction de formes, une finesse précieuse de pinceau, comme celle des miniatures de la Perse, avec lesquelles elle a, du reste, de singuliers rapports de style, une rigueur délicate dans les contours, peu d'invention, un sentiment conventionnel assez étroit, un coloris clair, vif et opaque, une habileté incomparable à peindre avec minutie les objets inanimés, les fleurs et les oiseaux, un amour excessif du détail, tels sont les caractères dominants de cette école. Les peintures de Tosa se reconnaissent aisément entre toutes. J'ai vu des cailles, des paons, des coqs, des branches de cerisiers en fleurs, des bouquets de roses qui auraient fait honneur au pinceau d'Albert Dürer. Les artistes de cette école, dont les plus distingués furent, ainsi que nous le verrons plus loin, le quatrième descendant de Tsounétaka, Foujivara Mitsounobou, puis Mitsouoki, et enfin Mitsouyoshi, se sont surtout employés, dans les albums, les makimonos et les paravents, à peindre des scènes historiques, les fêtes et les danses de la cour, et à représenter les daïmios dans leurs costumes de cérémonie, ces vêtements aux plis doux et harmonieux dont la splendeur décorative ne saurait être surpassée. Ils se servent de pinceaux pointus et bien effilés; ils affectionnent l'emploi des feuilles d'or, dont l'application sur les fonds accentue encore l'éclat un peu aigre de leur coloris. Les paravents de l'école de Tosa, si appréciés à Kioto, ressemblent à de vastes missels à fond d'or. Les plus beaux dessins pour le décor des laques sortent de cet atelier.

Les écoles de Kioto se distinguent, du reste, par l'élégance et la précision du dessin. L'art de Yédo, d'origine plus récente, est caractérisé, au contraire, par la largeur, la puissance, la liberté du faire et surtout par une admirable entente de la couleur et de l'effet décoratif. Il est important de remarquer, à ce propos, que Kioto est,

PIGEON SUR UNE BRANCHE, PAR BOKOUKEÏ.
(D'après le « Tanyu Ringoua ».)

GRAND MASQUE AYANT SERVI A DÉCORER LA TOITURE D'UN TEMPLE (XIVᵉ SIÈCLE)

(Bronze de la collection de M. Henri Cernuschi.)

jusqu'au xvie siècle, le grand et presque unique foyer d'art du Japon.

La vaste impulsion civilisatrice produite par l'énergique volonté de Yoritomo, le fondateur du shiogounat héréditaire et le créateur de la grande ville de Kamakoura, retentit jusqu'à Kioto et exerce une notable influence sur le développement des arts et des lettres. Le caractère national de la peinture se précise de plus en plus; les principes du décor japonais s'établissent.

A cette époque ont vécu d'autres peintres distingués, dont les historiens japonais nous ont conservé les noms. C'est d'abord Takatshika, de l'école de Yamato, qui fonda la branche importante de Kassouga, petite localité de la province de Yamato, tout proche de Nara. Takatshika et ses successeurs, jusqu'au xve siècle, ont été successivement employés à décorer le célèbre temple de Kassouga[1], dont les peintures ont été, pour la plupart, conservées jusqu'à nous et sont considérées, au Japon, comme l'œuvre la plus importante de l'école de Tosa. C'est ensuite le prêtre bouddhiste Ono Sojio, fondateur d'une petite école qui eut quelque influence, l'*Ono Riu;* puis encore Seijin, autre prêtre bouddhiste, et Keïon, peintre de la cour, qui reçut le titre de Hôghen et resta plus connu sous le nom de Soumiyoshi. On cite aussi, comme ayant étudié dans l'atelier de Kassouga, un troisième fils de Takatshika, du nom de Youkinaga, et Takanobou, noble, frère aîné de Teïka, le poète le plus célèbre de l'ancien Japon. C'est Teïka qui a écrit le livre des « Cent poètes célèbres », qui a été édité et illustré tant de fois. Les annales du xiiie siècle mentionnent enfin comme ayant eu un talent de peintre des plus remarquables, le 82e empereur, Gotoba Tennô, qui mourut en 1239, retiré dans l'île d'Oki, après avoir régné de 1186 à 1198. Au moment de l'abdication de Gotoba, Yoritomo était dans tout l'éclat de sa gloire et de sa puissance. Quelques-unes des pein-

---

1. La collection de M. Tsouboï possède une vue du temple de Kassouga au clair de lune, par Mitsoukouni, élève de Mitsounobou, qui est admirable.

tures exécutées par cet empereur se voient encore, paraît-il, au Japon.

Les temps d'anarchie qui couvrent comme d'un sombre voile l'histoire du Japon, pendant tout le cours du xIVe siècle, ont leur retentissement sur les arts. Sauf une courte éclaircie sous le règne

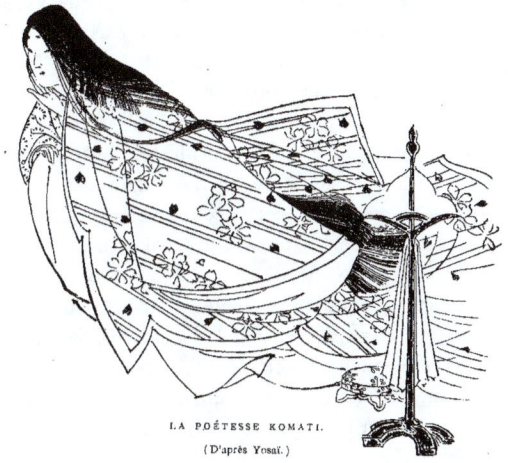

LA POÉTESSE KOMATI.
(D'après Yosaï.)

de l'empereur Godaïgo (1319-1339), à l'expiration du pouvoir des Hôjô, tout semble enseveli dans une barbarie profonde. Je ne trouve que deux noms de peintres qui méritent d'être relevés : celui de Takouma, dont l'atelier eut quelque réputation, et celui de Shokeï, prêtre de Kamakoura, mort en 1345, plus connu sous le nom de Keï-Shoki. Dans la série de copies de peintures anciennes possédée par M. Duvernet, il s'en trouvait une d'après ce vieux maître.

La renaissance des lettres et des arts ne commence qu'avec

l'affermissement du pouvoir des Ashikaga, à la fin du xiv⁰ siècle.

Yoshimitsou et, après lui, Yoshimasa eurent sur le développement des goûts artistiques de la nation la plus heureuse influence. J'ai déjà dit, dans un autre chapitre, qu'ils avaient été
tous deux des peintres distingués ; Yoshimasa avait étudié la peinture dans l'atelier d'un des bons maîtres de l'époque, Ghéami, dont
un remarquable paysage, appartenant à M. Wakaï, et représentant
les quatre saisons, a été exposé à la rue de Sèze. Yoshimitsou,
3⁰ Shiogoun des Ashikaga, était mort en 1408, à cinquante et
un ans. Cette date peut être prise comme l'aurore d'une des plus
brillantes expansions d'art qui aient illustré l'histoire du Japon. La
régence de Yoshimasa (8⁰ Shiogoun Ashikaga, mort en 1489, à cinquante-six ans) marque l'apogée de ce mouvement qui a vu naître les
fondateurs du grand art national : Meïtshio, Josetsou, Shiouboun,
Soami, les deux Kano, Sesshiu et tant d'autres, dont les noms,
presque inconnus en Europe, jouissent d'une immense célébrité
dans leur pays. Ces maîtres sont les Masaccio, les Mantegna, les
Lippi de l'art japonais. A cette période de l'art correspond aussi
une invasion caractéristique de l'influence chinoise dans le domaine
de la peinture. C'est une époque qui mérite, à tous égards, de fixer
notre attention.

IV

APOGÉE DU GRAND ART SOUS LES
ASHIKAGA. — LE XVᵉ SIÈCLE.

LES auteurs européens se sont
trompés sur les dates à assigner à
quelques-uns des artistes que
nous venons de citer. La notice publiée par la commission
japonaise, au moment de
l'Exposition universelle
de 1878[1], les a confirmés dans leur erreur. M. Reed, dans
son *Japan,* assigne en bloc à ces différents artistes, comme
date de naissance, la période qui s'étend entre 13o5 et
1349. Les dernières recherches entreprises au Japon nous
fournissent des renseignements plus précis et plus exacts.

Mintshio, ou plutôt Meïtshio, le plus ancien de ces peintres,
est né en 1351 et mort en 1427. Les Japonais l'estiment comme un
des coryphées de leur style national primitif. C'était un prêtre de
Kioto. Il se forma à l'école de Takouma. C'est lui qui a peint pour
la première fois au Japon la mort de Sakia. Cette peinture célèbre,

que les artistes postérieurs ont tant de fois copiée, existe encore dans le temple de Tofoukoudji, à Kioto. Elle mesure huit mètres sur douze; la signature en est très lisible. Les œuvres de Meïtshio sont d'une grande rareté. Je trouve cependant, dans un recueil auquel j'aurai beaucoup d'emprunts à faire, le *Tanyu Ringoua,* un dessin de la déesse Kouanon, par Meïtshio. J'en donne ici une reproduction. Ce recueil, en trois volumes, est de la plus haute importance pour l'histoire de la peinture avant 1600. Le plus célèbre peintre du xviiᵉ siècle, Tanyu, avait exécuté ces copies d'après les esquisses des maîtres anciens qu'il avait pu rencontrer, et qui, de son temps déjà, étaient estimées

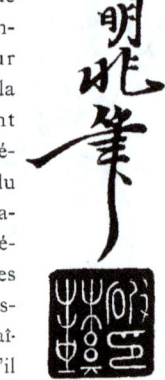

SIGNATURE ET CACHET DE MEÏTSHIO.

DÉESSE, PAR MEÏTSHIO.
(D'après un dessin emprunté au « Tanyu Ringoua ».)

comme des objets de grande valeur; une société de connaisseurs (école Koshitsou, sorte d'École des chartes fondée par les Tokougava) entreprit, à la fin du dernier siècle, de faire graver en couleurs et de publier en fac-similé l'œuvre de Tanyu. L'ouvrage parut en 1803; la préface est datée de 1802.

Si les spécimens du talent de Meïtshio nous sont à peu près
inconnus[1], nous savons du moins que celui-ci a fait faire un progrès
décisif à la peinture japonaise. Jusque-là les procédés étaient restés
emprisonnés dans la miniature. La peinture, sorte de gouache
épaisse, modelait les figures et les coloriait avec une patience de
bénédictin. J'ai dit, à propos de Kanaoka et des artistes de Tosa,
que la peinture japonaise avait l'aspect des vieilles détrempes byzan-
tines. Ce n'est en réalité qu'à partir de Meïtshio que les artistes
commencent à s'essayer à ces esquisses jetées sur le papier en
quelques traits vigoureux, dont le goût était né en Chine sous la dynastie des Mings. C'est par là surtout que l'influence chinoise joue
un rôle capital dans l'histoire de l'art japonais. Ces puissantes et
décoratives improvisations à l'encre, dont les artistes du Nippon ont
su tirer un si merveilleux parti, ont leur point de départ dans l'école
chinoise. La prépondérance du style de Tosa est combattue par un
art nouveau, plus indépendant, plus varié, plus général en un mot.
Le prestige de l'enluminure pâlit devant l'école du blanc et du
noir.

L'honneur de ce mouvement revient pour la plus grande part
à un élève de Meïtshio, Josetsou, artiste chinois naturalisé au Japon,
qui mêla d'une manière habile les traditions de son pays avec celles
qu'il étudia dans sa nouvelle patrie. Il est le véritable fondateur de
l'école de Kano. Ses œuvres ne sont guère moins rares et précieuses que celles de Meïtshio. La seule que je puisse citer appartient à M. Wakaï; elle représente, avec une intensité de sentiment
extraordinaire, des grues endormies dans un paysage d'hiver; j'ai
vu aussi entre les mains de M. Duvernet une excellente copie, exé-

---

1. M. Wakaï avait rapporté du Japon un kakémono archaïque représentant la déesse
Monjiu, déesse de la littérature, qu'il attribuait à Meïtshio. Cette œuvre, d'un original et
robuste caractère, se trouve aujourd'hui dans la collection privée de M. Bing. La figure, de
demi-profil, indique un pas important dans l'affranchissement des traditions bouddhiques.

cutée par le peintre Yosen, à la fin du XVIII siècle, pour le prince Tayasou Tokougava, de deux canards de Josetsou, peints en noir, d'une élégance de dessin et d'une force de pinceau très remarquables. Je regrette que le propriétaire de cet intéressant morceau n'ait pas cru devoir m'accorder l'autorisation de le reproduire. Le *Tanyu Ringoua* contient une étude de bambous, d'un caractère original, et une esquisse de canards mandarins dont on peut voir ici des fac-similés très exacts.

JOSETSOU.

Sans connaître exactement les dates extrêmes de la vie de Josetsou, on sait cependant qu'il peignait durant la période Oiyeï (1394-1427).

SHIOUBOUN

De son élève Shiouboun, que les Japonais citent habituellement avec lui, on ne sait presque rien. L'ouvrage précité nous donne de lui une petite croquade représentant le guerrier Shoki[1].

ÉTUDE DE BAMBOUS, PAR JOSETSOU.

1. Shoki était gardien des palais impériaux sous l'un des empereurs de la Chine de la

On sait seulement qu'il forma des élèves nombreux et de grand talent. Parmi eux il faut citer d'abord et au premier rang Ogouri Sôtan (on sait qu'il peignait encore en 1450), qui devint l'un des peintres les plus habiles de son temps; il eut l'honneur d'être le maître de Kano Ier; puis Shinnô ou Soami, intendant des palais

IRIS ET CANARD MANDARIN, ESQUISSE PAR JOSETSOU.

(D'après le « Tanyu Ringous ».)

impériaux sous Yoshimasa, et Jasokou, tous gens de haut renom. M. Georges Petit possède un superbe et précieux kakémono de Sôtan représentant un faucon sur une branche de pin. J'ai dans ma collection un tronc de prunier en fleurs de Jasokou, peint à l'encre de Chine,

dynastie des Tô. Les plus amusantes légendes s'attachent à son nom. Le diable passe pour lui avoir joué une infinité de mauvais tours que les artistes japonais ont reproduits de mille manières, avec une verve et un humour intarissables. Il n'y a pas de motif qu'ils aient traité avec autant de prédilection. Nous le retrouverons souvent.

qui est une merveille d'élégance et de style; et, de Soami, un
petit kakémono, également en noir, représentant un crabe et un
navet. Cette étude de nature morte est, dans son humilité, une
œuvre très frappante; il en est peu où s'unissent à ce degré la
finesse et l'énergie du coup de pinceau[1].

Shiouboun fut aussi le maître du premier des Kano, Kano
Masanobou. Cette grande dynastie des Kano, dont les descendants
existent encore aujourd'hui, représente la plus illustre école de peinture du Japon; elle n'est surpassée en durée que par celle de Tosa.
Elle personnifie la plus haute forme du beau aux yeux des Japonais
lettrés. Tout ce qui dans l'art de ce peuple est force, mouvement,
caractère et expression de la vie, sort plus ou moins directement
de la source des Kano. Les artistes les plus individuels des xviie et
xviiie siècles, tous ceux qui ne sont pas enrégimentés dans l'école
impériale de Tosa, touchent par quelque point à celle de Kano. Par
son origine et ses attaches futures, elle peut être considérée comme
l'école officielle des Shiogouns, par opposition à l'école de Tosa
qui est l'école officielle des Mikados.

Kano Masanobou, de son nom vulgaire Youseï[2], était né aux
environs de Kamakoura, dans les premières années du xve siècle.
Il avait appris les éléments du dessin chez son père, Kaghénobou;
mais c'est à l'atelier de Shiouboun, puis à celui de son condisciple
Ogouri Sôtan, que Masanobou forma son talent. Il est mort avant
1500, à Kioto, assez jeune encore. Ses œuvres sont des plus rares.
Sauf quelques exemples assez grossiers de son dessin, que l'on
retrouve dans les recueils gravés de l'école de Kano, je ne connais
rien de lui qu'un admirable kakémono, rapporté par M. Wakaï,

1. Soami était non seulement un des peintres préférés du Shiogoun Yoshimasa,
mais il est resté célèbre pour son habileté à préparer le thé. Il a composé un livre qui,
aujourd'hui encore, régit les lois de cet art, mis par les Japonais au-dessus de tous
les autres.

2. Il a signé quelquefois de ce nom ses peintures.

et un Hoteï copié par Yosen (série de M. Duvernet). Cette dernière figure, fortement imprégnée du sentiment chinois, est d'un
remarquable caractère. Même à travers les adoucissements de la
copie, on y sent en germe toute la force de l'école
des Kano.

Quant au kakémono, il est de première importance. Il représente les trois grands
philosophes asiatiques, Sakia, Confucius et Loci, conversant au pied d'un
rocher d'où pendent des lianes et des
broussailles. La puissance assourdie
de la couleur, l'autorité du coup de
pinceau, le style des figures, la délica

狩
野
元
信

KANO
MASANOBOU.

tesse du paysage, une conservation étonnante, tout concourt à faire de cette œuvre
l'un des monuments les plus
nobles et les plus précieux de

LE DIEU FOUKOUROKOU.

l'art japonais. On y trouve l'application simultanée, dans
le dessin des figures, des deux méthodes tour à tour employées dans l'école : le coup de pinceau sinueux et gras
et le coup de pinceau ressenti et brusque. Ainsi que le
remarque fort justement M. Paul Mantz, dans l'article précité[1], Kano
Masanobou, n'ayant que de vagues données sur la physionomie de
ces trois personnages, a appelé trois amis, et, comme son contemporain Ghirlandajo, a retracé leur portrait avec une loyauté passionnément attentive. Si l'on faisait une histoire générale du portrait,
cette peinture devrait y trouver sa place.

Motonobou, fils et élève de Masanobou, était destiné à porter au

1. *Gazette des Beaux-Arts*, t. XXVII, 2ᵉ période, p. 406.

plus haut point de gloire et d'influence l'atelier qu'avait créé son père. C'est lui qu'on désigne lorsque l'on dit Kano tout court. Il était né en 1475 et avait épousé, à Kioto, la fille de Mitsounobou[1], le maître le plus célèbre de l'école de Tosa, celui qui en fixa le style. Il reçut le titre suprême de Kohôgen et mourut en l'année 1559. Voici comment s'exprime, à son sujet, à l'article « peintures », la grande Encyclopédie sinico-japonaise (*Ouakan Sandzaï Dzouiyé*) : « Il était le prince des peintres chinois et japonais, presque un dieu dans sa puissance. On l'appelle souvent Kohôgen. Ses œuvres arrivèrent en Chine sous les empereurs Mings, et sa gloire se répandit dans tout cet empire. »

ÉTUDE DE SHOKI, PAR SHIOUBOUN.
(D'après le Recueil de copies de M. Montefiore.)

Ses peintures ont été conservées précieusement au Japon, où elles sont d'un grand prix, mais point d'une excessive rareté. Quelques-unes sont parvenues en Europe. Le British Museum possède quelques kakémonos authentiques, provenant de M. Franks et du docteur Anderson. Il y en a aussi en Amérique. Je ne connais en France qu'une petite peinture à l'encre de Chine, appartenant à M. Bing et représentant un oiseau sur une branche de prunier fleuri. Les recueils japonais d'anciennes peintures, et notamment

1. Mort en 1525, à l'âge de quatre-vingt-douze ans.

H. Guérard. Del.

SAKIA-MOUNÉ, CONFUCIUS ET LOCI.

(Kakémono par Kano Masanobou.)

le *Gouashi Kouaïyo*, renferment de nombreux et intéressants spécimens du style de Motonobou.

Toutes ces œuvres cependant ne sauraient suffire pour nous
donner une idée complète du génie
de ce maître et pour justifier son
immense réputa-
tion. Je dois
l'avouer, Motono-
bou ne m'a été
révélé que tout ré-
cemment par l'ar-
rivée à Paris de
quatre kakémo-
nos confiés à
M. Wakaï par
leurs possesseurs,
MM. Sano et Ya-
mataka. L'art
japonais n'a
rien produit, que
je sache, de plus

HOTEÏ.
(D'après un dessin de l'ancienne école de Kano.)

fort et de plus délicat que ces kakémonos. L'un deux représente
un paysage aux lignes fuyantes : un Corot noyé de lumière et
de transparence. La perspective en est admirable et l'œil le plus
exigeant n'y trouverait rien à reprendre ; la succession et la dégra-
dation des plans atteignent une finesse extraordinaire et sont obte-
tenues avec des moyens d'une grande simplicité. Si Motonobou
ignorait les lois scientifiques de la perspective, il faut reconnaître,
devant une œuvre aussi parfaite, que son empirisme valait toutes
nos théories.

M. Anderson dit de sa manière de peindre, dans une note citée

Helio§ Dujardin

Imp A. Quantin

PAYSAGE PAR SESSHIU
(XVᵉ Siècle)
COLLECTION DE M. S. BINO

CORBEAUX PAR SHIOUNGEISOU
(XVᵉ Siècle)
COLLECTION DE M. LOUIS GONSE

par M. Reed : « Même sur des yeux étrangers, la vigueur de
dessin et la complète maîtrise de pinceau qu'il a déployées dans
le rendu des paysages et des figures produisent une impression
vraiment extraordinaire. » Sans avoir le coloris séduisant de l'école
de Tosa et surtout de Mitsounobou, dont il avait été à même
d'admirer le talent, sa couleur a cependant une harmonie et une
chaleur qui tranchent sur la monochromie habituelle de l'école de
Kano. Ses rouges sombres, ses bleus apaisés, ses violets puissants
n'ont point été surpassés. Quant à son coup de pinceau, il avait
l'énergie et la décision de la plus belle calligraphie japonaise.
C'est bien de la peinture de Motonobou qu'on pouvait dire qu'elle
était un dérivé de l'écriture.

L'écriture n'est-elle pas, chez chaque peuple, une des formes
du dessin, et n'est-elle pas avec lui dans le rapport le plus intime?
Nous employons la plume, c'est-à-dire un instrument rigide, maigre,
aigu; notre dessin est de même sorte que notre écriture. Les Japonais, comme les Chinois, se servent, pour écrire comme pour dessiner, du plus souple et du plus délicat des outils : le pinceau;
leur écriture et leur dessin ont la même puissance. Nous dessinons
comme nous écrivons, la main appuyée et les doigts allongés; les
autres, au contraire, tiennent, en écrivant et en dessinant, la main
en l'air, le poignet immobile, les doigts infléchis, de façon
que la pointe du pinceau attaque perpendiculairement la
surface du papier. De là viennent ces souplesses étonnantes
du trait, ces *écrasements,* ces ténuités, ces brusques ondulations qui font les délices d'un œil japonais. On peut
poser en principe que les originaux de maîtres se reconnaissent, suivant l'expression consacrée, à la force et à la
netteté du coup de pinceau. Les copies ont une mollesse
qui ne saurait tromper un connaisseur.

狩
野
正
信

KANO
MOTONOBOU.

Les sujets préférés de Motonobou étaient les paysages, et sur-

tout les divinités familières du bouddhisme. Les sept dieux qui,
sous le 3ᵉ Shiogoun de la dynastie des To-
kougava prirent le nom de Dieux du bonheur[1], exerçaient de
préférence sa verve.
Le bonhomme Hoteï,
avec son sourire béat,
son gros ventre, ses
allures massives, sa
rude gaieté,
était pour lui
un motif fé-
cond. C'est
l'école de Kano
qui a mis à la

VOL D'OIES SAUVAGES.
(D'après une peinture de l'ancienne école des Kano.)

mode ces bienveillantes et protectrices divinités que
l'humour des Japonais s'habitua peu à peu à tourner au ridicule et
au grotesque.

Dès cette époque, l'école de Kano a deux exécutions bien distinctes : celle que l'on appelle au Japon *gouantaï,* rocheuse, c'est-
à-dire vigoureuse, heurtée, rude, avec des contours anguleux, à la
façon chinoise; et celle que l'on appelle *rioutaï,* fluente, c'est-à-dire
molle, assouplie, fondue, comme les ondulations d'une rivière.

1. Les sept dieux de bonheur ou de prospérité sont : *Djiou-Rôdjin*, le vieillard chinois à la grande barbe, le dieu de la longévité, représenté d'ordinaire avec un cerf blanc
et un écran à la main; *Foukourokou-Djiou*, le dieu à la longue tête, avec le crâne
bombé, tenant un bâton noueux et un manuscrit roulé, dieu de la sagesse et du bonheur par excellence; son emblème est la grue blanche; *Daïkokou*, le dieu de la fertilité
de la terre, représenté sur ses sacs de riz et armé du marteau d'abondance; *Yébis,* le
pêcheur, qui est aussi le dieu de la bonne chère, ou *Hirougo*, fils aîné du couple
créateur; *Bishiamon*, le dieu de la guerre, tenant le bâton et la pagode; *Benten*, la déesse
de la beauté et de l'art, tenant la boule précieuse ou jouant de la biva; enfin *Hoteï*,
le dieu au gros ventre, qui est à la fois le dieu de la gaieté et le protecteur de l'enfance.

J'ai dit plus haut que le kakémono de Masanobou, appartenant à

DAÏMIO A CHEVAL, PAR TOSA MITSOUNOBOU.

(D'après un kakémono appartenant à M. Louis Gonse.)

M. Wakaï, résumait l'alliance de ces deux manières de peindre.

En dehors de l'influence chinoise dont on a tant parlé, il en

SOURIS SUR UN BALAI.
(D'après un dessin de l'école de Kano.)

est une autre à la-
quelle personne,
sauf notre ami re-
gretté Edmond Du-
ranty[1], n'a accordé
l'attention qu'elle
mérite. Une in-
fluence indéniable,
venue de la Perse,
agit sur l'art japo-
nais et s'exerce sur
certaines formes du
décor, sur certains
détails de l'orne-
mentation ; on en
retrouve la trace
évidente dans le
dessin des figures
de l'école de Tosa,
dans la façon de
dessiner les drape-
ries, les extrémités. L'ancien art persan, d'où est sorti presque
intégralement l'art indou et pour une certaine part l'art
chinois, a eu vers le xvᵉ siècle, et même avant, une influence
directe sur l'art japonais. Je pourrais citer, entre autres
pièces caractéristiques, toutes deux de la fin du xvᵉ siècle,
une garde en fer ciselé et incrusté, de la collection de MITSOUNOBOU.
M. Montefiore, et un kakémono de ma collection, par Tshiouan,

---

1. *L'Extrême Orient à l'Exposition universelle de 1878,* article paru dans la *Gazette des Beaux-Arts,* t. XVIII, 2ᵉ période, numéro du 1ᵉʳ décembre.

qui portent tous deux les caractères de l'ancien art persan. Le
petit kakémono de Mitsounobou (fin du XIVᵉ siècle), dont on peut
voir ici une reproduction au trait, éveille, avec plus de force

encore, la même sensa-
tion [1].

Comment est venue au
Japon cette influence per-
sane? Est-ce par des miniatures apportées par des marchands indo-malais? Cela
serait bien difficile à dire.
Il suffit de constater qu'elle
existe. Plus tard, au XVIᵉ siècle, les traces de cette influence surgissent à nou-
veau ; cela s'explique plus
facilement par l'arrivée des
Portugais et par les rap-
ports maritimes qui s'é-
taient établis entre Or-
muz, Bouschir et Macao.
Qu'on regarde avec atten-

CHAT ENDORMI SUR UN BRULE-PARFUMS.
(D'après un dessin de l'école de Tosa.)

tion le décor architectural, les étoffes, les laques, les bronzes,
certaines pièces de céramique, notamment de Koutani, les bois
incrustés du commencement du XVIIᵉ siècle, on reconnaîtra
aisément certains caractères de l'art de l'Islam. La Perse a été,

1. Ce kakémono offre en outre cette particularité, bien remarquable pour l'époque,
de nous donner le dessin d'un cheval de face. M. le colonel Duhousset, qui s'est spécialement occupé du cheval dans l'art, a constaté (*Gazette des Beaux-Arts*, t. XXVIII, 2ᵉ période),
que le mouvement en était parfaitement juste. Ce mouvement et ce même raccourci se
retrouvent, curieuse coïncidence, dans le *1814* de Meissonier.

chaque jour en apporte une preuve nouvelle, le grand foyer
civilisateur de l'Asie.

Ceci dit, il nous faut remonter un instant en arrière.

GRUE DANS LES LOTUS, PAR SESSHIU.

(D'après une esquisse du « Tanyu Ringoua ».)

A la même époque
que le vieux Kano, et
sans se mêler à son
école, vivait un artiste
que les Japonais mettent
avec raison au nombre
de leurs plus grands. Le
peintre Sesshiu, dont il
s'agit, était prêtre bouddhique. Avant d'être con-
nu comme artiste, il oc-
cupait un rang distin-
gué parmi les hommes
les plus instruits de son
temps. On s'accorde
à lui donner, comme
date de naissance, l'an-
née 1414. Les Japonais
ne le rattachent à au-
cune école et le classent
parmi les indépendants. Il acquit les premières notions de la
peinture dans l'atelier de Josetsou. La vigueur et l'originalité de
ses dessins en noir et blanc lui acquirent une rapide célébrité. Sa
réputation parvint jusqu'en Chine et l'empereur lui fit offrir de
venir entreprendre la décoration de son palais. Il n'y rencontra
aucun concurrent à sa taille, et l'on prétend que son impérial protecteur l'ayant prié de tracer devant lui une esquisse, Sesshiu
plongea un balai dans l'encre et dessina, avec les éclaboussures de

ce pinceau improvisé, un dragon d'un aspect si merveilleux que son renom se répandit dans tout le pays. Il y peignit, entre autres choses, une vue du Fouzi qui existe encore aujourd'hui dans le palais impérial de Pékin. Sesshiu s'imprégna de quelques-uns des principes de l'art chinois, et on en retrouve particulièrement la trace dans ses paysages; mais il tint le meilleur de son talent de l'étude approfondie qu'il avait faite de la nature. Revenu au Ja-

GRUE VOLANT AU-DESSUS DE LA MER,
PAR SESSHIU.

(D'après une esquisse du « Tanyu Ringoua ».)

pon, il termina ses jours au temple d'Ounko-koudji, dans la province de Souô (de là le nom d'Ounko-kou que prit son école), et mourut en 1506, entouré d'une vénération presque sainte.

Sesshiu réussissait également bien dans la figure humaine, les fleurs, les oiseaux et les paysages. Ses motifs, empreints du plus beau sentiment décoratif, sont devenus classiques à l'égal de ceux de Kano. On peut en suivre les métamorphoses à travers le développement ultérieur de l'art japonais. Telle attitude de Shoki, telle expression farouche du vieux Dharma[1], tel beau

SIGNATURE ET CACHET
DE SESSHIU.

1. La légende de Dharma est assez obscure. Est-il le premier missionnaire boud-dhique ou la personnification de la loi bouddhique elle-même? Est-il simplement un sage, sorte d'ermite du genre des marabouts africains, auquel on attribue le courage

mouvement de grue volant sur la mer ou se reposant au milieu des
lotus, que nous admirons dans les compositions des artistes mo-

SANSONNET SUR UNE COURGE, PAR MOTONOBOU.

(D'après une ancienne gravure.)

dernes, sont tout simplement empruntés au vieux Sesshiu. Celui-ci

d'avoir vécu neuf ans dans une grotte et dans la plus complète immobilité ? On le représente généralement accroupi, les pieds nus, enveloppé d'une cape brune, un chapelet à
la main, le regard fixe et perdu dans une sorte d'extase farouche. La représentation de
Dharma est une de celles que les artistes japonais de toutes les époques ont le plus
affectionnées.

Hélio.g. Dujardin

Imp. A. Quantin

GRUES PAR SOGA SÔJÔ.
(XVᵉ Siècle)

BUSE, PAR TSHIOKOUVAN
(XVIᵉ Siècle)

KAKÉMONOS DE LA COLLECTION DE M· LOUIS GONSE

travaillait avec une grande rapidité, d'un seul trait, préférant les
tons neutres, légers, les bruns chauds ou les noirs profonds, évi-
tant les rouges et les verts.

　　Un certain nombre de ses œuvres nous ont été conservées.
Pour mille francs, il n'est pas impossible
de trouver encore à acquérir, au Japon,
un kakémono authentique de ce maître :
M. S. Bing possède un paysage exécuté
par Sesshiu à son retour de Chine, qui
est d'un grand caractère, d'un goût un peu
chinois pour notre œil, mais de la plus
belle conservation. J'en donne
ici (Pl. I) une reproduction héliographique. M. Duvernet possédait une copie d'un autre paysage
de Sesshiu, plein de poésie, de
grandeur et de délicatesse dans ses dimensions restreintes. Les collections du
British Museum (Anderson et Franks)
renferment des spécimens importants de sa manière. Mais les
œuvres les plus fortes, les plus frappantes de Sesshiu, qu'il m'ait
été donné de voir, les spécimens les plus caractérisés de son
grand style, où se révèle avec le plus de vigueur son profond
sentiment de la vie et de l'expression physionomique, ce sont deux
kakémonos de ma collection représentant des Lakans assis sur
un rocher (figures de grandeur presque nature), peints en noir
avec des colorations rousses pour les chairs, et une ronde d'enfants d'une vivacité charmante, rapportée par M. Wakaï et appartenant aujourd'hui à la Cᵉ Kosho-Kaïsha. La ronde d'enfants porte,
avec la signature, l'indication qu'elle a été peinte par l'artiste à
l'âge de quatre-vingt-deux ans. Une répétition des deux Lakans

CROQUIS A L'ENCRE DE CHINE.
(Ancienne école des Kano.)

existe au Japon, dans le trésor des princes de Nagato. Le dessin
de ces deux figures a une force à la Mantegna des plus extraordinaires. Nous donnons un dessin de la ronde d'enfants en tête de

l'introduction du présent volume. Je citerai encore,
dans ma collection, une grue au repos sur un
rocher, traitée en esquisse, qui est du plus pur et
du plus beau style japonais, et, dans la collection
de M. Wakaï, un superbe paysage avec la vue de
la mer. Le *Tanyu Ringoua* et le recueil des copies
de M. Montefiore nous fournissent de nombreux
et intéressants croquis portant la signature de
Sesshiu. Plus que tous, malgré leur exécution
sommaire, ils résistent à l'épreuve décisive de la
reproduction photographique. C'est là un éloge
qui, à mes yeux, est d'un grand prix.

IGNATURE ET CACHET
DE SHIOUNGETSOU.

Les deux élèves les plus distingués de Sesshiu sont : Sesson († en 1495), célèbre pour ses
clairs de lune[1], et Shioungetsou, qui a accompagné
Sesshiu dans son voyage en Chine. Celui-ci est mort
vers 1520. Il fut, comme lui, prêtre bouddhique,
et a laissé dans l'histoire de la peinture japonaise une célébrité égale
à celle de son maître. Au Japon, on les met tous deux sur le même
rang et leurs œuvres sont aussi recherchées. Quelques peintures
de Shioungetsou sont conservées en Chine. Je possède de lui un
superbe kakémono, représentant des corbeaux à l'encre de Chine
sur une branche de pin, qui a été rapporté de Pékin. On ne saurait
imaginer rien de plus vivant, de plus hardi et de plus robuste que
ces oiseaux silhouettés en noir. Un œil d'artiste ne peut manquer
d'être frappé par la science de dessin qui se dissimule sous la liberté

1. M. Bing possède, de Sesson, une petite peinture en noir d'un superbe caractère,
représentant des pigeons posés sur une branche et se grattant.

de l'exécution. Il est à regretter que la gravure que nous en donnons
(Pl. I) ne rende pas, par suite de la réduction, le caractère grandiose
de l'original. M. Bing a aussi dans sa précieuse collection
de kakémonos une peinture originale de Shioungetsou,
des pivoines dans d'un paysage de style chinois.

D'autres élèves de Sesshiu méritent d'être
cités; ce sont : Tôgan, Shiotokou, Yôgetsou
et Tosen. Le premier, d'abord élève de Kano
sous le nom de Shoyeï, puis de Sesshiu sous
celui de Tôgan, a formé ce qu'on
appelle l'école de Sesshiu. J'ai vu
entre les mains de M. Wakaï une
œuvre admirable de Shioyeï qu'il
a remportée au Japon : un bonze
dans les nuages agitant sa son-
nette. Le mouvement du personnage était d'une énergie étrange
et passionnée.

Parmi les grands peintres
qui ont illustré le milieu et la
fin du XVᵉ siècle, les historiens
japonais assignent un rang éminent à Soga Sôjo († vers 1470),
le fils et l'élève de Jasokou. Ils
le rangent parmi les fidèles de
l'ancienne école nationale. Le kakémono de Sôjo que je reproduis

FAUCON DÉVORANT UNE GRUE, PAR TSHIOKOUVAN.
(D'après le « Yehon-te-Kagami ».)

ici (Pl. II) est, en effet, une composition d'un style nerveux, franchement japonais, sans aucun mélange d'influence chinoise. L'exécution
rappelle un peu celle de l'école de Tosa, mais elle est plus mâle;
le coloris, émaillé dans une gouache légère, est plus chaud et plus

harmonieux. L'élégance de ces grues me fait penser aux peintures de l'ancienne Égypte.

Le peintre Tshiouan, de Kioto, fut aussi un rival heureux de Sesshiu. Ses œuvres, si j'en juge par un kakémono peint à l'encre de Chine et représentant Kouanon, la déesse de la grâce, qui est venu en ma possession, auraient même plus de délicatesse et plus de charme, avec autant de force, que celles de Sesshiu. Ce kakémono, œuvre de grand style et d'une remarquable élégance de coup de pinceau, présente un intérêt tout particulier. Il offre, comme je l'ai dit, des signes non équivoques d'une influence indo-persane. Tshiouan vivait encore en 1492. Il est mort à l'âge de quatre-vingt-huit ans.

Pendant le cours du XVIᵉ siècle, l'histoire de la peinture semble graviter dans l'orbite de Kano Motonobou et dans celui de Sesshiu. Deux maîtres ont joui cependant d'une haute réputation : Dôan, prêtre bouddhique († en 1572), imitateur du style de Sesshiu, et Soga Tshiokouvan, de Kioto, arrière-petit-fils de Jasokou et élève de Sôjo († vers 1590). Ce dernier s'est rendu particulièrement célèbre par son talent à peindre les oiseaux de proie. Si j'en juge d'après un kakémono que j'ai sous les yeux, représentant une buse posée sur une branche, Tshiokouvan aurait mérité l'estime qu'il a conservée auprès des connaisseurs japonais. Comme Sôjo, Tshiokouvan paraît avoir allié l'exécution sévère et achevée des vieux maîtres de Tosa à la puissance expressive des Kano. Le dessin de l'oiseau, traité avec une force surprenante dans la finesse, serait digne de la main d'Albert Dürer. Le maître de Nuremberg n'aurait pas rendu un œil de rapace avec une vérité plus scrupuleuse. Konoé Nobtada, premier conseiller de l'empereur Okimatsi (1538-1587), a ajouté à ce kakémono une pièce de

poésie pour en louer la beauté. Avec la reproduction de cette peinture (Pl.II) que j'ai mise en pendant des grues de Sôjo, je donne
ci-contre un fac-similé net de la signature de Tshiokouvan, relevée
dans un ancien traité de l'histoire de la peinture.

Quant à l'école de Tosa, elle subit, pendant toute la durée
du xvie siècle, une sorte d'éclipse; son crédit semble pâlir devant
celui des artistes puissants et originaux que je viens de citer. Elle
ne retrouve son éclat qu'à la fin de ce siècle, sous le shiogounat
réparateur de Yéyas. Parmi les œuvres les plus distinguées qu'elle
ait produites à cette époque, il faut mettre les deux paravents
apportés en Europe par M. Wakaï et appartenant à la Cie Kosho-
Kaïsha. Ils représentent une grande fête religieuse à Kioto et sont
exécutés comme des miniatures de Jean Foucquet; l'envers est
décoré de paysages en noir de l'école de Sesshiu sur fond d'argent.
Ces précieux paravents avaient été peints par Mitsousoumi, de Tosa,
pour Ota Nobounaga. Ils furent ensuite offerts en présent par le
grand shiogoun Taïko-Sama, au général Massouda Saémon.

La succession des Kano : — Kano Yeïtokou, petit-fils de Motonobou († en 1590 à l'âge de quarante-huit ans); Kano Samakou,
gendre de Yeïtokou, et Kano Takanobou, fils de Yeïtokou — nous
conduit, au milieu du xviie siècle, à la période la plus brillante
des Tokougava. Ce moment est, avec la fin du ixe siècle, la fin du
xve et le commencement du xixe, l'un des quatre points culminants
de l'expansion artistique du Japon.

Le cours du xvie siècle a été rempli par les grands troubles
religieux et politiques qui signalent l'arrivée des Portugais. L'art
est la fructification des périodes de paix et de tranquillité, et ce
siècle, l'un des plus agités de l'histoire du peuple japonais, ne lui a
pas été favorable. Il faut à cette plante délicate le calme social et
la sécurité du lendemain; il lui faut la reconstitution du pouvoir
central et la venue de Yéyas pour se redresser et s'épanouir à

nouveau. Les œuvres de cette époque que j'ai pu voir marquent
bien l'état de langueur où était tombée la peinture. Parmi les
monuments dont la date puisse être reportée à la fin du xvie siècle,
l'un des plus intéressants, sans contredit, qui soit venu en Europe,
est le paravent exposé en 1878, au Trocadéro, par M. Émile Guimet.
Il représente un débarquement de Portugais, reçus, à leur arrivée
au Japon, par des jésuites. Les figures sont traitées avec une grande
finesse, mais elles ne se distinguent pas des produits plus anciens
de l'école de Tosa. Le shiogoun Yéyas, dans sa haine contre les
chrétiens, en avait fait gratter, quelque temps après, les figures
de jésuites.

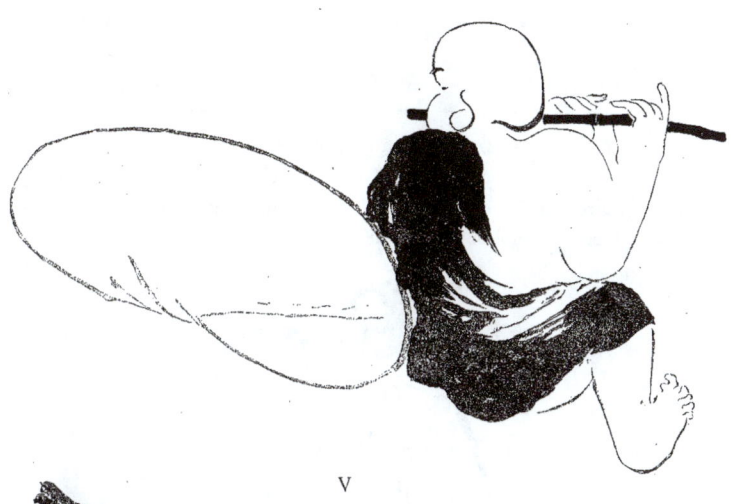

V

KANO Takanobou eut trois fils qui se
livrèrent avec une égale distinction au métier
de peintre. Tous trois sont, avec leurs
ancêtres, Masanobou et Motonobou, les
plus illustres représentants de l'école des
Kano, dont le siège était, au moment où nous
sommes arrivés, définitivement fixé à Yédo.

ÉTUDE PAR SHIOKOUADO. Ce sont : Tanyu, le fils aîné, Naonobou et
Yasounobou, le cadet. Je dirai quelques mots des deux derniers,
avant de m'occuper de Tanyu, qui est le plus célèbre.

Mais d'abord, il me faut citer un autre élève de Yeïtokou,
Sanlakou (1558-1635), le peintre préféré de Taïko-Sama, qui établit
à Kioto une succursale de l'école des Kano, fortement imprégnée
d'imitation chinoise. Cet atelier, repris par Sansetsou († en 1661,
à l'âge de soixante-trois ans), fils adoptif du précédent, homme

I.

27

de grand savoir et de grand goût, eut une action très importante
sur le génie propre de la ville impériale; il eut l'honneur de produire deux des individualités artistiques les plus remarquables du
Japon : Shiokouado et Mitsouoki.

ESQUISSE DE SHIOKOUADO.

Nous avons entre les mains une peinture de Sansetsou représentant un poète assis devant la fenêtre de sa maison, dans un paysage
de bambous couverts de neige; elle donne une idée très délicate de la
poésie de son style et du charme de son exécution.

Shiokouado a été également connu sous le nom de Shôjô. Le
génie de ce maître, dont les œuvres peintes sont de la plus excessive
rareté (je ne connais de sa main qu'un album des douze signes du

zodiaque qui se trouve dans ma collection), se révèle à nous par

ESQUISSE DE SHIOKOUADO.

un recueil en deux volumes (Yédo, 1804) d'un choix de ses pein-

tures. Ce recueil, gravé de la plus merveilleuse façon, dans des
gris estompés et des tons pâles, rend avec toute l'illusion du fac-
similé l'aspect des aquarelles originales. Quoiqu'il appartienne à
l'école de Kano par son style, Shiokouado doit être classé parmi les
indépendants. Il a une saveur à lui, étrange, capiteuse, pénétrante.
Son dessin formé de grands à plat ne peut se comparer qu'à celui
de Kôrin et de Hôhitzou dont je parlerai plus loin. Il est impres-
sionniste à leur manière, c'est-à-dire avec la plus rare et la plus
austère distinction. Shiokouado était prêtre de rang supérieur à
Nara. Il a séjourné quelque temps à Yédo et est mort en 1639.

Je reviens à Yasounobou, plus connu sous les noms de Yeïshin
et de Nakabashi (désignation du quartier qu'il habitait à Yédo). Il

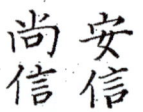

NAONOBOU.   YASOUNOBOU.

mourut en 1685 à l'âge de soixante-treize ans. On
l'estime encore aujourd'hui comme un des plus
grands paysagistes du Japon. Son meilleur élève
fut Sôtatsou, de la famille Nomoura, qui devint
sur le tard un brillant adepte de l'école de Tosa. Les
peintures de Sôtatsou se faisaient remarquer par un ingénieux
mélange de poudre d'or et d'encre de Chine. Ce procédé, alors
nouveau, a été bien souvent imité depuis. J'ai vu entre les mains de
M. Magaki, à Paris, deux kakémonos de fleurs d'une composition
et d'une exécution ravissantes. Sôtatsou travaillait encore en 1643.

On cite aussi, parmi les élèves de Yasounobou, la princesse
impériale Gheniyo-Ni, septième enfant de l'empereur Mitsouô, qui
se fit religieuse bouddhique et s'adonna avec talent à la peinture.
Elle mourut en 1627, à un âge très avancé.

Naonobou s'appelait aussi Kadzouma. Il était né en 1607. Il se
forma surtout à l'école de son frère Tanyu et devint aussi habile que
lui. Les connaisseurs japonais estiment même davantage son talent
et le considèrent comme un des artistes les plus vraiment créateurs et
les plus originaux de leur pays. Ce que je connais de lui m'a

donné une très haute opinion de son exécution et de son style, tout
en même temps énergique et délicat. Ses œuvres sont fort recherchées au Japon; quelques-unes cependant sont parvenues en Europe.
Je possède un coq de Naonobou, peint avec rien, en dix coups de

HOTEÏ EN VOYAGE, D'APRÈS TANYU.

pinceau, les réserves du papier marquant les blancs, qui dénote une
habileté de main incomparable. J'en donne une reproduction dans la planche héliographique (Pl. III) consacrée aux
peintures de Sosen. Le recueil de M. Montefiore ne contient pas moins de trente-quatre copies d'après Naonobou,
qui sont toutes du plus beau caractère. M. Georges Petit
possède de lui un admirable paravent décoré de grues à l'encre de
Chine. Naonobou mourut en 1651.

探幽
TANYU.

Tanyu était né en 1601. Ayant perdu son père très jeune, il
apprit les éléments de la peinture, chez Kano Kôhi, à Yédo. On

MOTIF TIRÉ D'UN ANCIEN ALBUM
DE KANO.

le connaît aussi sous le nom de Mo-rinobou. Il est encore aujourd'hui l'artiste le plus popu-laire de l'école des Kano. Son œuvre est considérable et les amateurs se dis-putent au Japon les moindres produc-tions de son pinceau. On cite comme son chef-d'œuvre les quatre lions à l'encre de Chine, peints sur panneaux de bois, qui se trouvent encore au-jourd'hui dans le sanctuaire du grand temple de Nikkô. Au dire des Japo-nais, l'art de la peinture n'aurait rien produit de plus surprenant. Le pla-fond de la porte principale (*Yomeï gomon*) du même temple est décoré de deux grands dragons à l'encre de Chine, qui sont également très vantés. Nous reprodui-sons ici l'un de ces dragons d'après une gravure du *Nikkô Sanji*.

Il y a beaucoup de faux Tanyu en Europe. Je citerai, parmi les peintures vraiment authentiques que j'ai pu voir, un merveilleux petit paysage éclairé par la lune avec deux personnages rêvant sur la terrasse d'une maison, à M. Wakaï; un personnage trottant sur un âne dans la neige[1], et une oie endormie traitée en six coups de pinceau, qui se trouvent tous deux dans ma collection. M. Montefiore

1. C'est celui que nous avons fait reproduire en héliogravure (Pl. IV), à côté d'une mésange d'Okio.

possède un Dharma de Tanyu, que je crois être une bonne répétition ancienne d'un original célèbre, et, dans le recueil déjà cité,

une cinquantaine de copies d'après des compositions caractéristiques du maître. Tanyu est mort en 1674, à Yédo. Il a eu une très grande influence sur ses successeurs; son goût comme son style ont fait école et plusieurs de ses élèves comptent au premier rang des artistes japonais. J'ai déjà parlé plus haut du *Tanyu Ringoua,* je n'y reviendrai pas. Je rappellerai seulement que Tanyu fut grand connaisseur de peintures anciennes. Il avait une

PLAFOND DE LA PORTE PRINCIPALE DU GRAND TEMPLE DE NIKKÔ, PAR TANYU.

(D'après une gravure du « Nikkô Sanji ».)

véritable autorité d'expert, en matière de lecture des signatures et des cachets des artistes anciens.

Je ne puis m'empêcher de remarquer à propos de Tanyu, comme j'aurais pu le faire à propos de Naonobou, quels énormes emprunts les artistes plus modernes ont faits aux maîtres de l'art classique du xviie siècle. Que de répétitions, que de variantes de leurs œuvres, presque toujours affaiblies, nous retrouvons dans les productions des époques postérieures! Ce qui nous charme tant dans les arts japonais du XIXe siècle n'est bien souvent que la menue monnaie des œuvres des grands

COQ SE REGARDANT DANS L'EAU.
(D'après une peinture de Tanyu.)

maîtres anciens. Les principes de l'art étaient fixés dès le XVe siècle, et les motifs les plus admirables de la décoration japonaise appartiennent à des temps que la plupart des auteurs européens ont dédaignés parce qu'ils ne les connaissaient pas. C'est là un point capital sur lequel on ne saurait trop insister. Le grand Hokousaï lui-même a repris plus d'un motif de Tanyu en se l'appropriant.

Deux autres artistes ont joué un rôle des plus importants, à la fin du XVIIe siècle, dans le développement de l'art japonais; ce sont : Mitsouoki, de Tosa, et Mataheï, fondateur de l'*Oukiyo-Riu*.

Mitsouoki est, avec Mitsounobou, le plus illustre maître de l'école

de Tosa. C'est lui qui a relevé les ateliers impériaux, en décadence depuis le XVIᵉ siècle, et créé ce style décoratif raffiné, élégant, où les fleurs, les oiseaux et les paysages ont des suavités préraphaëlesques. C'est lui qui est l'inventeur de ces dessins d'une perfection exquise dans leur fini, que les laqueurs de Kioto du

COMBAT DE GRENOUILLES. — (Composition de Mitsouoki, tirée du « Gouashi Kouaiyo »)

XVIIIᵉ siècle ont traduits avec un art inimitable. L'idéal de Mitsouoki réside dans la pureté de la ligne, dans la grâce ingénieuse du motif, traduites par un pinceau de miniaturiste. Personne n'a peint comme lui la ténuité frêle d'un brin d'herbe. Ses peintures sont précieusement conservées chez l'empereur ou dans quelques grandes familles de Kioto. Je ne connaissais point d'originaux authentiques de lui, mais j'avais vu des copies qui donnaient une haute idée de sa manière, lorsque récemment j'ai eu la bonne fortune d'acquérir un kakémono représentant Komati jeune, rêvant au clair de lune d'une nuit d'automne, qui est un des spécimens le plus délicatement enchanteurs du beau style de Tosa que je connaisse.

DANSEUSE, PAR TANYU.
(D'après le recueil de copies de M. Montefiore.)

Le ton en est vif, sans dureté, d'une chaleur harmonieuse et relevé de légères touches d'or; le contour est d'une adorable élégance. Une telle œuvre se tiendrait à côté des opulentes miniatures flamandes du xvᵉ siècle. Depuis, j'ai vu, à Paris, trois kakémonos envoyés par M. Wakaï et appartenant au prince Nabéshima, que l'on range parmi ses chefs-d'œuvre. Ils représentent des cailles, des églantiers en fleurs et des campanules. Le charmant motif que je reproduis, d'après une planche du *Gouashi Kouaiyo,* est un exemple excellent de son dessin. Il nous montre à quel point l'étude attentive de la nature était déjà poussée au Japon et nous prouve une fois de plus, en passant, que tel motif réputé de genre tout moderne dans l'art japonais, comme par exemple les combats de grenouilles, est au contraire d'invention classique. Mitsouoki, né en 1616, est mort en 1691. il avait étudié les éléments de la peinture dans l'atelier de Sansetsou.

Iouasa Matabeï ou Mataheï, élève de Mitsounori, de Tosa, est le fondateur de l'école dite vulgaire, par opposition à l'art noble

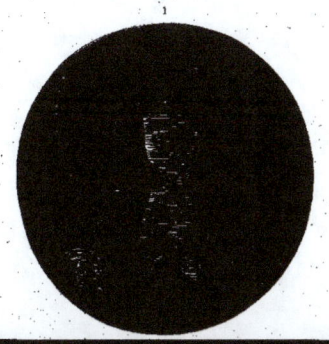

1. Boîte à parfums en laque frottée (IXᵉ Siècle)
2. Boîte à écrire, en laque à hauts reliefs, par Kôëtsou (XVIᵉ Siècle)
(Pièces de la collection de M. Louis Gonse)

qui dédaigne la représentation des costumes et des mœurs du peuple. Ni Tosa ni Kano ne se sont compromis à peindre des sujets méprisés par l'aristocratie. Ce n'est que sous le régime des Tokougava qu'une telle peinture est devenue possible. Mataheï y a le premier apporté un grand talent. Il était né dans la province d'Etshizen vers le commencement du XVIIᵉ siècle, mais il était venu se fixer à Kioto dès l'enfance. Sa réputation était à son apogée entre 1624 et 1643. On ignore la date de sa mort. Il est l'inventeur du style populaire appelé *Oukiyoyé,* ce que l'on pourrait traduire par peinture de la vie contemporaine ou école réaliste. Mataheï peignait les gens de son temps dans leurs costumes habituels, les paysans, les hommes et les femmes de la basse classe, et surtout les courtisanes, qui jouaient déjà à cette époque, par leur luxe, leur élégance et leur éducation littéraire, un grand rôle dans la vie publique du Japon. Ce genre, traité avec tant de hardiesse, de verve et de fantaisie par quelques artistes éminents des XVIIIᵉ et XIXᵉ siècles, est devenu aux yeux des Européens l'expression propre de l'art japonais. Aux yeux des Japonais, il est resté dans un rang inférieur, bon pour satisfaire les instincts de la populace, mais indigne de l'attention des personnes comme il faut. Mataheï est le premier ancêtre d'Hokousaï. Son influence est considérable et l'on peut dire que la bonne moitié de l'immense bibliothèque illustrée du Japon est sortie des ateliers de ses successeurs. Jusqu'à lui, l'école de Tosa n'avait pas dépassé la peinture de portrait, et encore limitée aux savants, aux hommes de haut renom, aux personnages de qualité ou aux dignitaires; la peinture historique ou guerrière et celle des cérémonies de la Cour la rattachaient seules aux mœurs du temps. Mataheï et ses élèves sont, au contraire, entrés dans le vif du tempérament japonais; ils ont ouvert à l'art le champ illimité de la vie.

Le véritable promoteur de l'Oukiyoyé, qui, dans la période

moderne, a pris le nom d'école d'Outagava, est Hishikava Moro-

JEUNES FILLES JAPONAISES AU BORD DE LA MER.

(D'après une gravure de l'école de Hishikava.)

nobou, de Kioto[1], qui étudia à l'école de Mataheï et développa

1. M. Reed cite l'opinion de M. Yocino qui le fait naître à Yédo, mais nous nous rangeons à l'avis du docteur Anderson qui le donne comme un artiste de Kioto.

dans la classe populaire le goût du style vulgaire. Le professeur Anderson le considère comme le plus habile représentant de ce style. Ne connaissant rien de sa main que quelques estampes en noir, je m'en rapporte au dire d'un homme aussi compétent. Une de ses œuvres peintes les plus remarquables, sinon la plus remarquable, se trouve dans la collection Gierke, au musée de Berlin. Les historiens japonais se sont peu préoccupés de conserver les dates des artistes de ce genre. Cependant on peut fixer la date de naissance de Moronobou à la fin de la première moitié du XVIIᵉ siècle. On sait qu'il travaillait encore pendant la période Genrokou, de 1688 à 1703. Cet artiste a contribué pour une part très importante au progrès du décor des tissus de soie et des broderies de Kioto. Il a fourni un grand nombre de dessins pour étoffes et développa surtout le goût des femmes pour les robes de luxe. C'est à lui que la mode doit ces longues robes traînantes, à manches larges et à dessins de broderie si somptueux et si pittoresques,

RENARD DÉGUISÉ EN PÈLERIN.
(Fac-similé d'une peinture de Tshikoudo. — Fin du XVIIᵉ siècle.)

dont l'engouement fut porté à son comble au commencement du XIXᵉ siècle.

De son côté, Hanafoussa Itshio, d'Osaka, élève indiscipliné de

Yasounobou Kano, propageait à Yédo la peinture de style vulgaire,
y ajoutant tout l'humour endiablé, toute la libre fantaisie de son
talent génial. Itshio peut être considéré comme un des maîtres du
genre humoristique et satirique. Ses œuvres sont aujourd'hui
extraordinairement recherchées des Japonais. Elles sont presque
introuvables en Europe. J'ai eu cependant occasion d'acquérir un
petit kakémono représentant des saltimbanques dans une barque;
M. Bing possède le pendant : des pêcheurs traversant un gué. Le
recueil de copies peintes de M. Montefiore n'en contient pas moins
de vingt-six d'après Itshio. Elles peuvent donner une idée très exacte
de sa verve et de son invention. On cite parmi ses chefs-d'œuvre
la série des *Douze Mois* de la collection Gierke. Les motifs qu'a
créés son pinceau, dans de rapides et légères esquisses où se jouent
les couleurs les plus gaies, se retrouvent à chaque instant dans les
œuvres de toute nature des artistes modernes : peintres, décorateurs, sculpteurs de netzkés, etc. Personne n'a mieux rendu la vie
naïve des paysans, leur bonne humeur, leurs joyeux ébats; personne
n'a raillé avec plus d'entrain les divinités bouddhiques et surtout
les sept dieux du bonheur. Ses paysages sont pleins de perspective et de vérité. Hokousaï lui doit beaucoup, mais
c'est dans Hiroshighé que le genre de Itshio est parvenu
à son point de perfection. M. Montefiore possède une admirable boîte de pharmacie en laque frotté, décorée de danseurs exé-
cutant la « danse du lion », qui est du dessin de Itshio. M. Wakaï,
désirant montrer au Japon cette rare merveille, avait déposé entre
les mains de son propriétaire une garantie de mille francs pour
avoir le droit de l'emporter avec lui. Itshio appartenait à la famille
Taga, d'Osaka, où il était né en 1651. Il était venu à Yédo à l'âge
de quinze ans. La date de sa mort est fixée à l'année 1724.

Revenons à l'atelier de Tanyu ; c'est la grande officine de l'art

des Kano. La célébrité de Tanyu vient au moins autant de la réputation de ses élèves que de sa valeur propre. Ses plus illustres
élèves sont : Tôoun, son gendre, devenu plus tard son fils adoptif

OISEAU SE BAIGNANT.

(Motif tiré d'un album de l'école de Kano.)

(il était le troisième fils de Goto Ritsoujo et mourut en 1694, à
l'âge de soixante-dix ans), le shiogoun Yémitsou et Morikaghé.

Le troisième shiogoun de la dynastie des Tokougava, Yémitsou, porta à son apogée la gloire de cette grande race et fonda la
prospérité de la ville de Yédo. Il est connu dans l'histoire des arts
sous le nom de Sandaï-Shiogoun. Nous verrons, en parlant des

laques, qu'un des plus beaux moments de cette industrie essentiellement nationale correspond à son règne et qu'elle eut, sous

son artistique impulsion, son plus
grand essor. L'architecture lui doit
aussi ses plus beaux monuments.
Il était né en 1603 et monta sur le
trône shiogounal en 1623. Il mourut
en 1652, emportant les regrets unanimes de ses contemporains. Il est au
nombre des trois ou quatre princes
qui ont le plus fait pour le bien du
peuple et pour le progrès des arts.
Il fit construire des temples magnifiques. C'est lui qui réglementa les
relations avec les Européens, entourées de tant de garanties restric-
tives par le testament de Yéyas. Il détermina la situation, constitua
les privilèges de la factorerie hollandaise de Nagasaki et concéda à
ses paisibles trafiquants la petite île de Décima.

Yémitsou, paraît-il, pratiqua lui-même la peinture avec talent.
Mais, comme je viens de le dire, c'est surtout par les travaux de
laque que la célébrité de nos nom a grandi dans la mémoire
des Japonais. Le plus illustre des artistes
laqueurs, celui, du moins, qui a
mis dans l'exécution des reliefs d'or
le plus de style, de grandeur et de
force, sans rien perdre de la netteté et de la
finesse qui sont les qualités nécessaires du
beau laque, est Kôëtsou, contemporain de Yémitsou
et mort peu de temps avant lui. Son nom de famille
était Honnami et les Japonais le désignent encore
indifféremment sous ces deux noms. Il était de

MIRACLE BOUDDHIQUE.

(Peinture de Hôïyen, XVIIIe siècle, au temple d'Idzou Koushima.)

Kioto. On fait remonter sa naissance à l'année 1557. Il apprit les
principes du dessin dans l'atelier d'un peintre
du nom d'Youshio et étudia plus tard à l'école
de Tosa. Il fonda à son tour une école qui fut
bientôt au premier rang, école dont est
sorti ultérieurement l'un des grands pré-
curseurs de l'art japonais moderne, le
peintre Kôrin. Kôëtsou fut le premier
laqueur du Japon, et nous aurons à
parler de ses admirables œuvres au
chapitre des laques. On le cite aussi
comme connaisseur émérite en armes
et lames anciennes, science difficile et
compliquée dans un pays où les travaux des artistes forgerons étaient
prisés au-dessus de tout. Il était passé
maître dans la calligraphie, l'art
noble par excellence, et sa renommée, en ce genre, égale celle
de son émule Shiokouado. Il peignait aussi, dit-on, avec une extrême délicatesse, alliant la noblesse du sentiment à l'élégance
de l'exécution. Je ne connais mal-

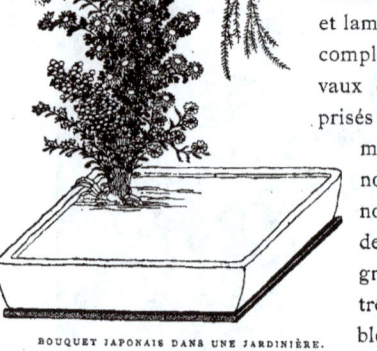

BOUQUET JAPONAIS DANS UNE JARDINIÈRE.
(D'après une gravure.)

heureusement de lui ni un original ni une copie authentiques. La
seule œuvre de laque que j'aie vue pouvant lui être donnée avec
certitude justifie sa haute réputation de dessinateur (nous la reproduisons en couleur). A ce point de vue on peut considérer Kôëtsou
comme une des gloires de l'école de Tosa. Il est mort en 1637.

Morikaghé, dans un autre ordre, fut aussi un artiste de première importance. Les renseignements biographiques nous man-

GRAND PLAT DE KOUTANI DÉCORÉ PAR MORIKAGHÉ (Fin du XVIIe Siècle).
Brule-parfums de Hizen primitif (XVIe Siècle) ; petite boîte de Koutani ;
boîte et bol, par Kenzan ; boîte en forme de personnage, par Ninsei ; bol de Tokio.
(Pièces céramiques de la collection de M. Louis Gonse)

quent. Tout ce que l'on sait, c'est que son nom de famille était Hissadzoumi et qu'il vivait encore dans les dernières années du xvii⁰ siècle. Il avait un style de peinture sévère et puissamment décoratif. Tanyu l'estimait comme son élève le plus brillant. Sa gloire principale est d'avoir introduit le décor artistique à Koutani et d'avoir élevé ce centre de fabrication céramique au sommet de l'art japonais. Il peignait lui-même à cru les pièces que la cuisson revêtait des plus magnifiques émaux. Ses œuvres sont placées par les Japonais au nombre de leurs plus précieux trésors. Je reviendrai sur Morikaghé au chapitre de la céramique.

Quant à Naonobou, son meilleur élève fut son fils Tsounénobou († en 1683). M. S. Bing possède dans sa collection un kakémono — en blanc majeur, comme eût dit Paul de Saint-Victor — représentant un paon blanc faisant la roue. C'est un chef-d'œuvre authentique de Tsounénobou. Son œuvre la plus importante au Japon et la plus remarquable se trouve dans l'un des temples de Kioto. C'est une galerie

常
信
TSOUNÉNOBOU.

dont les deux côtés sont ornés de chrysanthèmes géants, peints en relief et ayant la hauteur d'un homme. L'effet de cette décoration est, paraît-il, véritablement grandiose. Je citerai une grue dans la nature neigeuse, appartenant à M. Wakaï, qui est une merveille de poésie, de finesse et d'élégance.

Je rapporterai à son propos une anecdote caractéristique. M. Wakaï avait désiré soumettre à un artiste européen ce chef-d'œuvre de la haute peinture japonaise ainsi que le petit paysage de Tanyu dont j'ai parlé plus haut. Je le conduisis chez un des peintres les plus en renom de Paris, collectionneur passionné de dessins de maîtres anciens, qui, après avoir déroulé les deux kakémonos et les avoir examinés avec attention, les suspendit au mur entre un dessin de Dürer, une esquisse de Rubens et une admirable étude peinte de Rembrandt. Nous fûmes tous frappés de la façon

dont l'art japonais soutint l'épreuve de cette redoutable comparaison. Malgré la différence des genres, des styles et des procédés,
Tsounénobou tenait à côté de Rembrandt. Au fond, toutes les
manifestations du vrai sont sœurs.

Minénobou et Tshikanobou, tous deux fils et élèves de Tsounénobou, furent également des artistes de renom. Le premier est
mort en 1708. Mais le plus grand peintre de l'école de Kano, à la fin
du XVII siècle et au commencement du XVIIIe, est certainement Shioha-
kou. Trois kakémonos que j'ai en ma possession et qui représentent
trois figures en buste plus grandes que nature, à l'encre de Chine,
donnent la plus haute idée du talent puissant de ce maître. Ces
trois têtes traitées à la Brauwer sont parmi les créations les plus
frappantes de l'art du Nippon. L'exécution est de la dernière maîtrise.

C'est à cette époque que je placerai aussi un artiste du nom
de Rinriyo ou Lindiyo, sur lequel je n'ai pu malheureusement
recueillir aucun renseignement précis, mais que les connaisseurs
japonais placent très haut dans leur estime et dont j'ai pu appré-
cier le style par quelques copies qui se trouvent dans le recueil de
M. Montefiore.

Dans le même temps vivait le plus grand céramiste du Japon,
Ninseï, de Kioto, qui fut aussi un peintre décorateur des plus originaux. Il est mort vers 1660.

VI

Les différents arts du décor suivaient, au Japon, un développement parallèle à celui de la peinture. La fin du xviie siècle et le commencement du xviiie marquent pour quelques-uns de ces arts, notamment pour les laques et pour les travaux de métal, fonte et ciselure, une période d'éclat incomparable. Le nengo célèbre de Genrokou (1688 à 1704) doit rester gravé dans la mémoire de tous ceux qui s'intéressent à l'art japonais. Aux yeux des gens de goût, il détermine un point de perfection qui n'a pas été dépassé. On dit au Nippon la période de Genrokou, comme nous disons ici le siècle de Louis XIV. C'est le moment où les relations commerciales avec la Hollande avaient acquis toute leur intensité. Faut-il

voir dans ce fait un excitant particulier d'activité productive? Cela
n'est pas douteux pour les fabriques de porcelaines
du Fizen, dont les produits étaient en majeure partie
destinés à l'exportation européenne et exécutés en
quelque sorte sur commande. Dans le domaine des connaissances scientifiques et
industrielles, il est certain que cette infil-
tration de l'influence européenne, qu'on
enveloppait de part et d'autre de mystère,
a été considérable. Au point de vue de l'art, elle
ne se révèle que par des détails d'un ordre absolument secondaire et fut en réalité assez insigni-
fiante.

光
琳

KÔRIN.

Cette époque de Genrokou est non seulement
illustrée par des peintres célèbres, mais encore par
des hommes éminents en tout genre. Alors vivaient
des grands poètes comme Bashio, Kikakou et Lan-
setsou, des ciseleurs comme Sômin, des laqueurs
comme Kôrin, des céramistes comme Kenzan, des

amateurs comme Kiboun,
des décorateurs comme
Ritsouô.

L'énorme accroisse-
ment de la ville de Yédo,
devenue, depuis Yeyas, la
capitale de fait et le centre
commercial du Japon, ne
fut pas étranger à ce grand mouvement
d'art. L'astre de Kioto pâlissait visible-
ment au profit de celui de Yédo. Gar-
dienne des hautes et exquises traditions, des élégances raffinées et

ÉTUI EN BAMBOU SCULPTÉ,
PAR GOUIOKOUYEI, D'A-
PRÈS LE DESSIN DE KÔRIN.
(Collection de M. L. Gonse.)

NETZKÉ EN ARGENT INCRUSTÉ
DE SHAKOUDO, DESSIN DE KÔRIN.

(Collection de M. Montefiore.)

sévères, elle se voyait peu à peu supplantée par une rivale dont les
allures de parvenue avaient moins de distinction, mais plus de vie.

Kôrin, dont je viens de prononcer le nom comme laqueur,

PORTEUR DE FAGOTS.
(Dessin de Kôrin pour une boîte de laque.)

est peut-être le plus original et le plus personnel des peintres du
Nippon, le plus Japonais des Japonais. Son style ne ressemble à
aucun autre et désoriente au premier abord l'œil des Européens.
Il semble à l'antipode de notre goût et de nos habitudes. C'est le
comble de l'impressionnisme, du moins, entendons-nous, de l'im-

pressionnisme d'aspect, car son exécution est fondue, légère et lisse;
son coup de pinceau est étonnamment souple, sinueux et tranquille.
Le dessin de Kôrin est toujours étrange et imprévu; ses motifs,
bien à lui et uniques dans l'art japonais, ont une
naïveté un peu gauche qui vous surprend; mais
on s'y habitue vite, et, si l'on fait quelque effort
pour se placer au point de vue de l'esthétique
japonaise, on finit par leur trouver un charme
et une saveur inexprimables, je ne sais quel
rythme harmonieux et flottant qui vous enlace.
Sous des apparences souvent enfantines, on découvre une science merveilleuse de la forme, une
sûreté de synthèse que personne n'a possédée au
même degré dans l'art japonais et qui est essentiellement favorable aux combinaisons de l'art
décoratif. Cette souplesse ondoyante des contours

CROQUIS DE HOKOUSAÏ.

qui, dans ses dernières œuvres, arrondit tous les angles du dessin
vous séduit bientôt par son étrangeté même. J'avoue très sincère-
ment que le goût de Kôrin, qui dans les premiers temps m'avait
passablement troublé, me donne aujourd'hui les jouissances les plus
raffinées. Je suis sûr que mon ami Théodore Duret, qui est un
vieux japonisant, a éprouvé la même impression que moi et qu'il
met aujourd'hui un beau laque
de Kôrin au-dessus de tout. Les
corbeaux en silhouette, que nous
reproduisons au bas de cette page,
sont empruntés au *Gouashi Kouaiyo*
et appartiennent à la première manière
du maître. Kôrin est né à Kioto, en 1661,
d'une famille
bourgeoise

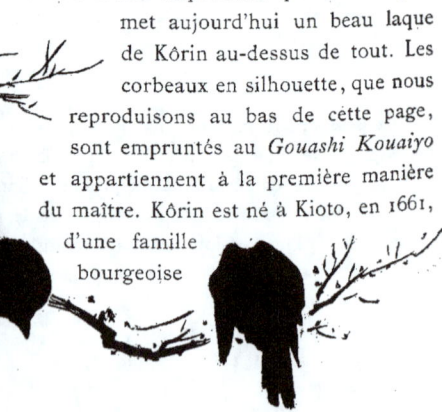

du nom d'Ogata. Son premier maître fut, dit-on, Tsounénobou Kano; il entra ensuite à l'école de Tosa et étudia enfin dans la maison

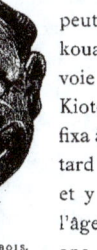

PETIT MASQUE EN BOIS.
(Netzké de la collection de
M. Louis Gonse.)

de laqueurs fondée par Kôëtsou; mais c'est peut-être dans l'étude des esquisses de Shiokouado qu'il trouva sa voie définitive. Il quitta Kioto assez jeune et se fixa à Yédo. Il revint plus tard dans sa ville natale et y mourut en 1716 à l'âge de cinquante-six ans.

Son dessin est bien un dessin de laqueur; l'encre de Chine coule du bout de son pinceau comme une matière grasse; et, en effet, c'est surtout comme laqueur que Kôrin s'est rendu célèbre. Son style a fait école et a été à la mode pendant tout le cours du XVIIIe siècle; son invention décorative est d'une abondance qui n'a pas d'égale.

Ses peintures — esquisses d'albums ou kakémonos, — quoique rares, sont actuellement assez peu prisées au Japon. Le goût du gros public, blasé par les ragoûts excitants des produits modernes, méconnaît aujourd'hui la haute et aristocratique distinction de l'art de Kôrin, qui a conservé, par contre, toute l'estime des vrais connaisseurs. Les collection-

ÉTUDE DE LIS, PAR KÔRIN.

neurs raffinés ont la religion de Kôrin. En Amérique on recherche ses œuvres avec ardeur; en France on les dédaigne et on les ignore. Elles dénotent un rare tempérament de coloriste. A ce

point de vue seul elles sont des plus curieuses à étudier. J'ai dans
ma collection deux kakémonos fort étranges d'aspect, — une biche
bramant dans la solitude, et un tronc de saule, — qui feraient, j'en
suis sûr, les délices d'un Ricard ou d'un Gustave Moreau. Mon ami
Théodore Duret, qui est un grand collectionneur d'albums et de
livres japonais, n'a qu'un kakémono; mais il y tient comme à la
prunelle de ses yeux : c'est une tête de Dharma. On ne saurait rencontrer un Kôrin d'une facture plus libre et plus expressive. Toutes
ces œuvres sont cependant dépassées par deux grands paravents à
cinq feuilles, décorées d'immenses chrysanthèmes à fleurs blanches,
en relief sur un fond d'or. L'aspect décoratif en est d'une somptuosité vraiment royale. Je les avais placés, à la rue de Sèze, dans
le fond de la salle, au-dessus des vitrines murales. Le ton particulier de l'or, légèrement opalisé, la blancheur des pétales, l'élégance
et l'imprévu de la composition laissant aux surfaces d'or toute leur
valeur, ces tiges pliant sous le poids des fleurs, ces bouquets s'en-
levant en lumière comme un vol de grands papillons, tout concou-
rait à en rendre l'effet éblouissant. Je dois à leur propos rectifier
une erreur du catalogue. Les ayant acquis quelques jours avant
l'ouverture de l'exposition, je n'avais pas eu le temps de contrôler
exactement le cachet et je les avais fait figurer sous le nom de
Hôhitzou, le plus brillant adepte de Kôrin; mais ils sont bien authen-
tiquement de Kôrin lui-même. J'ai retrouvé, depuis, ce cachet sur
d'autres œuvres portant la signature de Kôrin.

Quant aux laques *authentiques* de Kôrin, ils sont classés dans les
hautes collections du Japon et atteignent des prix considérables.
J'y reviendrai ultérieurement. De même je dirai quelques mots, au
chapitre des livres illustrés, de ses albums de dessins pour laqueurs.

Kôrin eut un frère cadet du nom de Kenzan (né à Kioto en 1663,
mort à Yédo en 1743), qui est le céramiste le plus original et, après
Ninseï, le plus célèbre du Japon. Son style est sorti de celui de Kôrin

Héliog Dujardin

Imp. A.Quantin.

COQ PAR NAONOBOU (XVIIᵉ SIÈCLE), TIGRE, RATS, SINGES, BROCHET, PAR SOSEN (XVIIIᵉ SIÈCLE)

(PEINTURES DES COLLECTIONS DE MM. PH. BURTY, S. BING ET L. GONSE)

et son talent de peintre a la plus grande analogie avec celui de son frère. Les laques de Kôrin peuvent être mis en pendant des faïences de Kenzan. Les principes du décor sont les mêmes.

On peut dire à ce propos, d'une façon générale, qu'il n'y a pas au Japon d'arts inférieurs ou fermés. Tout artiste est d'abord peintre avant d'être ciseleur, laqueur ou céramiste. Ce que nous appelons les arts mineurs y forment un tout inséparable avec ce que nous appelons les beaux-arts. D'où il résulte que tout l'art, même le plus élevé

KENZAN.

dans le domaine de la peinture ou de la sculpture, se subordonne avant tout aux lois de la décoration appliquée aux mœurs, aux usages, à la vie. Il n'y a pas une œuvre qui ne réponde à un but de décoration ou ne serve à un usage. C'est cette éducation commune, cette discipline générale qui font la valeur des artistes japonais et impriment à leurs productions, même dans la plus libre fantaisie, ce caractère profond d'unité et de logique qui frappe tous les étrangers. La qualité d'artiste entraînait au Japon une sorte d'universalité d'aptitudes qu'on ne rencontre chez nous qu'à l'état d'exception.

Ritsouô, dans un autre genre, peut être placé à côté de Kôrin; il n'est pas moins intéressant que lui au point de vue de l'originalité des procédés. Il s'est principalement rendu célèbre par ses travaux d'incrustations sur laque; ses œuvres, dans ce genre qu'il a créé, sont avidement recherchées par les connaisseurs du Japon et par les Européens qu'elles frappent par leur caractère d'étrangeté et de force. Ritsouô fut aussi

RITSOUÔ.

peintre des plus distingués. Les seuls spécimens qui, à ma connaissance, soient venus en Europe sont six petits compartiments sur fond d'or représentant des figures et des fleurs; je les tiens de M. Wakaï qui les a longtemps conservés dans sa collection particulière. Ce sont des peintures gouachées en relief, d'un coloris vif, éclatant, d'un dessin sévère. A distance, elles produisent l'effet d'une sculpture coloriée. Ritsouô, de la famille Ogava, a étudié d'abord à l'école de Kano, puis à l'école de Mataheï. Il a signé quelques-unes de ses œuvres du nom de Haritsou. Il est mort en 1747, à l'âge de quatre-vingt-cinq ans. Je le tiens pour l'un des plus grands artistes du Japon.

Parmi les élèves sortis de l'atelier de Kôrin, il en est un dont le talent et la célébrité ont égalé ceux du maître : c'est Hôhitzou. J'ai déjà prononcé son nom tout à l'heure, j'y reviendrai. J'ai à parler, au préalable, de quelques autres artistes de grande importance.

ÉTUDES DE FLEURS, PAR HÔHITZOU.

C'est tout d'abord Mitsouyoshi, le maître le plus délicat, le plus élégant de l'école de Tosa. Il était né en 1699. A dix-sept ans, il avait déjà obtenu un titre honorifique ; à trente-huit, il avait conquis le grade le plus élevé de l'école et devenait bientôt le conservateur de l'atelier de peinture de l'empereur. Il est mort en 1772. L'art de Kioto n'a rien produit de plus exquis dans la finesse que les peintures de Mitsouyoshi. Elles sont fort recherchées par les gens du bon ton et par les vieilles familles de l'aristocratie. Il s'est singularisé par l'exécution des cailles. J'ai, dans ma collection, un kakémono représentant deux cailles picorant au milieu des grami-

BOITE A ÉCRIRE EN LAQUE INCRUSTÉ;
MÉDAILLON EN RELIEF REPRÉSENTANT DHARMA, PAR RITSOUÔ.

(Collection de M. Louis Gonse.)

nées, qui égale les tours de force du pinceau de Dürer. C'est un
art un peu froid, fait d'adresse et de patience, qui correspond aux
mièvreries des peintures chinoises de la porcelaine coquille d'œuf,
mais auquel on ne peut refuser les grâces savantes d'une perfection classique. Ce kakémono porte le cachet oblong, marque dis-
tinctive des peintres attachés à la personne même de l'empereur.
L'école moderne de Tosa s'est vouée entièrement à ce genre de
peinture, quintessencié par Mitsouyoshi et généralisé par l'enseignement de son fils Mitsousada. Depuis, cette école s'est stérilisée
dans la peinture des fleurs et des oiseaux : roses du Bengale,
pivoines et camélias, pruniers et poiriers fleuris, glycines, horten-
sias, mésanges, fauvettes et perruches, traités suivant des méthodes
où l'inspiration artistique n'a qu'une faible part.

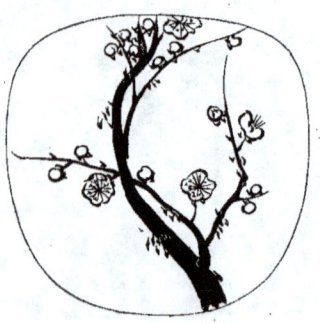

VII

LE XVIIIe SIÈCLE.

APOGÉE DU DÉCOR JAPONAIS. — GOSHIN ET OKIO.

Au milieu du xviiie siècle se produisit un retour de vogue de l'école chinoise, sous l'influence d'un artiste du Céleste Empire, Namping, qui vint s'établir au Japon vers 1720. Le gouvernement des Tokougava l'avait fait venir de Chine et lui avait, en sa qualité d'étranger, assigné la résidence de Nagasaki. C'était un homme de grand talent. Il eut rapidement un nombreux cercle d'élèves et sa réputation s'étendit sur tout le Japon. Les Hollandais furent en rapport avec lui, et longtemps on a pris dans les Pays-Bas, où quelques-unes de ses œuvres avaient été importées, le style de Namping pour le type le plus pur de l'art japonais. Sa manière était celle des bons peintres de la période de Youn-Tching : paysages de convention, sans perspective, contours très fins et très étudiés des figures, profonde connaissance des fleurs et des oiseaux, coloris brillant. Le musée ethnographique de Leyde conserve, si j'ai bonne mémoire, quelques originaux de Namping. M. Montefiore possède de lui un kakémono, représentant des oies sauvages, qui est excellent; il y en a un autre dans la collection de M. Bing.

CROQUIS DE HÔKITZOU.

Quelques-uns des élèves de Namping ont acquis une haute

réputation. Tels sont, par exemple, Youhi, qui a popularisé le style
de son maître, et Shosiseïki, de Yédo. On classe ce dernier parmi
les artistes les plus estimés de son temps.
Il est mort en 1774, à l'âge de soixante-dix-
huit ans. M. Alphonse Hirsch a de sa main
un superbe kakémono représentant des
poissons pendus à des brindilles de bambous. On cite encore Riourikio, plus connu
sous le nom de Kiyen, mort en 1758.

Le nombre des artistes de talent est si
considérable à la fin du XVIIIᵉ siècle que je
suis obligé de limiter mes citations.

Yosen et son fils Issen représentent
avec éclat, à ce moment, l'école et la famille
des Kano. Yosen, de Yédo, connu aussi sous
le nom de Genshisaï, était né en 1752. Le
Shiogoun l'honora du titre de Hôhin. Il est
mort en 1808. C'est le dernier grand maître
de l'école des Kano. J'ai dit plus haut que
la série de copies, d'une exécution si remarquable, qui appartenait à M. Leblant-Du-
vernet, avait été exécutée par Yosen, aidé
de son fils, sur l'ordre du prince Tayasou
Tokougava. Ses œuvres sont rares et des
plus estimées au Japon.

Yosen était surtout un incomparable
paysagiste. Personne ne l'a surpassé pour
la poésie de l'exécution et l'habileté à
rendre la fuite des plans. Avec les copies

DESSIN DE BOUQUET,
PAR HÔHITZOU.

en question, le curieux album de M. Duvernet renfermait un paysage
de Yosen lui-même, qui en avait été détaché et qui se trouve aujour-

ÉTUDE PAR GETSOUHÔ (ÉCOLE DE KÔRIN).

(D'après une gravure en couleurs.)

d'hui en ma possession. C'est une aquarelle sur soie de 0ᵐ,40 de largeur sur
0ᵐ,25 de hauteur. Un paysan, monté
sur son bœuf, rentre chez lui par une
âpre et froide nuit d'hiver. Le brouillard
couvre au loin la plaine, les rizières
inondées d'eau et les haies de bambous;
la lune jette sa lumière pâlie à travers
un épais voile de vapeurs; le vent secoue
les branches d'un maigre saule. Cela
n'est rien qu'une grisaille lavée de teintes
neutres, couvrant à peine la soie; mais
cela donne une impression exquise de
tristesse, de solitude et de silence.

Son fils Issen travaillait également à Yédo. Il est mort
en 1828.

En remontant un peu plus haut que Yosen, je trouve
Bounleï, un des maîtres connus de l'école de Kano, mort
en 1778, et Taïgado, de Kioto, peintre et savant,
qui sont venus comme tant d'autres artistes se fixer
à Yédo, et tous deux élèves de Nankaï et de Riourikio. Les peintures de Taïgado sont parmi celles
qui se vendent le plus cher au Japon. Elles sont
fortement imprégnées de l'influence chinoise de
Namping. Taïgado est mort en 1776 à l'âge de
cinquante-quatre ans.

De Kioto aussi était Bouson, peintre et poète,
célèbre par ses étonnantes distractions. On raconte
qu'un jour pour admirer un bel effet de lune il fit
un trou avec sa bougie allumée à la toiture de paille
de sa maison et mit ainsi le feu à tout un quartier de Kioto.

PIN SOUS
LA NEIGE.
Par Hôhitzou.

Hélig. Dujardin

Imp. A. Quantin.

PAYSAGE, PAR TANYU; MÉSANGE, PAR OKIO; SINGE, PAR SOSEN; CARPE PAR GOUAKOURÉI.
XVIIᵉ et XVIIIᵉ Siècles
KAKÉMONOS DE LA COLLECTION DE M LOUIS GONSE

Ce grand incendie est encore connu sous le nom d'incendie de
Bouson. Ses œuvres sont très rares; elles témoignent de beaucoup
de goût et d'un grand sentiment poétique. Il est mort en 1783, à
soixante-huit ans. Il fut le maître du fameux Goshin.

Gekkeï, plus connu sous le nom de Goshin, était né à Kioto,
en 1741, de la famille Katsoumora. Il est le fondateur de l'école
moderne et indépendante de Kioto ou école Shijo, qui se distingue
de celle de Yédo par son extrême élégance, l'harmonie de son coloris et un goût particulier dans la composition. L'art de
Goshin est franchement japonais et ne relève en rien de
l'école chinoise. Il témoigne d'une étude approfondie des
grands maîtres des trois siècles précédents. Les plus beaux
modèles des brodeurs de Kioto sont empruntés à Goshin. GOSHIN.
Son dessin est net, élégant et d'une rare distinction. M. Wakaï
avait rapporté un coq de Goshin qui a, je crois, été acheté par
M. Bing. Nous avons entre les mains un ravissant kakémono rap-
pelant les bordures de nos missels du xve siècle et intitulé « Fleurs
et insectes de printemps ». Après avoir étudié chez Bouson, il voulut
suivre l'enseignement d'Okio, dont la réputation était déjà fort
grande. Okio se défendit de cet hommage rendu à son talent en lui
disant : « Je puis être votre ami, mais non votre maître. » Goshin
est mort en 1811, laissant derrière lui une renommée que le temps
n'a fait que grandir. Il est connu aussi sous le nom de Yenzan.

L'école de Goshin a produit nombre d'artistes d'un talent merveilleux, qui ont jeté dans les dernières années du xviiie siècle et dans
les premières années du xixe un nouveau lustre sur la gloire de
Kioto, et lui ont rendu pour un demi-siècle sa primauté artistique.

C'est d'abord Toreï, de la province d'Inava, élève de Shosiseïki,
puis de Goshin. Les renseignements nous manquent sur ce peintre;
mais, à en juger par le grand tigre qui se trouve en la possession de
M. Montefiore, Toreï serait un des artistes les plus éminents de la

fin du dernier siècle. Je donne une reproduction héliographique de ce kakémono (Pl. V). Malgré tout le talent qu'y a apporté M. Dujardin,

ÉTUDE DE GRUES, PAR HÔHITZOU.

elle ne peut donner qu'une faible idée de cette œuvre. La puissance de l'expression et la justesse du dessin luttent ici avec la souplesse prodigieuse du coup de pinceau et la blonde harmonie de la couleur. On ne sait, en vérité, ce qu'il faut le plus admirer : le rendu du pelage qui va, sans repentirs et sans mièvreries, jusqu'à l'illusion de la nature, le mouvement superbe du fauve, qui se mordille la patte, l'éclat métallique et clair de l'œil bordé d'un mince liséré rose ; tout concourt à une impression extraordinaire. Je n'ai pas rencontré d'autre peinture portant la signature de Toreï.

L'école de Goshin paraîtra, sans contredit, à des yeux européens non encore familiarisés avec les saveurs de terroir de l'art japonais, la forme la plus séduisante et la plus accomplie que celui-ci puisse revêtir. Les peintures de Seïsen, de Gouakoureï, de Lenzan, de Zaïtiu, de Nangakou, de Keiboun, de Shosizan, de Mourakou, de Seïki, de Hakkeï, répondent absolument à nos idées de perfection. Il est impossible de porter plus loin l'élégance du style, la délicatesse du dessin, la grâce ingénieuse de la composition, le charme d'un coloris qui chante dans les gammes claires, avec une discrétion et une sobriété qui sont un raffinement de plus. Les œuvres de ces maîtres, sur-

PORTE-BOUQUET EN GRÈS DE BIZEN, D'APRÈS LE DESSIN DE HÔHITZOU.

(Collection de M. Louis Gonse.)

tout celles des quatre premiers, sont dignes des hauts prix qu'elles
atteignent aujourd'hui chez les marchands de Tokio. Leurs motifs

sont de préférence empruntés à la flore et la à faune. Shosizan, fils
de Shosiseïki, a peint des branches de cerisiers fleuris dont le
merveilleux éclat donnerait à réfléchir à nos plus fins aquarellistes.
Hakkeï avait la spécialité des insectes et des papillons. Lenzan,
connu aussi sous le nom de Kishitokou, a peint les oiseaux avec
une légèreté de main sans égale. Il semble que le lisse et le brillant de la plume soient fixés sur la soie de ses kakémonos. Les
colombes sur une branche de pin que j'ai fait reproduire ici (Pl. VI)
m'ont déjà donné de bien délicieuses heures de contemplation; de
même les petits ours au milieu de la neige, de Zaïtiu, dont l'attitude, l'œil véron, la réjouissante bonhomie sont d'une si exquise
observation. Zaïtiu a, du reste, laissé une grande réputation au
Japon. Il s'appelait aussi Gouaïyu; son nom de famille était
Hara. Il est mort à Kioto, en 1837, à l'âge de quatre-vingt-
huit ans.

Seïsen est également fort connu. J'ai sous les yeux des bambous sous la neige qui donnent une excellente idée de son talent.

Deux artistes d'une très grande renommée vont maintenant nous
arrêter. Ils sont du petit nombre de ceux dont les noms ont pénétré
en Europe avec le commerce des bibelots : Okio et Sosen.
Ce que l'on a déjà introduit de faux Okio et de faux Sosen
est incalculable. Les originaux de ces maîtres sont facilement reconnaissables pour celui qui en a vu un; mais il
faut se méfier; ils sont rares et chers, même au Japon.

OKIO.

Au point de vue de l'influence de l'enseignement, Okio
peut être comparé à Tanyu et à Sesshiu. Son école est, avec celle de
Goshin, la plus importante du XVIIIe siècle; elle fut même plus
populaire que celle de Goshin. Son nom est au nombre des trois
ou quatre que les Européens épellent dès leur arrivée au Japon.
Son nom de famille était Marouiyama. Il était né en 1732, à Kioto,

où il vécut et où il apprit les rudiments de l'art chez Yioutshio. Il est mort en 1795.

Okio eut deux manières très distinctes. Sa manière la plus ancienne s'inspire directement des vieux maîtres nationaux. C'est elle

ÉTUDE DE LIS, PAR HÔHITZOU.
(D'après une gravure du « Hôhitzou Gouafou ».)

qui a fait la grande réputation dont il jouit encore aujourd'hui. Il a été d'abord décorateur de théâtre. Plus tard, il s'éprit de Namping et de l'école chinoise. Cet engouement se produisit lors d'un grand voyage qu'il fit à travers le Japon et qui répandit la renommée de son nom dans les villes les plus reculées. Il a produit dans l'une et dans l'autre manière, et simultanément, des œuvres remarquables et très nombreuses. Il avait poussé l'étude de la nature plus loin qu'aucun de ses contemporains. Ses motifs préférés étaient les fleurs, les oiseaux et les poissons. Ses paysages étaient aussi d'une grande délicatesse. La peinture d'Okio se distingue généralement par un extrême fini, une précision de miniaturiste. Quelques-unes de ses œuvres nous montrent cependant un Okio souple, large, vivant, et à certains égards, comparable aux grands maîtres de l'esquisse. J'ai des albums gravés d'après ses dessins qui appartiennent à ces deux genres, à ce point différents qu'on douterait qu'ils pussent sortir de la même main. Okio a beaucoup produit, mais ses kakémonos authentiques sont très rares. Il n'y a pas d'artiste dont les œuvres

ÉTUDE DE CHARDONS,
PAR HÔHITZOU.

ÉTUI A PIPE
EN BOIS INCRUSTÉ.
(Collection de M. L. Gonse.)

aient été plus falsifiées et copiées. J'ai vu entre les mains de M. Bing une vue du Fouziyama couvert de neige et se détachant sur un ciel bleu qui était d'une grande distinction. Je possède, entre autres pièces d'Okio, une mésange posée sur des brins d'herbe, qui est ravissante de finesse et d'observation (héliog., Pl. IV), et deux chiens jetés sur le papier en quelques coups de pinceau, d'une

ÉTUDE DE GRUE. — (Fac-similé d'une estampe de Kôhô, école d'Okio.)

32

I.

verve vigoureuse et humoristique. Mais toutes les pièces que j'ai pu
voir sont dépassées par un paravent à deux feuilles représentant
trois grues au repos, de grandeur naturelle, qui appartenait à
M. Wakaï. La noblesse assouplie et la grandeur de style, l'intensité
de vie de ces panneaux, suffisent à justifier l'universelle renommée
d'Okio. Ils appartiennent à la manière large et puissante de l'artiste.

Parmi ses meilleurs élèves il faut citer : Tetsousan (prononcez
Tessan), Itspo, Kiôkô et Tôsan. Ceux-ci ont moins d'élégance et de
charme dans l'invention des motifs que les artistes de l'école de
Goshin, mais plus d'énergie et de liberté dans le dessin. Tetsousan
était d'Osaka. Il étudia d'abord les œuvres de Sosen, qu'il égala
presque pour la peinture des animaux, puis celles d'Okio en venant
se fixer à Kioto. Ses œuvres ont du caractère et de la personnalité.
Je suis parvenu à en réunir quatre dans ma collection. L'une d'elles,
représentant une biche dans une lande de jeunes pins, est d'une
surprenante vérité.

Itspo, de Kioto, est un maître original et charmant. Il a manié
l'encre de Chine avec une souplesse et une rouerie qui l'ont rendu
célèbre. C'est le plus séduisant et le plus habile des impressionnistes de l'école moderne ; il a tiré de l'enseignement
d'Okio une quintessence de maîtrise qui lui assigne une
place à part parmi les peintres du commencement de ce
siècle. Il a obtenu les effets les plus justes et les plus naturels
avec les moyens les plus simplifiés. Son réalisme est celui des
gens comme il faut ; il est assaisonné de sentiment et de poésie.
Avec une demi-douzaine de coups de pinceau, il vous peindra
une grue dormant dans les branches d'un pin, une maison sous
la neige perdue dans la montagne avec sa mince fumée s'évanouis-
sant sur un ciel d'hiver. L'œil n'en demande pas davantage ; l'effet
est absolu.

Sosen est connu chez nous comme peintre de singes. Son nom

Imp. A.Quantin

PETITS OURS DANS LA NEIGE PAR ZAÏTIU
(Fin du XVIIIᵉ Siècle)

TOURTERELLES PAR LENZAN
(Commencement du XIXᵉ Siècle)

KAKÉMONOS DE LA COLLECTION DE M. LOUIS GONSE

veut dire littéralement « sennins des singes »[1]. Il avait pris peu à
peu, dit-on, les manières, les mouvements, presque le physique
des singes qu'il allait étudier pendant des mois entiers dans les
forêts des environs d'Osaka, vivant lui-même de fruits et de racines.
Il est certain qu'il a peint ces quadrumanes avec beaucoup d'esprit et une connaissance incomparable de leurs habitudes et
de leur anatomie. On peut dire qu'aucun artiste ne les a
rendus avec cette intensité de vie. Mais c'est rabaisser
l'immense talent de Sosen que de l'enfermer dans cette
spécialité. Il y a dans la collection de M. Ph. Burty un
poisson lavé à l'encre de Chine, qui est une merveille de dessin
large et résolu; dans celle de M. Bing, deux rats traînant un coquil-
lage, qui sont d'une délicatesse charmante; dans celle de M. Georges
Petit, un daim à l'encre de Chine, d'une vigueur superbe. Je possède une biche broutant des herbes fleuries, d'une nonchalance et
d'une jeunesse de mouvement inimitables, et un tigre d'une souplesse féline et d'une science de dessin qu'aucun artiste de l'Europe
n'a jamais surpassée. Ces œuvres de choix suffisent à classer Sosen
au premier rang des peintres animaliers de tous les temps et de
tous les pays.

Malgré la fécondité du pinceau de Sosen, ses kakémonos authentiques sont rares. Il suffit d'en avoir vu un pour mesurer tout l'abîme
qui sépare un original du vieux maître des copies qui pullulent chez
les marchands européens. Je connais à Paris quatre ou cinq kakémo-

1. Les *sennins* sont des saints bouddhiques, des personnages vénérés et fabuleux que
la superstition populaire place au rang des demi-dieux. Ni leur rôle ni leur caractère ne
semblent bien définis; on leur attribue une influence bienfaisante. Le mot sennin a donc
une signification générale et s'applique à une foule de personnages, dont les légendes
bizarres servent fréquemment de thème à l'invention des artistes depuis les temps les
plus anciens. Il y en a quelques-uns, comme le sennin portant une grenouille sur son
épaule, le sennin monté sur un poisson, le sennin tenant une coupe d'où s'échappe un
dragon dans un nuage de fumée ou une gourde d'où s'échappe un cheval, qui reviennent
à chaque instant dans les représentations de l'art japonais.

nos sur papier indiscutables. M. Bing possède un paravent, représentant des singes jouant dans un paysage rocheux, qui est aussi
dans son genre un chef-d'œuvre. La force du pinceau de Sosen y

SENNIN A LA GRENOUILLE.
(École de Kano, xviiie siècle.)

éclate dans la somptuosité austère des plus beaux tons d'encre de
Chine. La fermeté mordante de l'expression, la hardiesse d'exécution du pelage hirsute de ces animaux, l'énergie sobre du dessin,

y forment un ensemble admirable. Ceux qui estimeraient que Sosen
est le plus grand peintre réaliste du Japon, supérieur comme animalier à Hokousaï lui-même, seraient bien près de la vérité.

Sosen était né à Osaka, en 1747. Mori était son nom de famille;
son nom vulgaire était Morikata et aussi Tshikouga; mais en peinture il fut connu de bonne heure sous celui de Mori Sosen, et, à

GROUPE DE MERLES.
(Dessin de l'école d'Okio.)

la fin de sa vie, sous celui de Sosen tout court. Il étudia à l'école
de Shijo, peintre spécialement connu comme professeur, et, plus
tard, à celle d'Okio. Il a vécu la plus grande partie de sa vie à
Osaka, où il est mort en 1821. Sa réputation est universelle au
Japon. Les Anglais et les Américains recherchent avidement tout ce
qui porte la signature de Sosen.

En dehors des élèves de Goshin et d'Okio, et des artistes de
l'école vulgaire, quatre maîtres de grand talent illustrent la fin du

XVIII⁰ siècle et le commencement du XIX⁰ : ce sont Bountshio, Gankou, Tshikouden et Hôhitzou.

Tani Bountshio, de Yédo, a fréquenté d'abord l'atelier de
Bounleï, puis celui de Kangen ; il a étudié aussi les œuvres de
Sesshiu et de Tanyu. Son style porte à un haut degré l'empreinte
de ses deux maîtres. Il devint le peintre ordinaire du prince Tayasou
Tokougava, le Mécène des artistes japonais à la fin du XVIII⁰ siècle.
Il a dirigé la publication de nombreux livres d'histoire et d'art, et
notamment de l'immense ouvrage *Shiouko-Jisshiu*. Il est mort à
Yédo, en 1841, à l'âge de soixante-dix-huit ans. Un exemple accompli
de son dessin se trouve, à Paris, dans la collection de M. Montefiore. C'est un kakémono à l'encre de Chine, représentant une cascade dans un paysage montagneux, qui fait penser à un décor ro-
mantique comme celui de la fonte des balles dans le *Freyschütz*.
J'en ai fait faire une reproduction héliographique en le joignant au
tigre de Toreï.

Le meilleur élève de Bountshio est Kouasan, artiste et écrivain
de grand talent. Sa manière se distingue par une extrême élégance ;
il est placé par les Japonais au premier rang des artistes modernes.
Ses kakémonos sont particulièrement goûtés des marchands européens. Je possède de lui une série de petites peintures en grisaille,
rehaussées d'or : fleurs, oiseaux et scènes bouddhiques, qui sont
d'une composition savante, d'une exécution minutieuse. J'en publie
deux reproductions.

On peut citer, à la suite de Bountshio, Totsougen d'Owari,
peintre habile qui a créé un genre intermédiaire entre l'école de
Tosa et les écoles de Yédo ; Boumpô, de Kioto, célèbre par ses
petits albums de caricatures, et Hôiyen qui a fait des paysages pleins
d'air, de lumière et de transparence. On peut, sans remonter jusqu'à
Motonobou, Géhami ou Tanyu, renvoyer aux paysages de Hôiyen
ceux qui douteraient encore que les Japonais aient mis en pratique

les lois de la perspective; à ce point de vue ils sont d'une correction irréprochable. M. Bing possède un ravissant dessus de porte qui représente les bords fuyants d'une rivière.

Le célèbre Gankou, de Kaga, est cité avec Tshikouden pour la peinture des fleurs et des oiseaux. Les kakémonos de ces deux artistes se vendent au poids de l'or au Japon. La collection de M. Vial, pharmacien à Paris, montrait avec orgueil un aigle posé sur un rocher au-dessus de la mer, œuvre admirable de Tshikouden. Je désespérais de jamais posséder un Gankou authentique, lorsqu'il y a quelques mois j'ai découvert chez un marchand d'articles modernes qui en ignorait fort heureusement la valeur, un tigre superbe portant sa signature. Je le mets au rang des pièces les plus intéressantes de ma collection. Gankou est mort en 1838 à l'âge de quatre-vingt-dix ans.

岸
駒
GANKOU.

Tshikouden, de Takéda (province de Boungo), est élève d'un peintre nommé Kôteï; il a aussi étudié la manière de Bountshio. Comme ce dernier maître il a manié l'encre de Chine avec décision et hardiesse, suivant les principes de la haute école de Kano. L'aigle de M. Vial serait un chef-d'œuvre dans n'importe quelle réunion de peintures européennes. L'expression de férocité du grand carnassier, qui semble guetter une proie invisible, est rendue avec une énergie saisissante. Il est à regretter que le propriétaire de ce beau morceau en ait coupé la signature en le faisant encadrer à l'européenne. Tshikouden est mort en 1835.

Avec Hôhitzou nous atteignons le summum de ce que l'art japonais a produit dans le sens de la délicatesse du goût, de la noblesse du sentiment poétique, du raffinement de la conception purement japonaise. Hôhitzou est, si je puis dire, le fruit quintessencié du style de Kôrin, relevé par les hautes élégances de l'école de Tosa. Il appartenait aux rangs les plus élevés de l'aristocratie, était fils de Daïmio et frère du prince Sakaï Outano Kami; il succéda à Nishi Ongouanji dans les fonctions de *Daï-sôdzou* (grand chef des prêtres de la religion bouddhique). Sur la fin de sa vie, après de nombreux voyages et un assez long séjour à Kioto, il se retira dans un des faubourgs de Yédo, sa ville natale. Il y termina ses jours dans une retraite austère et indépendante, entouré de l'estime respectueuse de ses concitoyens. Né en 1761, il mourut en 1828. Il avait d'abord étudié à l'école des Kano, ensuite chez Mitsousada, fils de Mitsouyoshi, de Tosa, et chez Nangakou, élève renommé de Goshin fixé à Yédo, enfin il était entré dans l'atelier fondé par Kôrin et dirigé alors par Kano Yousen. Ses œuvres reflètent tout ce que son âme avait de distinction et de poésie; mais si le dessin de Hôhitzou est considéré, au Japon, comme l'expression suprême de la grâce, nos yeux européens ont, comme pour celui de Kôrin, quelque peine à s'y faire. Cette simplicité expéditive et un peu fruste, qui est un régal pour des yeux japonais, est faite pour nous dérouter, car rien n'est plus opposé à nos habitudes et à nos conventions.

Shiokouado, Kôrin et Hôhitzou sont les plus exquis des impressionnistes. A ce point de vue, ils ont de quoi mettre dans la joie nos chercheurs de nouveautés. Mais c'est l'impressionnisme d'exécutants rompus à toutes les difficultés et dont la justesse d'ob-

PORTE-PINCEAU
EN BAMBOU AJOURÉ.

Hélio. Dujardin

Imp. A. Quantin

PAYSAGE, PAR BOUNTSHIO   TIGRE, PAR TOREÏ
(Fin du XVIIIᵉ Siècle)   (Fin du XVIIIᵉ Siècle)

KAKEMONOS DE LA COLLECTION DE M.E.L.MONTEFIORE

servation, en contact permanent avec la nature, n'est jamais en
défaut. Hôhitzou est de plus un
coloriste d'une sensualité déli-
cieuse ; ses tons passés, ses
nuances assoupies, vous pénè-
trent d'un charme voluptueux.
A côté de l'éclat fugitif et léger
d'une aquarelle de Hôhitzou,
tout paraît lourd et vulgaire.
J'ajouterai que ses motifs sont
marqués au coin de la plus extrême originalité; leur caractère
est reconnaissable du premier
coup au milieu de l'infinie variété des productions de l'art japonais du commencement de ce
siècle. Les peintures de Hôhitzou

ÉTUDE DE BAMBOUS.
(Gravure du « Jiki Hiho ».)

sont conservées au Japon avec un soin jaloux. Le seul morceau de
ce grand maître que je puisse citer, portant un
cachet et une signature authentiques, m'est
venu entre les mains, par hasard, et se trouvait
dans un recueil d'aquarelles (fleurs et
oiseaux). Il représente un rouge-gorge
campé à terre, les pattes écartées, le
bec en l'air, et poussant de petits cris
d'effroi sous la chute des feuilles rouges du momidji[1]. C'est
une merveille de sentiment, d'invention et de couleur; l'exécution
est d'une fraîcheur sans égale. Je ne connais vraiment aucun artiste

GRENOUILLE, PAR HOKKEI.

抱
一
HÔHITZOU.

---

1. Les feuilles du momidji, lancéolées comme celles de l'érable, rougissent à l'automne et prennent un beau ton de pourpre au moment de leur chute. Elles sont, je l'ai
déjà dit, une des plus originales et des plus charmantes parures du paysage japonais.

européen qui puisse donner un effet aussi complet avec si peu de
chose.

C'est à Hôhitzou que l'on doit la réunion et la publication des
œuvres de Kôrin pour le décor des laques. Il en surveilla lui-même
l'impression. Les dix-sept volumes de notes, croquis et dessins de
laqueurs, recueillis par Yoyousaï et possédés aujourd'hui par
M. Haviland, proviennent en partie de son atelier. Cette merveilleuse collection, rapportée du Japon, en 1873, renferme plusieurs
milliers de dessins du plus haut intérêt. Beaucoup sont des copies
d'après Kôrin; un certain nombre, études pour décors de peignes,
de boîtes et d'éventails, portent la signature de Hôhitzou lui-même.
Il y en a qui sont d'une incomparable délicatesse d'exécution et
qui appartiennent à l'art le plus raffiné. Grâce à la libéralité de
M. Haviland, j'ai pu reproduire ici quelques-uns de ces dessins.

Les albums gravés de ce maître comptent parmi les produits
les plus parfaits et les plus rares aujourd'hui de la xylographie
japonaise; ses impressions en couleurs sont l'idéal du genre. J'y
reviendrai au chapitre des livres illustrés. Je citerai seulement les
deux volumes intitulés : *Hôhitzou shonin shinséki kagami* (Miroir
des meilleures peintures de Hôhitzou).

VIII

L'ÉCOLE VULGAIRE A LA FIN
DU XVIIIᵉ SIÈCLE.
LES PRÉCURSEURS D'HOKOUSAI.

ESQUISSE DE KEISAÏ-KITAO.
(Tirée d'« Un coup de balai »,
3 vol. Yédo.)

DEPUIS Mataheï et son successeur Hishi-kava Moronobou, j'ai laissé de côté l'école vulgaire. Il est temps d'y revenir avant d'atteindre Hokousaï. Ce genre de dessin va prendre au Japon, à partir de la fin du XVIIIᵉ siècle, une place prépondérante. Il est la dernière incarnation du génie japonais. A lui seul il nous en apprend plus, sur les mœurs, la vie publique ou intime de la nation, que tous les récits des voyageurs. Si les Japonais de bonne compagnie le méprisent encore aujourd'hui en raison de son origine populaire, pour nous, Européens, il a un attrait tout particulier. Il n'a besoin ni d'initiation ni de commentaires; il est humain, il parle de lui-même.

Presque tous les représentants de cet art sont sortis des rangs du peuple. Jusqu'à Mataheï, au contraire, ce fut une très rare exception qu'un peintre n'appartînt pas par sa naissance à la classe noble.

COSTUME DE FEMME NOBLE.

(D'après une gravure en couleurs des « Cent poètes célèbres », de Shiountshio.)

Au commencement du XVIIIᵉ siècle, trois artistes ont cultivé avec succès le genre vulgaire : Nagaharou, Torii Kiyonobou, tous deux de Yédo, et Soukénobou, de Kioto.

Nagaharou a, le premier, dessiné pour la gravure des figures d'acteurs et des scènes de théâtre, genre qui est devenu si fort à la mode à la fin du XVIIIᵉ siècle; si j'en juge par les très rares spécimens gravés en noir qui me sont tombés sous les yeux, son dessin était plein d'énergie et de noblesse.

Soukénobou, de la famille Hihiskava, étudia d'abord à l'école de Yeïno Kano. Il s'est surtout rendu célèbre par la peinture des sujets obscènes. Je n'ai vu de lui qu'un seul kakémono, appartenant à M. Wakaï et représentant une courtisane du Yoshivara[1]. Il vivait encore en 1715.

Mais cet art ne fut véritablement mis en vogue dans la classe

1. Quartier des maisons de thé à Yédo.

JEUNE FEMME EN COSTUME D'HIVER.

(D'après une gravure en couleurs de l'école vulgaire. — Commencement du XIXᵉ siècle.)

bourgeoise et parmi le peuple, que sous l'influence de Miagava
Tshioshioun et de Miagava Shiounsoui, fils de Nagaharou. Ce
dernier prit plus tard le nom de Katsoukava qui devint celui de
son école. L'école de Katsoukava, qui a produit un grand nombre
de dessinateurs très habiles et deux ou trois artistes de premier
rang, sans compter Hokousaï, représente, dans le genre vulgaire,
deux spécialités bien japonaises : les scènes de théâtre et les acteurs,
d'une part; la vie et les occupations des femmes, de l'autre. Shiounsoui, le fondateur de cette école, a travaillé presque exclusivement
pour la gravure, c'est-à-dire pour les livres d'images. Tous ces
recueils d'estampes en couleurs, qui font aujourd'hui encore les
délices des maisons de thé, toutes ces grandes figures d'acteurs
aux gestes violents, au visage immobilisé dans le rictus grimaçant
du masque, aux costumes flamboyants et superbes, sortent, à
l'état d'origine, de l'atelier de Katsoukava, qui en eut, pendant
un certain temps, le monopole. Sobres aux débuts, nuancés seulement de deux ou trois tons sévères, — rouges feu, verts passés,
bruns fauves, noirs éteints, — ces figures et ces compositions théâtrales ont suivi la loi commune, elles se sont peu à peu enrichies
de toutes les ressources de la gamme et en sont venues à l'outrance la plus extrême de la couleur et du mouvement.

Je m'étendrai plus longuement sur cette matière au chapitre
des livres et des albums illustrés. Les kakémonos de l'école de Miagava sont fort rares et aujourd'hui très recherchés au Japon : ils
représentent généralement des femmes du peuple ou des courtisanes.

Shiounsoui, connu aussi sous le nom populaire de Toshiro, a
dû mourir vers 1760. Il eut de nombreux élèves et des imitateurs
plus nombreux encore. Parmi les premiers, le plus célèbre est
Shiountshio, la gloire de l'école de Katsoukava et l'un des plus
grands artistes du Japon. Il a quelquefois signé de deux autres
noms de peintre : Kiokou-Riosaï et Youji. Son nom populaire était

COQ SUR UN TAMBOUR, PAR SHIN-SEÏ

Fac-similé d'une gravure en couleurs de la collection de M. Louis Gonse

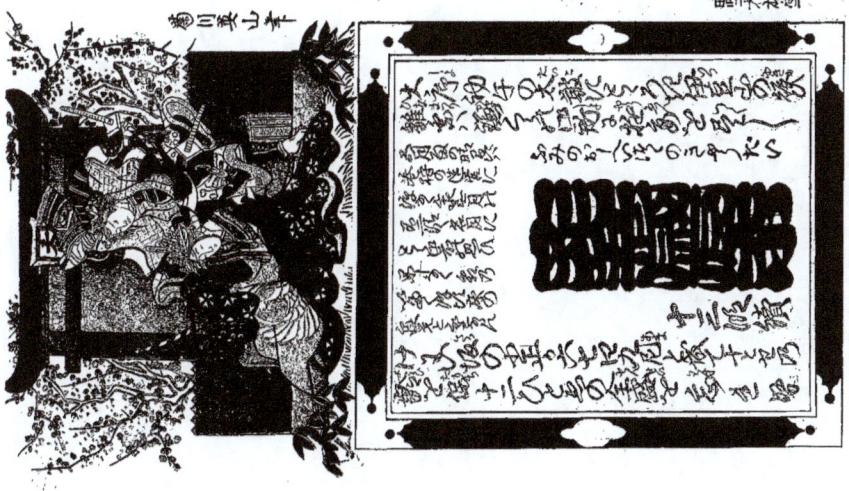

AFFICHE DE THÉÂTRE, PAR YEÏ-SAN (1802)

Fac-similé d'une gravure en couleurs de la collection de M. Louis Gonse

Yousouké. Dessinateur de première force, coloriste puissant, il a élargi le style de l'image au point de l'élever jusqu'au niveau du plus grand art. Ses albums de femmes, ses figures d'acteurs sont d'une élégance de dessin incomparable; il allie la vigueur de Shiounsoui à la plus précieuse délicatesse. Il trouve, sans effort, des attitudes, des gestes, d'une robustesse et d'une ampleur superbes, des colorations d'une intensité sourde et riche dont ses successeurs ont perdu le secret. Pour moi, rien ne m'enchante, rien ne m'enivre comme les planches

ÉTUDE DE RAVE.
(D'après un Traité de botanique.)

en couleurs de Shiountshio; rien ne vaut, à mes yeux, cette simplicité tout imprégnée de vie et d'accent. Ses deux chefs-d'œuvre : *le Miroir des beautés de la maison verte,* en 3 volumes (1776), et les *Cent poètes célèbres,* en 1 volume (1774), tous deux ornés de gravures en couleurs, sont peut-être les plus beaux livres illustrés que le Japon ait produits. Je ne connais pas de peintures de Shiountshio; elles

SHIOUNTSHIO.

sont de la plus excessive rareté.

Une brillante pléiade entourait ce maître. Parmi les peintres de l'école vulgaire qui furent ses contemporains, il en est deux

qui balancèrent sa réputation et égalèrent son talent, sinon au
point de vue de la grandeur du style, du moins à celui du charme
de la couleur, de la grâce et de l'élégance du dessin : ce sont Eïshi

POÉTESSE.
(D'après une gravure des « Poètes satiriques », de Hokkeï.)

et Toyoharou. Ce dernier,
élève de Toyoshiro, fonda la
branche de l'école vulgaire
dite d'Outagava. Il est particulièrement apprécié des Japonais. Si j'en juge par une
série de douze peintures sur
soie, représentant des inté-
rieurs de théâtres et de maisons de thé, Toyoharou n'aurait pas de rival, dans l'école
vulgaire, pour faire vivre et
grouper de nombreuses figures, pour composer une
scène et nous y intéresser par
mille détails d'observation.

Ces douze merveilleuses miniatures, d'une finesse d'exécution extraordinaire, d'une richesse de coloris à faire pâlir nos beaux manuscrits, peuvent être comptées au nombre des plus précieux trésors de l'art japonais qui soient venus en
Europe. Je les tiens de M. Wakaï. Malgré la quantité
de personnages que l'artiste y a fait mouvoir (j'ai
compté plus de sept cents figures de dix à quinze
centimètres de haut), elles sont d'une clarté et d'une
unité irréprochables. Le mélange hardi des rouges
puissants, des verts chauds, des violets les plus suaves y produisent
des effets de couleur d'une rare intensité.

De Shiountshio et de Toyoharou sont sortis tous les grands

PIED DE MAÏS ET INSECTES, PAR OUTAMARO.

(D'après un album en couleurs, « Fleurs et insectes », imprimé à Yédo en 1788.)

artistes du commencement de ce siècle, qui ont fait briller d'un si vif éclat l'art populaire.

L'atelier de Shiountshio a vu naître Shiounman, Shiounyeï, Shiounseï, Outamaro, Teisaï, Hokousaï, Kyoden, Gakouteï; celui de Toyoharou a été illustré par le grand Tayokouni et par Hiroskighé. Nous retrouverons tous ces artistes en parlant de la gravure en couleurs; c'est par elle que leur talent s'est popularisé au Japon, c'est par elle que leur renommée a pénétré en Europe.

Shiounman (on prononce aussi par contraction Shinman), Teisaï, Outamaro et Tayokouni sont, avant tout, d'admirables peintres. S'ils ont travaillé pour l'illustration des livres, ils n'ont pas gravé eux-mêmes. L'école vulgaire, s'adressant à la classe moyenne, avait été amenée à prendre un moyen de diffusion rapide et peu coûteux. Leurs dessins et peintures, mis entre les mains des graveurs, ont, pour la plupart, disparu.

Teisaï est un des plus délicieux coloristes de l'école vulgaire. Ses peintures, pour rares qu'elles soient, ne sont cependant pas introuvables. Je possède de lui deux kakémonos représentant, l'un, deux courtisanes se chauffant autour d'un brasero; l'autre, deux femmes du peuple ramassant des fagots dans la montagne. Les visages ont l'allongement maniéré, au goût de l'époque; ils ont un peu trop l'aspect blafard et immobile des masques de théâtre; Teisaï a été un des premiers à mettre à la mode un certain type de femme dont l'exagération voulue est faite pour nous choquer. Mais la grâce originale des mouvements, la recherche sublimée des tons les plus rares, le rendu soyeux et vibrant des étoffes, tout ce qui est exécution et couleur est chez lui de qualité exquise. Il y a, dans ces deux kakémonos, des robes qui donnent l'illusion d'un tissu véritable. Teisaï devint, sur le tard, élève de Hokousaï et prit le nom de Hokouba. J'ai réuni, dans une des planches en couleurs reproduisant des gravures de sourimo-

SANSONNETS SUR LE SOLEIL COUCHANT, PAR SHINMAN (1815)

Gravure en couleurs de la collection de M. Henri Cernuschi

nos[1], deux spécimens caractéristiques de sa manière, l'un portant la signature de Teisaï (Manzaï souhaitant la nouvelle année); l'autre, celle de Hokouba (Oreiller japonais).

Toyokouni l'ancien est un merveilleux peintre d'acteurs et de scènes de théâtre; j'estime qu'il est le plus fécond, le plus varié, le plus expressif, le plus vigoureux qu'ait produit l'art japonais.

Toyokouni, connu aussi sous l'autre nom de peintre d'Itiyosaï, était fils d'Ashikoura Gorobé. Son nom populaire était Koumahatshi. Il commença par fabriquer des poupées pour les enfants et déploya, dans cette première profession, un talent qui

POÈTE JOUANT DU GOTO.
(D'après une gravure de Hokkeï.)

est resté célèbre au Japon. Elles étaient recherchées comme des œuvres d'art. Doué des plus heureuses dispositions pour le dessin, Toyokouni étudia bientôt chez Toyoharou Outagava. Il signa luimême Outagava Toyokouni, et son école prit le nom d'école d'Outagava, branche des plus importantes du style vulgaire. Ses figures d'acteurs ou d'actrices sont extrêmement caractérisées; elles se reconnaissent entre toutes. Toyokouni a porté plus loin que personne la force de la mimique théâtrale; son œuvre

TOYOKOUNI

1. Voir, pour l'explication du mot sourimono, le chapitre de la gravure.

immense est, si je puis dire, une encyclopédie du geste. Ses kakémonos sont de la plus excessive rareté; j'en ai acquis un de M. Wakaï
représentant une femme et son enfant au bord de la mer, que les Japonais considèrent comme unique en Europe, et une petite aquarelle du
coloris le plus chaud et le plus brillant. Il habita toute sa vie le quartier de Shiba, à Yédo, et mourut le 7 janvier 1825, à l'âge de cinquante-
sept ans.

Outamaro Kitàgava — connu sous le nom populaire de Yousouké, comme Shiountshio — et Shiounman étaient également de
Yédo. Ce sont les deux maîtres les plus distingués et les
plus gracieux de l'école vulgaire. Les femmes d'Outamaro
ont la morbidesse allongée et voluptueuse des figures de
notre école de Fontainebleau; ses compositions ont une sorte
d'harmonie rythmée. L'un et l'autre ont été aussi de merveilleux peintres de fleurs et d'oiseaux; ils n'ont point fait de scènes
de théâtre, mais ils excellaient dans les peintures des mœurs féminines. Outamaro avait d'abord étudié chez Toriyama Meïyen, de
Kano, avant de s'adonner au genre vulgaire; il n'a plus guère produit après 1800. Shiounman avait étudié chez Highémasa, puis chez
Shiountshio; il peignait de la main gauche. Il est mort comme Outamaro, au commencement du siècle.

IX

HOKOUSAÏ.

QUANT à Hokousaï, il est un des plus grands peintres de sa nation ; à notre point de vue européen il en est même le plus grand, le plus génial. Si l'on considère en lui les dons généraux, les qualités techniques qui font les maîtres, sans distinction de temps ni de pays, il peut être placé à côté des artistes les plus éminents de notre race. Il a la force, la variété, l'imprévu du coup de pinceau, il a l'originalité et l'humour, la fécondité, la verve et l'élégance de l'invention, un goût suprême dans le dessin, la mémoire et l'éducation de l'œil poussés à un point unique, une adresse de main prodigieuse. Son œuvre est immense, d'une immensité qui effraye l'imagination, et résume, dans une unité d'aspect incomparable, dans une réalité intense, nerveuse, saisissante, les mœurs, la vie, la nature. C'est une encyclopédie du monde extérieur, c'est la comédie humaine du Japon. Hokousaï appartient à l'école vulgaire, mais il s'élève bien au-dessus d'elle par l'envergure du style, par la profondeur du sentiment et la puissance comique. Il est à la fois le Rembrandt, le Callot, le Goya et le Daumier du Japon.

Le nom de Hokousaï est le premier nom d'artiste japonais qui ait traversé les mers; il deviendra sous peu célèbre dans les deux hémisphères, il l'est déjà. Tous ceux qui s'occupent d'art de près ou de loin seront bientôt familiarisés avec sa consonance exotique. Un talent si complet et si original doit appartenir à l'humanité.

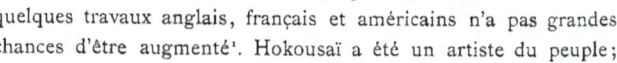

C'est, du reste, vers lui que se sont portées mes premières recherches. Le nombre restreint de renseignements qu'il m'a été possible de recueillir sur sa vie et d'ajouter à ceux déjà publiés dans quelques travaux anglais, français et américains n'a pas grandes chances d'être augmenté[1]. Hokousaï a été un artiste du peuple;

1. Les travaux publiés sur Hokousaï se réduisent actuellement à une courte notice publiée par M. Dickins en tête de sa traduction des *Cent vues du Fouziyama* (Fougakou Hiyakoukeï, by Hokousaï. London, Batsford, 1880); à quelques lignes publiées par M. Reed dans son *Japan* (t. II, p. 87 et 88), d'après les notes du docteur Anderson; à un petit article relatif aux derniers temps du maître, publié récemment par une revue américaine (*The Art Review*) sous la signature M. Edward S. Morse, professeur à l'Université de Boston; et enfin à une étude beaucoup plus étendue de notre ami, M. Théodore Duret, sur les Livres illustrés et les Albums japonais, insérée dans la *Gazette des Beaux-Arts* (t. XXVI, 3e période, p. 120 à 131). Ces trois sources de renseignements contiennent un certain nombre d'erreurs qu'il m'est possible de rectifier; j'y ajoute les renseignements que j'ai puisés soit dans l'ouvrage de M. Wakaï, soit dans les préfaces des livres mêmes illustrés par Hokousaï. Quant à la note de M. Bergerat, publiée en 1878 et reproduite en substance par M. de Goncourt dans sa *Maison d'un*

MAN-ZAÏ SOUHAITANT LA BONNE ANNÉE A LA PORTE D'UNE MAISON PRINCIÈRE
PAR Teï-Saï

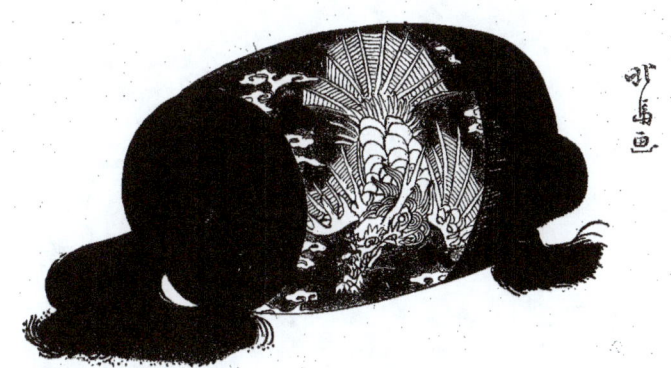

Grav. imp. par Gillot.

OREILLER JAPONAIS, PAR HOKOU-BA

collection de M. Louis Gonse

il est mort ignoré ou même méprisé de la classe noble. Les Japonais n'ont commencé à s'occuper de sa personne que lorsqu'ils
ont vu les Européens rechercher ses œuvres avec tant d'ardeur[1].
La vogue énorme de son talent a été une vogue exclusivement
populaire, il est essentiel de ne pas l'oublier. La foule de ses

DANSEURS JAPONAIS, PAR HOKOUSAÏ
(D'après une gravure en couleurs antérieure à 1790.)

admirateurs se recrutait surtout parmi les marchands, les artisans, les filles et les habitués des maisons de thé de Yédo. Sa
renommée s'étendait dans la province d'Owari, où le maître a
publié une grande partie de ses ouvrages, et jusqu'à Osaka; mais
elle ne dépassait guère cette limite extrême. Son influence, nulle sur

artiste, elle n'est qu'un tissu de renseignements erronés fournis par un Japonais
ignorant.

1. « Pour juger Hokousaï, dit M. Duret, nous avons ses œuvres, aujourd'hui nombreuses en Europe; mais si, en dehors de cela, nous cherchons à connaître l'homme
lui-même et voulons arriver à une biographie, nous ne trouvons que de très maigres
documents. Et nous ne pouvons guère attendre du Japon de renseignements complé-
mentaires, car Hokousaï ne paraît pas avoir suffisamment intéressé ses contemporains
pour qu'ils prissent souci de recueillir les détails de sa vie. »

les hautes écoles d'art de Kioto et sur les goûts de l'aristocratie,

a été décisive sur l'école vulgaire et plus décisive encore sur ce que l'on pourrait appeler les arts secondaires : imagerie en couleurs, sculptures des netzkés, décoration des objets usuels. Et cette influence a puisé une nouvelle force dans l'engoue-ment des étrangers pour le style d'Ho-kousaï. Aujourd'hui tout le Japon en procède plus ou moins directement. Hokousaï marque la dernière étape de l'art national sans mélange exté-rieur.

FEMME DU YOSHIVARA, PAR HOKOUSAÏ.
(D'après une gravure en couleurs
antérieure à 1790.)

« Il ne faut pas croire, dit fort justement M. Duret dans l'étude pré-citée, que Hokousaï soit apparu au Japon comme un rénovateur venant ouvrir des voies nou-velles et qu'il ait été salué de toutes parts comme un grand maî-tre. Il n'en a été abso-lument rien. Hokousaï

a travaillé pour vivre et a suivi tout simplement son bonhomme de chemin. Homme du peuple, au début sorte d'artiste industriel, s'adonnant à reproduire les types et les scènes de la vie populaire,

il a occupé vis-à-vis des artistes, ses contemporains, cultivant le
« grand art », une position inférieure, analogue à celle des Lenain
vis-à-vis des Lebrun et des Mignard, ou des Daumier et des Ga-
varni en face des lauréats de l'école de Rome. Si, à la fin de sa
vie, il s'est trouvé avoir rallié de nombreux élèves, influencé un

LE POÈTE A LA CAMPAGNE, PAR HOKOUSAÏ.

(Gravure tirée d'un album de 1770.)

grand nombre d'artistes, conquis un cercle d'admirateurs, son
action est cependant restée limitée à la sphère des gens du peuple
et des bourgeois et ne s'est point étendue aux classes aristocra-
tiques et au monde de la cour. C'est seulement depuis que le juge-
ment des Européens l'a placé en tête des artistes de sa nation, que
les Japonais ont universellement reconnu en lui un de leurs grands
hommes. »

I.   35

Hokousaï[1] est né en 1760, dans le Honjo (district de Katsou-shika), un paisible quartier de Yédo, plein de jardins et de fleurs, à l'est et de l'autre côté de la rivière de Soumida. Dans son enfance il s'appelait Tokitaro Katsoushika. Son père, Nagashima Icé Katsou-shika, était fournisseur de miroirs en métal de la maison du Taï-koun.

Son premier maître de peinture fut Shiountshio, — et non Shiounsoui, comme l'ont imprimé les auteurs anglais, — dont il suivit les leçons avec application, mais sans manifester tout d'abord d'aptitudes exceptionnelles. C'est par lui qu'il se rattache à l'école vulgaire; de là son premier nom d'artiste Shiounrô. Il étudia ensuite la manière de divers grands maîtres anciens, notamment celle de Sesshiu, de Tanyu et de Sanlakou, et surtout celle de Itshio, avec lequel il a la plus étroite parenté. Du mélange de ces deux enseignements est sorti le style de son âge mûr. Jusque vers 1790 il reste élève et imitateur de Shiountshio; on retrouve dans les œuvres de ce grand maître tous les signes distinctifs du talent de Hokousaï à cette époque.

Lorsque sa réputation commença à grandir, Hokousaï se mit à déménager presque tous les mois pour fuir les impor-tuns. De même il changea de nom à maintes reprises. Comme élève de Shiountshio il s'appelait Shiounrô. Il prit successive-ment les noms de Sôri, Tokimasa, Sesshin, Hokousaï-Sôri et Hokousaï tout court, qu'il a gardé presque toute sa vie, puis vers 1820, Taïto, Manrôdjin (c'est-à-dire le caractère *Man* 卍)[2], Katsoushikaouo (le vieillard de Katsoushika), Iitsou, Taméïtshi ou Tamékadzou (trois prononciations des mêmes carac-

1. Il faut écrire Hokousaï, mais l'on doit dire Hoksaï pour se rapprocher de la pro-nonciation japonaise, en donnant à l'*h* un son guttural.
2. Ancien signe symbolique en usage chez les bouddhistes de l'Asie et du Thibet; il exprime le néant, l'humilité et, par extension, veut dire bête.

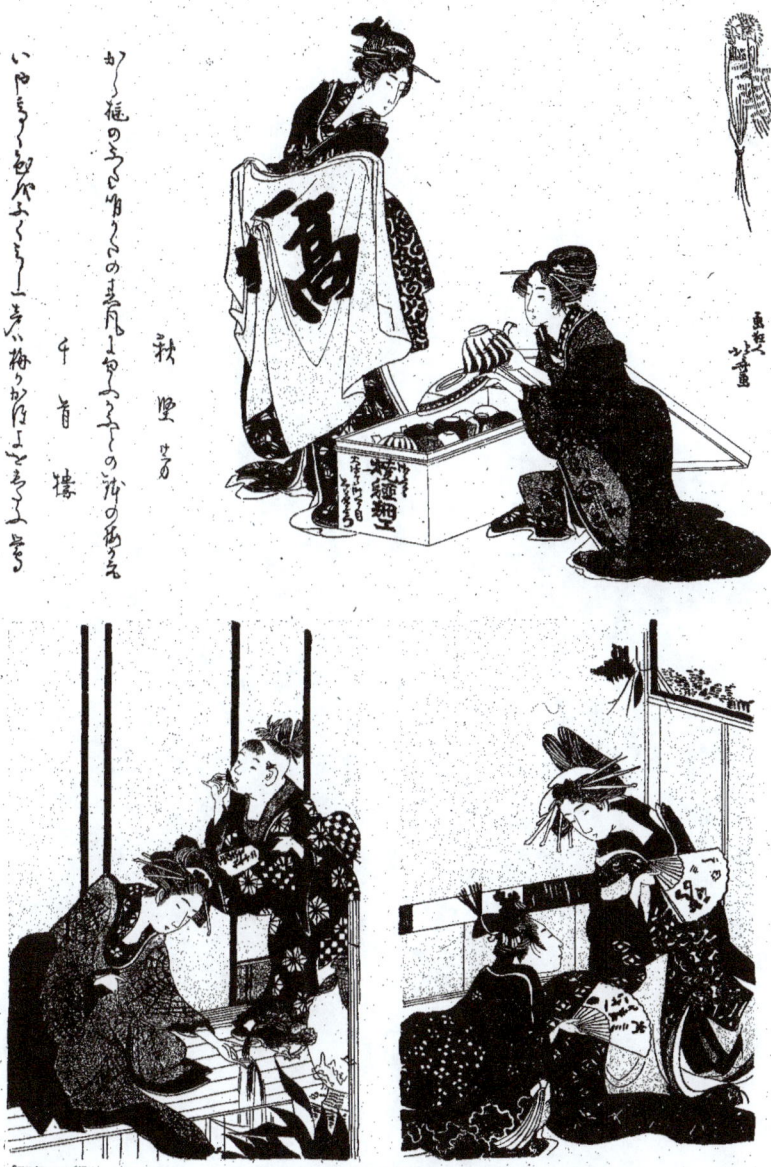

Grav. imp. par Gillot.

MARCHANDE DE PORCELAINES

FEMME SE LAVANT LES MAINS A UNE FONTAINE, MOUSME ET SA SUIVANTE

PAR HOKOU-SAÏ

Fac-similés de trois gravures en couleurs imprimées en 1802, de la collection de M. Louis Gonse

tères). Sur la fin il ajoutait volontiers à son nom l'épithète *gouakiyo* (le fou de dessin). Il habita tour à tour Nagoya, capitale de la province d'Owari, et Yédo; il a été jusqu'à Kioto et à Osaka, mais n'y a pas séjourné.

« On comprend, remarque M. Duret, quelle source de difficultés, pour ceux qui cherchent à grouper les œuvres d'un artiste, est un

NOMS DIVERS PRIS PAR HOKOUSAÏ

aussi fréquent changement de nom accompagné de changements de signature. Ce qui ajoute encore aux difficultés, c'est qu'un grand nombre de ses élèves ont adopté une partie de son nom, sans doute comme titre d'honneur, pour se désigner eux-mêmes et signer leurs œuvres. » Le mot Hokousaï veut dire « génie du Nord ». Il se figure à l'aide de deux caractères chinois, *Hokou-saï*. La plupart des élèves de Hokousaï ont pris le caractère *Hokou* comme générateur de leur nom en y ajoutant une ou deux syllabes. C'est de cette façon qu'on a eu Hokouba, Hokouméï, etc.

Les différents noms pris, laissés et repris par Hokousaï, et les
différentes manières de les écrire ont fait tomber les japonisants
dans toutes sortes de méprises. « C'est ainsi, ajoute M. Duret, que
M. Dickins, ignorant que l'artiste eût pris d'autres surnoms dans
sa vieillesse, traduit *sen Hokousaï*, qu'il trouve dans une préface
de 1834, par « the late Hokousaï », le défunt Hokousaï, et le fait
en conséquence mourir à soixante-quatorze ans. Or il existe un grand
nombre d'œuvres de l'artiste postérieures à la date où M. Dickins
le déclare mort. *Sen Hokousaï* veut dire simplement et littéralement ex-Hokousaï, celui qui s'appelait dernièrement Hokousaï et

ISSAÏ.　　HOKOUJIU.　　HOKOUOUN.　　HOKKEÏ.　　HOKOUGA.　　TEISAÏ.　　HOKOUBA.

NOMS ET SIGNATURES DES PRINCIPAUX ÉLÈVES DE HOKOUSAÏ.

qui porte maintenant un autre nom. » Mais c'est surtout l'appro-
priation que plusieurs des élèves du maître ont faite du premier
caractère de son nom, Hokou, qui a été la principale source
de confusion. Je puis donner aujourd'hui, grâce aux recherches que j'ai poursuivies avec le concours de M. Hayashi,
la forme exacte en écriture sinico-japonaise, non seulement
des différents noms de Hokousaï mais encore des noms de
ses élèves les plus connus : Issaï, Hokoujiu, Hokououn,
Hokkeï, Hokouga et Teisaï-Hokouba. J'ajoute à la liste des
noms de Hokousaï celui de Taïgakou accompagné du caractère *Man*
que j'ai relevé sur deux planches en couleurs (collection Duret) de
l'extrême fin de la vie du maître.

Hokousaï eut une fille qui l'aida avec talent dans ses travaux et
épousa un des élèves de son père, Bokousen, qui était devenu son fils

GUERRIER JAPONAIS, PAR HOKOUSAÏ.

(Fac-similé d'une gravure publiée dans l' « Art Review », d'après un kakémono
appartenant à M. Morse, de Boston.)

adoptif et qui pourrait bien n'être autre que Hokkeï lui-même. Il
eut d'elle un petit-fils qui se montra très ingrat envers lui et dont
les obsessions furent pour beaucoup dans ses nombreux déména-
gements.

Hokousaï est mort le 13 avril 1849, à l'âge de quatre-vingt-dix
ans. On l'a enterré au temple bouddhique de Saïkiodji, situé dans la
rue Hatshikenji-Tshio, du quartier d'Assaksa, à Yédo. Son tombeau,
gardé aujourd'hui avec un soin pieux, porte une inscription où sont
consignés la date de sa mort et son nom religieux : *Nanshiôyen
ghenyo Hokousaï shinji* (Nanshiôyen, le glorieux et honnête cheva-
lier Hokousaï).

A ces renseignements puisés à des sources authentiques je puis
ajouter une lettre de Hokousaï que M. Morse a publiée dans l'*Art
Review*. Il la tenait d'un vieux Japonais qui dans sa jeunesse avait eu
quelques rapports avec Hokousaï lui-même. Quand il sentit la mort
approcher, Hokousaï écrivit à son ami Takaghi la lettre charmante
que voici :

« Le roi Ema[1] est bien vieux et s'apprête à se retirer des affaires.
Il s'est fait construire dans ce but une jolie petite maison à la campagne et il me demande d'aller lui peindre un kakémono. Je suis
donc obligé de partir dans quelques jours, et, quand je partirai, je
prendrai mes dessins avec moi. J'irai louer un appartement au coin
de la rue d'Enfer où je serai heureux de vous recevoir quand vous
aurez occasion de passer par là.

　　　　　　　　　　　　　　　　　　　　« HOKOUSAÏ. »

Hokousaï est resté pauvre toute sa vie; son infatigable production pour les éditeurs de Nagoya et de Yédo ne l'a pas enrichi. Ses
peintures se vendaient un prix médiocre; il avait le tort d'appartenir à
l'école réaliste et de peindre la vie moderne. S'il fût sorti de Kano ou

1. Ema, roi des enfers, sorte de Pluton japonais.

de Tosa, nul doute qu'il n'eût occupé un rang supérieur à celui d'un
Goshin, d'un Okio ou d'un Bountshio. Jusque vers 1800 il vécut
dans une obscurité re-
lative ; plus tard même,
au moment de sa plus
grande vogue, il ignora
l'art de battre monnaie
avec son talent. C'était
un signe de peu de
goût que d'accrocher
un kakémono de Ho-
kousaï dans son inté-
rieur ; ses esquisses
passèrent entre les
mains de quelques ar-
tistes qui s'en servirent
comme modèles, sans
se préoccuper d'en as-
surer la conservation.
A vrai dire, ses œuvres
de peinture propre-
ment dites ont tou-
jours été très rares ;
comme tous les maî-

POISSON NAGEANT.

(D'après une gravure des « Poésies de Tô », illustrées par Hokousaï.)

tres de l'école vulgaire, il dessinait et peignait surtout pour la
gravure, sur de minces feuilles de papier destinées à être collées
sur le bois et par suite à être détruites par l'outil du graveur.
Aujourd'hui une peinture de Hokousaï est le merle blanc de la
curiosité aussi bien en Europe qu'au Japon.

En somme, les seules pièces authentiques dues au pinceau du
maître dont je puisse constater l'existence se réduisent aux suivantes :

BLANCHISSEUSE AU BORD D'UNE RIVIÈRE,
PAR HOKOUSAÏ.
(Kakémono appartenant à M. Louis Gonse.)

Un kakémono peint par Hokousaï à l'âge de quatre-vingt-six ans et acquis d'un des derniers élèves du maître, par M. Morse, de Boston, l'auteur de l'article précité de l'*Art Review;* ce kakémono, si l'on s'en rapporte aux propres expressions de l'auteur, serait « extrêmement riche et puissant de couleurs, d'une harmonie exquise dans les rouges, les verts et les gris ». C'est une figure de guerrier, dans un paysage montagneux, haute de dix-sept pouces et demi. Je donne ici un fac-similé de la signature, l'une des dernières employées par Hokousaï. Au même amateur appartient une feuille de petits croquis à l'encre de Chine, exécutés par Hokousaï pour le même élève. Une reproduction du kakémono, gravée sur bois, accompagne l'article de l'*Art Review.*

FAC-SIMILÉ
DE LA SIGNATURE
DE HOKOUSAÏ.
(D'après un kakémono
appartenant à M. Morse.)

Deux kakémonos peu saillants et cinq dessins au trait entrés avec la collection du docteur Anderson au British Museum.

Dans la collection de kakémonos formée par Siebold et aujourd'hui conservée au Musée ethnographique de Leyde, deux ou trois kakémonos non signés qui, sans être positivement de Hokousaï, sont dignes de lui être attribués. Ce sont des figures de femmes d'une exécution soutenue, sage et délicate[1], d'une couleur superbe, dans des encadrements de soie qui sont du goût le plus rare et le plus exquis. Je dois remarquer, à ce propos, que les kakémonos de l'école vulgaire sont généralement encadrés avec un luxe et une élégance tout particuliers; les soies employées sont en rapport avec les exigences voluptueuses des maisons de thé auxquelles ces peintures étaient le plus souvent destinées. Je puis

ÉTUDE POUR L'ENSEIGNEMENT DU DESSIN.
(Croquis de Hokousaï appartenant à M. Morse.)

citer comme des chefs-d'œuvre du genre les encadrements de l'un de mes Teisaï et ceux des trois kakémonos de Leyde. L'un de ces kakémonos représente une figure de courtisane traversant un pont, vêtue d'une robe semée de marguerites et d'un manteau noir à plumes de paon; l'autre, une courtisane sous son parasol recevant des flocons de neige; l'encadrement de soie est broché de tiges de bambous blanches sur un fond bleu de fer zébré; dans le troisième, on voit un charmant paysage, les bords d'un canal pendant l'hiver, et de jeunes femmes s'embarquant par un temps de neige sur un bac.

Croquis de Hokousaï appartenant à M. Morse.

1. Des divers renseignements que j'ai pu obtenir il résulte d'une manière générale que Hokousaï a exécuté ses kakémonos très soigneusement, avec un mélange d'aquarelle et de gouache. Il semble n'en avoir fait qu'un petit nombre et pour ses amis.

Au Musée de Berlin, deux feuilles d'album provenant de la collection Gierke, et, au Cabinet des estampes de la même ville, trois ou quatre études à l'encre de Chine et au trait, rapportées par le prince Albert de Prusse lors de son voyage au Japon. Les deux aquarelles du docteur Gierke sont d'un grand intérêt; le sujet en est humoristique : c'est un moine mendiant *(yamabeshi)* volant des pêches, puis surpris par le propriétaire desdites pêches au moment où il les cache dans ses manches. Hokousaï a traité la scène avec sa verve la plus mordante. L'exécution est très poussée et d'une perfection miraculeuse. Ces deux feuilles ont été gravées dans la Revue des beaux-arts de Leipzig[1].

Enfin, dans ma propre collection : deux petites aquarelles sur papier, qui ne peuvent être postérieures à 1804, signées *Sôri;* une tête de supplicié, signée *Hokousaï Tameïtshi,* d'une exécution soutenue et nerveuse comme une détrempe de Botticelli, d'un réalisme sinistre, la bouche ouverte, les dents serrées, les yeux retournés, un mince filet de sang s'échappant des oreilles; un merveilleux kakémono représentant une jeune et jolie femme du peuple battant du linge au bord d'une rivière à l'aube du jour; un makimono ou rouleau contenant la peinture des *Douze mois de l'année* et un recueil inestimable de quarante-six études à l'aquarelle. Le kakémono et les quarante-six aquarelles proviennent du célèbre caricaturiste Kiosaï qui les avait acquis des héritiers du maître après sa mort et conservés avec religion, jusqu'au moment où ses habitudes d'ivrognerie, chaque jour grandissantes, l'amenèrent à s'en défaire.

Le kakémono est d'une harmonie et d'une rareté de tons dans les gris, les verts passés et les roses éteints que les mots ne sauraient rendre. « Il y a là, dit M. Mantz, une association de

1. Lutzow, *Zeitschrift für bildende Kunst,* avril 1883.

nuances qui semble dédiée aux délicats. » Les caresses du pinceau d'Hokousaï, devrait-on dire en voyant ces cheveux
frisés par une douce lumière, ces étoffes moelleuses et
chatoyantes, ce bout de paysage noyé dans une vapeur
d'aurore et surmonté du mince croissant de la lune. Le
mouvement est d'une ingénuité charmante; la composition est d'un maître.

Le makimono des mois est particulièrement intéressant pour l'histoire des
transformations de la manière de Hokousaï; l'exécution est absolument semblable
à celle de mes deux petites aquarelles
signées Sôri; c'est le même genre d'esquisse cursive, le même coloris chaud et
léger, le même coup de pinceau juvénile.
Les bouts de paysages, les physionomies,

ÉQUILIBRISTES.
(Croquis de Hokousaï, tiré du premier volume
de la « Mangoua ».)

certains mouvements font déjà pressentir le Hokousaï de la *Mangoua*. Ce makimono est formé par la réunion
de douze compositions à l'aquarelle sur les
occupations des douze mois de l'année. Selon
moi, et mon opinion se trouve confirmée par
celle de M. Wakaï, il a été peint antérieure-
ment à 1800; il représente la transition entre
le style élégant et noble de l'école de Shiountshio, auquel appartint d'abord le maître, et
le Hokousaï émancipé et personnel que les
cahiers de dessins ont popularisé en Europe.
Quant aux quarante-six aquarelles, de dimensions et d'époques variées, elles sont
toutes d'une beauté extraordinaire. Jamais
main plus habile n'a couru sur le papier; on ne peut les toucher

(Croquis de Hokousaï tiré du
premier volume de la « Mangoua ».)

sans émotion; c'est l'absolu, c'est l'art japonais dans son maximum
d'éclat, de fraîcheur, de vie et d'originalité. Motifs de toutes sortes,
études de figures, de gestes, d'attitudes, fleurs, fruits, insectes,
papillons aux couleurs diaprées, bestioles gonflées de sève, s'y
succèdent avec les aspects imprévus et particularisés de la nature

GRUES DANS LES HERBES, PAR HOKOUSAŸ.

(D'après une gravure du « Santaï Gouafou ».)

observée par un œil unique. Chaque page est une composition de
génie, un morceau accompli auquel la critique la plus sévère ne saurait rien ajouter : ici, c'est une cigale posée sur une courge ou une
phalène volant autour d'une branche d'hortensia; là, c'est un rat
dévorant une tranche de pastèque ou un cyprin doré s'ébattant dans
un vase de cristal. Chose digne de remarque, quelques-uns de ces
motifs se retrouvent, mais jamais *identiques,* dans les albums impri-
més. Ils appartiennent par l'exécution aux trente dernières années
de la vie de l'artiste, c'est-à-dire à son meilleur temps. Les plus

CANARDS MANDARINS, PAR HOKOUSAÏ. — (D'après une gravure du « Tshinshin Goonfoa », 1819.)

beaux comme ampleur de style, les plus caractérisés, à la fois comme goût et comme coup de pinceau, sont ceux qui paraissent les plus récents. Il y a quelques études de philosophes qui seraient

dignes d'être signées de Rembrandt, et je dis cela à la lettre. Quelques-unes de ses aquarelles sont certainement postérieures à 1840; les plus anciennes ne remontent pas au delà de 1810.

Hokousaï a toujours été en se perfectionnant; ses organes n'ont pas connu de déclin.

Je trouve, à ce propos, dans la postface du tout premier tirage, rarissime, du premier volume des Cent vues du Fouziyama (*Fougakou Hiyakoukeï*), une note bien curieuse de Hokousaï lui-même, qui est demeurée inconnue à MM. Dickins et Anderson. J'en transcris la traduction littérale :

ANCIENS HÉROS JAPONAIS.
(Gravure tirée du « Yehon Souikoden », de Hokousaï.)

« Depuis l'âge de six ans, j'avais la manie de dessiner les formes des objets. Vers l'âge de cinquante, j'ai publié une infinité de dessins; mais je suis mécontent de tout ce que j'ai produit avant l'âge de soixante-dix ans. C'est à l'âge de soixante-treize ans que j'ai compris à peu près la forme et la nature vraie des oiseaux, des poissons, des plantes, etc. Par conséquent, à l'âge de quatre-vingts ans j'aurai fait beaucoup de progrès; à quatre-vingt-dix j'arriverai au fond des choses; à cent je serai décidément parvenu à un état supérieur, indéfinissable, et à l'âge de cent dix, soit un point, soit une ligne, tout sera vivant. Je demande à ceux qui vivront aussi longtemps que moi de voir si je tiens ma parole. »

ÉTUDES À L'AQUARELLE PAR HOKOUSAÏ
(MAKIMONO DE LA COLLECTION DE M. LOUIS GONSE)

Imp. A. Quantin.

« Écrit, à l'âge de soixante-quinze ans, par moi, autrefois Hokousaï, aujourd'hui Gouakiyo-Rôdjin, le vieillard fou de dessin. »

M. de Goncourt, dans sa *Maison d'un artiste,* cite un exemplaire des quatorze cahiers de la *Mangoua* que M. Philippe Sichel aurait vu en vente à Osaka, en 1873, au prix de mille dollars, et qui était illustré dans les marges de notes et croquis du maître. Il m'a été impossible de vérifier cette assertion, et j'ignore ce que cet exemplaire, bien précieux s'il était authentique, est devenu.

Quoi qu'il en soit, le peu d'œuvres peintes dont je viens de signaler l'existence suffit à nous prouver qu'en dehors de son

COQ ET POULE PERCHÉS SUR UNE TOITURE DE TEMPLE,
PAR HOKOUSAÏ.

(D'après une gravure des « Poésies de Tô ».)

grand génie créateur, Hokousaï a été un des virtuoses du coup de pinceau; sa couleur comme son exécution sont, dans ses dernières œuvres, d'une force, d'une splendeur, d'une résolution incomparables; Jacquemart lui-même, le plus génial de nos aquarellistes, est battu par Hokousaï, dont, par une sorte d'instinct divinatoire, il a pressenti les méthodes d'exécution, sans avoir jamais rien vu

de sa main. Quelle révélation auraient été pour lui ces quarante-
six aquarelles!

Ce qui frappe tout d'abord dans certaines peintures de Ho-

kousaï, dans celles
de la fin, par exem-
ple, et ce que je
n'attendais point à
ce degré de l'au-
teur de la *Man-
goua,* c'est une élé-
gance capiteuse qui
vous enivre comme
le parfum des
fleurs. Hokousaï,
lorsqu'il dessine

HOTEÏ FAISANT DE LA MUSIQUE, PAR HOKOUSAÏ.
(D'après une gravure de la « Mangoua ».)

pour la gravure, sera concis, rapide, prime-sautier, souvent vio-
lent et brutal; lorsque, absorbé dans la contemplation de la nature, il peint pour lui-même, son exécution devient celle d'une
fée. Il semble que son pinceau s'immatérialise pour suivre dans
une sorte de bien-être voluptueux les mouve-
ments amoureux de sa pensée. Alors Hokousaï
a les ingénuités d'une âme tendre, envolée au-
dessus des bruits du monde; il a de ces
raffinements et de ces trouvailles qui ne
viennent qu'à une imagination éperdue
de couleur, de lumière
et de vérité.

Rien ne lui fut
étranger dans la na-
ture; il dessinait avec
une habileté égale les

JAPONAIS S'OUVRANT LE VENTRE.
(D'après une gravure de la « Mangoua ».)

temples, les palais, les maisons, les costumes, les paysages, les
fleurs, les arbres, les oiseaux, les poissons, les insectes, les sujets
plaisants ou graves, réels ou imaginaires, les scènes de genre ou
de style : il était vraiment universel. Mais ce qui attirait surtout
Hokousaï, c'était l'animal humain. La qualité maîtresse qui justi-

PÊCHEURS DE YÉDO.

(D'après une gravure de la « Petite Mangoua » de Hokousaï.)

fiait son surnom de « vieillard fou de dessin », c'était le rendu
de la vie dans toute la vigueur de la réalité, dans toute l'infinie
variété de ses manifestations; le rendu du geste vrai, surpris,
deviné; la comédie de l'attitude et de la physionomie, cette comédie
décevante que tous les maîtres poursuivent et qu'ils atteignent si
rarement! Pour qui observe et pense, le geste, chez Hokousaï, est
merveilleux d'accent, de synthèse et de personnalité. Toujours

et partout la vie, telle pourrait être la devise de ce grandissime
artiste; toujours et partout le souci du
trait résumé et expressif, le sentiment
du relief, le discernement admirable de ce
qui doit émouvoir ou charmer,
une verve comique endiablée,
inépuisable. C'est par ces côtés
qu'à mes yeux il égale les plus
forts d'entre les nôtres; c'est par
là que son œuvre s'élève si haut
dans le domaine de l'esthétique
japonaise et en établit à mes
yeux la formule définitive.

« Hokousaï, dit M. Duret, est le plus
grand artiste que le Japon ait produit. Il
est du petit nombre de ces hommes qui
ont la puissance de marquer à leur coin
tout ce qu'ils touchent. On peut donc dire
qu'il a su donner un caractère nouveau aux
nombreux sujets qu'il a traités, qui sont
dès lors demeurés avec une physionomie
différente de celle qu'ils avaient auparavant.

JAPONAIS REVENANT DU MARCHÉ, Si nous voulons mettre Hokousaï en ba-
D'APRÈS UN CROQUIS AU PINCEAU lance avec les artistes européens, nous ne
DE HOKKEÏ.
. (Collection de M. Th. Duret.) pouvons le classer parmi les peintres, nous

devons le considérer uniquement comme dessinateur et juger son
œuvre par comparaison avec celle des maîtres qui ont laissé un
œuvre dessiné ou gravé. Dans ces conditions, nous trouverons qu'il
peut aller de pair avec n'importe quel artiste européen. Ses œuvres,
pour me servir d'une expression d'atelier, *tiennent* à côté de celles
des plus grands maîtres. Le dessin de Hokousaï est large, nerveux,

ferme et précis en même temps que souple. Jamais l'effort, la
recherche pénible du contour et du trait n'y apparaissent. La main
de l'artiste semble avoir été toujours prête à tracer, du premier jet,
les lignes qui devaient donner forme et vie aux inventions de son
inépuisable fantaisie. Hokousaï a le don si rare de mettre sur le
papier des personnages pleins de vie, avec lesquels on entre en communication et qui, à la longue, vous restent dans le souvenir, aussi
réels que si on les eût connus vivants. Le peuple sorti de son pinceau
est doué d'un inépuisable humour ; le comique et la gaieté, ces choses
essentiellement japonaises, s'épanouissent et débordent en lui. Hokousaï a, comme paysagiste, la même supériorité que comme dessinateur de figures. Ses paysages, mélange d'observation réelle de la
nature et de fantaisie, sont pleins de poésie, d'air et de profondeur. »

Hokkeï, son élève le plus distingué, est connu non seulement
comme illustrateur de livres, mais aussi comme un des peintres les
plus délicats et les plus élégants de l'école vulgaire. Il est le clair de
lune du soleil de Hokousaï. Son style se rapproche assez de celui
de son maître pour qu'il soit souvent difficile de distinguer leurs
œuvres. Un œil familiarisé avec le style de Hokousaï ne s'y trompera
cependant pas. Hokkeï est moins nerveux, moins robuste ; il a plus de
grâce et de charme féminin, plus de séduction peut-être, mais aussi
plus de maniérisme. Ses peintures ne sont guère moins rares que
celles de Hokousaï. M. Duret a eu la rare bonne fortune d'acquérir
à Londres deux cahiers d'esquisses au trait de la main
même de Hokkeï. J'en ai reproduit ici un certain
nombre qui montrent l'artiste sous un jour exquis. Le
Cabinet des estampes de Berlin pos-
sède un certain nombre de croquis
du même genre portant la signature de l'artiste.

Autant les œuvres de

Hokkeï sont connues et goûtées au Japon, autant sa vie est enveloppée de mystère. C'est à ce point que j'ai entendu des Japonais
nier son existence et le confondre avec Hokousaï. Un hasard heureux m'a mis en possession de la date de sa naissance. J'ai trouvé,
dans un exemplaire d'un volume ayant appartenu à Hokkeï lui-
même, intitulé *Rokou-Jiouyen* (Poésies et portraits de cent vingt
poètes modernes) et illustré par différents élèves de Shiountshio et
de Hokousaï, une note autographe de l'artiste indiquant qu'en 1811
il avait trente et un ans. Hokkeï est donc né en 1780; son nom de
famille était Hishiyoka. J'ai dit plus haut qu'il y avait de fortes
présomptions pour identifier Hokkeï à Bokousen, le fils adoptif et
le gendre de Hokousaï.

Des autres élèves de Hokousaï, sauf Teisaï-Hokouba, dont j'ai
déjà parlé, je ne connais que des œuvres gravées.

X

Il me faut hâter le pas. L'école moderne de peinture pourrait fournir la matière de tout un volume. Il me suffira de dire
quelques mots des principaux artistes du
XIXe siècle que leurs gravures me permettront
d'ailleurs de retrouver plus tard.

L'école vulgaire est en plein épanouis-
sement entre 1830 et 1840. C'est son plus
beau moment. Quatre hommes occupent
avec un talent presque égal les tréteaux de
l'art populaire : Keïsaï, Hiroshighé, Kounisada et Kouniyoshi.

Il y a deux artistes du nom de Keïsaï. La similitude de leurs
noms a été jusqu'à ce jour la cause de nombreuses erreurs. Le
plus ancien, Keïsaï Kitao, était fils de Kitao Highémasa, qui a aidé
Shiountshio dans ses travaux de gravure. Plus tard il changea son

ÉTUDE DE BAMBOUS AU CLAIR DE LUNE,
D'APRÈS UNE AQUARELLE DE TEMMIN.

(Recueil de 1804 appartenant à M. Louis Gonse.)

nom de famille en Kouvagata et s'appela Shiotshin. Il est né à Yédo et étudia la peinture chez le célèbre Bountshio. Il est mort en 1824. Il était surtout habile à dessiner les paysages. Le second, Keïsaï Yéïsen, est né à Yédo en 1792 et est mort en 1848. Son nom de famille était Ikéda et son premier nom d'artiste Yoshinobou Yéïsen. Il suivit d'abord l'école de Kano, puis s'adonna à l'imagerie en couleurs dont il devint l'un des coryphées. Sa manière large et vivante, imprégnée du grand style de Kano, lui assigne dans cette branche de l'art une place à part. Il faut remarquer que la syllabe *Keï* s'écrit dans chacun des deux

KEÏSAÏ YÉÏSEN.   KEÏSAÏ KITAO.

  1   2

noms avec un caractère différent. Le n° 1 appartient à Keïsaï Kitao et le n° 2 à Keïsaï Yéïsen.

Hiroshighé est, après Hokousaï, le peintre de mœurs le plus

JEUNE FEMME INTERROGEANT LE RAT EMBLÊME DE FORTUNE

PAR SIGÉ-NOBOU

Gravure en couleurs de la collection de M. Ph. Burty

original et le plus fécond du XIXᵉ siècle; il en est aussi le plus grand
paysagiste. Personne, dans l'art japonais, n'a poussé aussi loin la
connaissance de la perspective; nul n'a traité le paysage avec autant
de vérité. Il n'a rien à envier sous ce rapport aux artistes européens.
Il est surtout connu comme dessinateur d'images. Ses vues des envi-

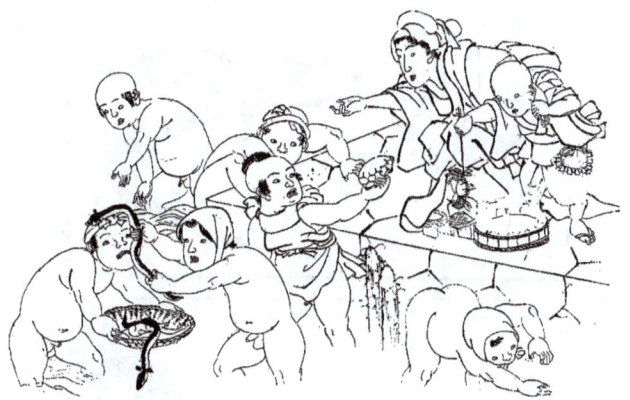

ÉTUDE D'ENFANTS, PAR KOUNIYOSHI.
(Dessin de la collection de M. Louis Gonse.)

rons de Yédo sont célèbres, et avec juste raison, car elles nous font
mieux connaître le pays que toutes les descriptions des voyageurs.
Ses peintures, qui sont fort rares, dénotent une
science consommée dans le maniement du pinceau.
Je possède une suite de cinq grisailles légèrement
rehaussées d'or et de quelques touches de couleur,
représentant des fêtes de nuit à Yédo,
qui sont d'une adresse merveilleuse.
L'une d'elles nous montre l'entrée d'un
pont avec des marchands forains portant

des lanternes en papier; une autre, une promenade sous des arbres

VUES DES ENVIRONS DE YÉDO. — (Esquisses par Keïsaï Yeïsen.)

éclairés par les lumières des boutiques, fait songer au Jardin du Palais-Royal de Debucourt.

Hiroshighé Motonaga était le fils d'un officier de pompiers de Yédo du nom de Andô. Ses autres noms d'artiste étaient : Itiriousaï, Riousaï, Hoyeïdô. Il avait étudié la peinture d'abord chez Rinsaï Okajima, puis s'adonna au genre vulgaire après avoir été chez

PONT DE YÉDO.
(D'après une gravure en couleurs de Hiroshighé.)

Toyoharou Outagava. Il habita toute sa vie le quartier de Naka-bashi, à Yédo, près du pont Central. Il est mort en 1858, le 6 septembre, à l'âge de soixante-douze ans.

Kounisada, de Yédo, devint rapidement le meilleur élève de Toyokouni Ier. En 1844, celui-ci lui céda son nom, et, à partir de ce moment, Kounisada signa Toyokouni II. Il est mort en 1864, à l'âge de soixante-dix-neuf ans. Il a exclusivement

HIROSHIGHÉ.

travaillé pour l'imagerie populaire; son œuvre est immense et fait
encore aujourd'hui les délices des femmes et des enfants. Ses pein-

tures sont introuvables; le kakémono que je possède
est le seul que j'aie jamais vu. Il répond bien à
l'idée que l'on se fait de ce maître des élégances
féminines. Personne, en effet, depuis Shiountshio,
n'a mis autant de grâce et de raffinement dans la
peinture des belles courtisanes.

KOUNISADA.

Kouniyoshi, également élève de Toyokouni Ier, est né
en 1796. Sa spécialité était de dessiner pour les
albums d'images les scènes d'histoire militaire
et les figures de guerriers. Il est mort en 1861.
Je puis citer comme une œuvre très curieuse
de lui un makimono de ma collection représentant les mésaventures d'un artiste dont la maison a
été incendiée et un album de croquis pour la gravure.

KOUNIYOSHI.

L'école vulgaire est représentée aujourd'hui par
l'un des derniers élèves de Hokousaï, le célèbre Kiosaï,
que M. Guimet a mis en scène d'une façon fort
plaisante dans ses *Promenades japonaises*. Les
Japonais l'appellent leur second Hokousaï. Au
point de vue de la force comique du dessin,
cet éloge peut être justifié. Kiosaï a une verve

KIOSAÏ.

à l'emporte-pièce qui est étonnante; ses caricatures
politiques lui ont fait passer une partie de sa vie en

ÉTUI A PIPE
GRAVÉ PAR KIOSAÏ.
(Collection
de M. L. Gonse.)

prison. Mais, pour le reste, il n'est que la menue
monnaie du grand maître. Son coloris a des acidités
désagréables, son coup de pinceau anguleux révèle une facture de
chic; son style d'improvisateur n'a rien à voir avec la puissance
concentrée, les recherches méditatives du peintre de Katsoushika.
Habile, Kiosaï l'est comme un singe; mais son habileté me laisse

VUE DES ENVIRONS DE YÉDO, PAR HIROSHIGHÉ

Gravure en couleurs de la collection de M. Th. Duret

froid. Son plus grand mérite, à mes yeux, est d'être resté purement japonais au milieu de l'empoisonnement général du goût
par l'influence de l'Europe. Ses petits albums de gravures en couleurs

PIGEONS, PAR BAILEÏ, ARTISTE MODERNE DE KIOTO.

sont encore parmi les choses les plus japonaises que son pays
nous envoie. Il signe souvent ses œuvres Shôfô-Kiosaï, « Kiosaï
le singe ivrogne et fou ».

Aujourd'hui Kiosaï a cinquante-deux ans. Quand il n'est pas

ivre, il fait encore des dessins qui font fureur, à Tokio, comme un
article de Rochefort au beau temps de la *Lanterne*. Il habite une
petite maison au milieu des jardins, dans la banlieue. C'est là que
Régamey le découvrit, non sans peine. Il fit son portrait à main levée
et Kiosaï riposta par une pochade fort vivante et fort ressemblante
de son interlocuteur. Les deux dessins ont été reproduits dans le
deuxième volume des *Promenades japonaises,* et je dois à la vérité
de dire que l'artiste japonais est sorti facilement victorieux de ce
concours improvisé.

Le peintre contemporain le plus en renom dans la classe élevée
est Zeïshin. Disciple des hautes écoles de Kioto, il est le dernier
représentant de cet art noble et élégant que nous avons vu en pleine
floraison à la fin du xviiie siècle. Il est fort âgé ; avec lui disparaîtra ce
qui restait du vieux Japon. Ses œuvres sont toujours d'un goût ingénieux ; elles sont parfois très originales et relevées par un rare sentiment poétique ; on les recherche d'autant plus que l'artiste a
presque cessé de produire. L'aigle se mirant dans une cascade, que je
reproduis ici en héliogravure (Pl. IX) d'après deux kakémonos appartenant à M. Bing, passe pour un de ses chefs-d'œuvre. Il serait,
en effet, difficile de trouver quelque chose de plus délicatement
japonais que cette composition chevauchant sur deux panneaux.

XI

YOSAÏ.

Il me reste maintenant à parler d'un artiste qui, à certains égards, compte parmi les plus grands du Japon, et qui en est tout au moins l'un des plus illustres : l'auteur du *Zenken-Kojitsou,* Kikoutshi Yosaï.

Yosaï appartenait par sa famille à la meilleure société de Kioto. Avant de se distinguer comme peintre, il était déjà célèbre comme littérateur et comme érudit; il avait approfondi l'histoire des arts et des coutumes du Japon; c'était un esprit encyclopédique et peut-être la plus belle intelligence de son temps. Il apprit les éléments de la peinture dans l'atelier des Kano; son professeur fut Yenjo. Il étudia par la suite la manière des différentes écoles de peinture, sans se lier à aucune, mais en se rapprochant de plus en plus de l'école de Tosa. De cette étude d'ensemble poursuivie avec la vigueur qu'il apportait en toutes choses est né son style de peintre, style éclectique, indépendant, et en même temps fortement individuel, mélange heureux de spiritualisme raffiné et de réalisme scrupuleux. Une conception poétique toujours élevée, toujours imprévue; une sorte de philosophie sereine, une connais-sance approfondie des caractères sociaux et humains de ses compa-triotes, de larges et hardis coups d'ailes dans le champ de l'idéal : tel est le concours de hautes qualités qui composent le talent d'Yosaï. C'est, si je puis dire, le peintre du Japon qui a mis le plus de littérature dans son art. Le sujet et la composition jouent dans chacune de ses œuvres un rôle auquel ses compatriotes n'avaient pas songé. En cela, bien que tout en restant très national, Yosaï est celui des artistes japonais qui se rapproche le plus de l'Europe. Il dédaigne les re-cherches du coloriste; tout en lui était tourné vers les qualités expressives du dessin, vers l'idée, vers le caractère. Un beau kakémono de Yosaï est une jouissance plus encore pour l'esprit que pour les yeux. Il n'est jamais sorti du domaine de l'art noble, mais il a dessiné les sujets les plus divers.

DESSIN
DU ZENKEN-KOJITSOU,
DE YOSAÏ.

Lorsqu'il est venu à Tokio en 1875, l'empereur le reçut avec les plus grands éloges et lui décerna le titre de premier peintre du Japon. Il est mort en 1878, à l'âge de quatre-vingt-onze ans.

L'œuvre de sa vie, celle sur laquelle il a concentré tous ses efforts et qui fera vivre son nom dans la mémoire reconnaissante des Japonais, c'est l'admirable ouvrage du *Zenken-Kojitsou* (les Héros et savants célèbres du Japon), en vingt volumes, dont il a fourni à lui seul le texte et les dessins. J'y reviendrai dans un autre chapitre.

ÉTUDE D'OISEAU, PAR YOSAÏ.

(D'après une gravure en couleurs du supplément au « Zenken-Kojitsou ».)

Les peintures de Yosaï sont très recherchées au Japon. Ses œuvres les plus célèbres sont : l'*Enfer,* en deux panneaux; les *Cinq cents Lakans,* en douze, et l'*Incendie d'Abôkiou* (palais des empereurs de la Chine, brûlé en l'an 206 avant J.-C.), en un seul et gigantesque kakémono.

J'ai dans ma collection un recueil contenant quarante des aquarelles originales du *Zenken-Kojitsou* (M. Duret en possède deux autres séries) et un merveilleux kakémono représentant la Descente des Sennins sur la terre, sorte de vision extatique noyée dans les vapeurs mystérieuses d'un paysage surnaturel, quelque chose qui fait penser à la *Revue des morts* de Raffet ou à une page de Jean-Paul.

XII

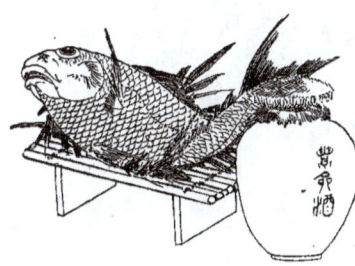

Si maintenant je jette un regard en arrière sur l'histoire de la peinture au Japon, pour mettre hors rang les individualités créatrices, celles que les plus modestes japonisants devront au moins connaître, j'inscrirai ici pour conclusion de ce chapitre, et comme au fronton du Panthéon de l'art japonais, les noms de Kanaoka, Meïtshio, Josetsou, Mitsounobou, Kano Masanobou et Kano Motonobou, Sesshiu, Kano Naonobou et Tanyu son frère, Tsounénobou, Honnami Kôĕtsou, le grand laqueur; Mitsouoki, la gloire de Tosa; Kôrin, Okio et Goshin, les promoteurs du style moderne; Sosen, l'incomparable animalier; Shiountshio et Toyokouni, les créateurs de l'imagerie en couleurs; Hokousaï, le peintre de la vie; Yosaï, le grand poète, et Hiroshighé, le grand paysagiste.

En eux se résume la marche de l'art japonais.

Kanaoka rayonne sur les règnes des empereurs Ouda et Daïgo, à l'apogée de la puissance des Fouzivara ; il fonde au ixe siècle la

LA DISPUTE, PAR HOKOUSAÏ.

(Gravure tirée du premier volume de la « Mangoua ».)

peinture nationale ; comme importance historique il est l'égal des Kano.

A la fin du xve siècle, les principes sont fixés ; deux grands fleuves coulent sans se confondre jusqu'au milieu du xviiie siècle et alimentent les floraisons ultérieures. Toute la peinture japonaise se rattache plus ou moins à ces deux sources d'art : Tosa et Kano. L'atelier impérial de Tosa représente l'école purement japonaise,

AIGLE SE MIRANT DANS UNE CASCADE, PAR ZEÏSHIN.
(XIXᵉ Siècle)
KAKÉMONOS DE LA COLLECTION DE M S. BING.

Heliog Dujardin

Imp. A. Quantin

presque sans mélange étranger; celui de Kano appartient comme
origine à l'influence chinoise, qui, grâce au génie des Sesshui, des
Tanyu et des Naonobou, se transforme
à son tour en un art aussi national et
aussi individuel que celui de Tosa.

Avec Kôrin, Okio et
Goshin, les principes des
deux écoles s'unissent dans
une étude plus simple, plus
intime, plus ingénieuse de
la nature. La vie tend à remplacer la force et la grandeur du style.

Hokousaï couronne
l'évolution japonaise dans
l'indépendance absolue de
toute école, de tout sys-
tème, de toute convention.
Il est la dernière et la plus
brillante étape d'une
progression de plus de
dix siècles, le produit
exubérant et exquis d'un

COMPOSITION DE YOSAÏ
TIRÉE DU « ZENKEN-KOJITSOU ».

âge de paix profonde, d'une période de sublime raffinement. A part
Yosaï, qui termine la lignée des grands stylistes, tout gravite désormais autour de Hokousaï, tout procède de sa manière, de son génie.
A sa mort commence une irréparable décadence. L'adresse de main
est encore merveilleuse, comme on peut s'en convaincre en regardant les fameux pigeons de Setteï, appartenant à M. de Nittis;
mais le Japon imite, il ne crée plus.

La révolution de 1868 est le fossé qui sépare l'art d'essence purement japonaise de cet art hybride, uniquement préoccupé des besoins de l'exportation, qui sacrifie aux goûts de l'Europe comme au veau d'or. Cet art-là n'a plus rien qui parle à nos yeux et à notre imagination.

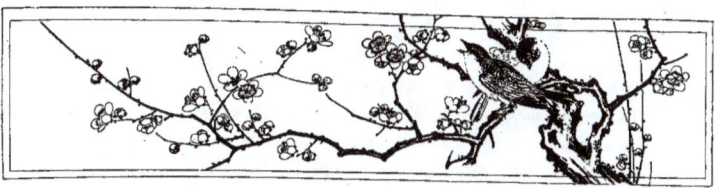

TABLE DES MATIÈRES

DU PREMIER VOLUME

A. Quantin imprimeur
S. Benoît 7 à Paris

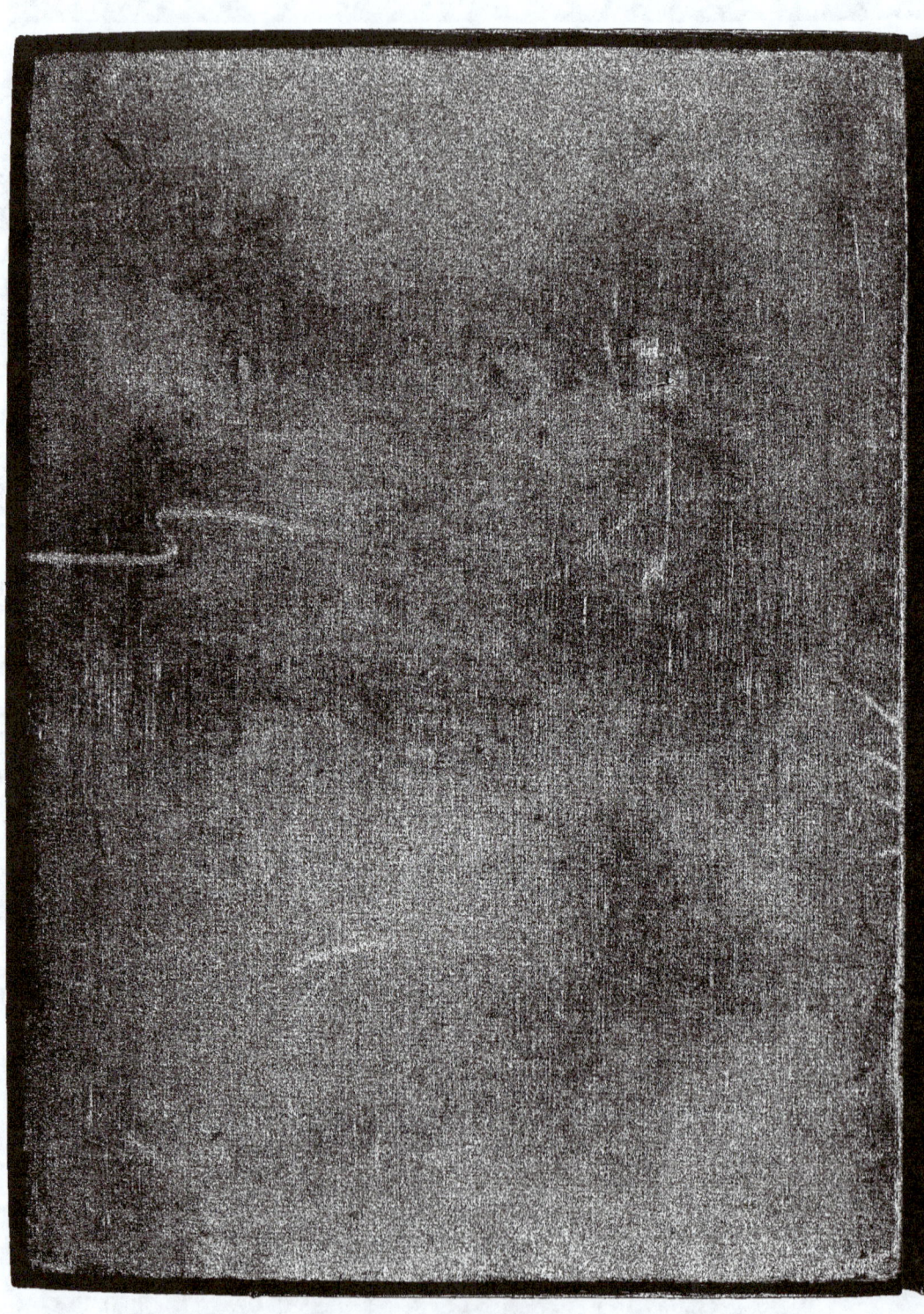